# 上海 1933

张恩齐 著

三辰影库音像出版社

责任编辑：朱江

图书在版编目（C I P）数据

上海 1933 / 张恩齐著 . -- 北京 ： 三辰影库电子音像出版社， 2017.6

ISBN 978-7-83000-235-0

Ⅰ. ①上… Ⅱ. ①张… Ⅲ. ①小说集－中国－当代 Ⅳ. ① I247.5

中国版本图书馆 CIP 数据核字 (2017) 第 107416 号

| | |
|---|---|
| 书　　名 | 上海 1933 |
| 作　　者 | 张恩齐 |
| 出 版 人 | 王六一 |
| 出版发行 | 三辰影库音像出版社 |
| 社　　址 | 北京市朝阳区北苑路媒体村天畅园 4 号 1306 室 |
| 网　　址 | http://www.sunchime.cn |
| 印　　制 | 北京毅峰迅捷印刷有限公司 |
| 开　　本 | 880 毫米 ×1230 毫米　1/32 |
| 印　　张 | 9.5 |
| 字　　数 | 210 千字 |
| 版　　次 | 2018 年 1 月第 1 版 |
| 印　　次 | 2018 年 1 月第 1 次印刷 |
| 书　　号 | ISBN 978-7-83000-235-0 |
| 定　　价 | 36.80 元 |

无数在安逸与流浪之间挣扎的个体缔造了历史，历史又以其深邃的眼睛和博大的心胸哺育了我们。

# 目 录


落日黎明 01
耶路撒冷日记 37
长安三记 61
荒谬 83
狂欢舞会 105
悲歌西去 133
麦德林的回忆 163
上海 1933 189
梦醒勃兰登堡门 209
无耻之徒 237
二十世纪式困惑 263

# 落日黎明

当第一次听人们谈论起新上任的保民官[①]提比略·格拉古[②]时，卡西乌斯刚刚结束了作为北意大利行省财务检查官的任期，返回首都罗马，准备在帕拉蒂尼山[③]上的旧宅中重新习惯冗长的宴会、鱼肉与葡萄汁。在这里他还可以慵懒地侧躺着，享受众星捧月般的感觉，不时眯起眼来打量奴隶们忙碌的身影，在半梦半醒间享受着克劳狄乌斯家门带给他的荣耀。

宴会的目的并不只是为了吃喝玩乐和交际的需要，它在某些时间节点上也有其特殊意义。比如在接风宴会上，坐在卡西乌斯榻旁的妻子卡西维娅告诉他："已经派新来的奴隶去裁缝店给托加[④]镶边了，您马上就要进入元老院[⑤]，让您在着装上显得尊贵是作为妻子的义务。"而卡西乌斯的注意力并不在元老院上，他换了一个更舒服的姿势说："新来的奴隶表现如何？"

"他叫德西奥斯，色雷斯[⑥]人。我在中央广场上闲逛时，听到他的主人称其有高超的刮胡子技术，非常适合山上的贵族家庭，我就买下了他。现在擅长刮胡子的奴隶可是不多了。虽然他不善言辞，但干起活来顶得上好几个奴隶。"

这番对话进行的时候，宴会的正餐已经结束，中间的桌子被撤掉，遗留的肉糜之气几乎将新端上来的甜点和水果的气味

---

①保民官：古罗马时期为维护平民利益而设立的一种特殊官职，由公民大会选出，享有否决权，可以否决除独裁官外任何高级官员颁布的有违平民利益的法令，在罗马共和国平民反对贵族的过程中起到重要作用。

②提比略·格拉古（公元前 168 年—公元前 133 年）：罗马共和国末期政治家，平民领袖，与其弟盖乌斯·格拉古并称格拉古兄弟，任保民官期间发起一系列针对土地的改革，最终改革失败，并被保守势力杀害。

③帕拉蒂尼山：罗马城七座山丘中位于中央的一座，其山顶在古罗马时期是富人的聚居区。

④托加：古罗马男子穿着的一种长袍，由羊毛制成，是罗马人身份的象征。

⑤元老院：古罗马兼有立法权和管辖权的国家权力机关，由王政时期的氏族长者会议演变而来，共和国晚期约有三百名成员。

⑥色雷斯：巴尔干半岛的一个地区，位于巴尔干山以南，爱琴海以北，西邻马其顿，东临黑海，其地域范围在不同时期均有变化，历史上曾被波斯、罗马征服。

掩盖住了。卡西乌斯摆弄着催吐剂，试图让自己的胃多装下一些食物，但由于太久没有用过这种东西，手法生疏，难免略显尴尬。一些来自法比乌斯、科尔涅利乌斯家族的宾客已经起身去另一个房间呕吐，然后回来继续躺在席位上，懒洋洋地抓起苹果和无花果摆弄。一个宾客举着苹果，大声地模仿老加图①的口吻说："迦太基②已经被毁灭了！"

席间爆发出一阵哄笑，罗马和迦太基那场旷日持久的争斗已经结束了快二十年，当年在战争最惨烈的阶段参与其中的人大多已经作古，直到现在，迦太基仍然是罗马人戏谑的对象。北非已是一片荒原，整片地中海的和平让西西里人可以悠闲地横渡墨西拿海峡，沿阿尼娅大道一路北上，将数以万计的小麦运抵罗马，为这座城市的恢宏提供有力的支撑。

夜已深了，罗马的夏日闷热又令人烦躁。山上与山下是两个世界：山下居民的餐桌上清汤寡味，精力无处发泄的人们四处游荡，把拉丁语和希腊语混杂起来交谈，讲一些他人听不懂或者匪夷所思的故事；山上豪宅的宴会厅中，吵闹声已经低了许多，知趣的宾客互相搀扶着走出主人家，其余的人酣睡着，待太阳升起，任凭奴隶怎么叫也不起来。白天，是两场宴会的休息时间。

在迦太基和罗马对峙的年代，罗马人形容英俊男子的方式是："他的眼睛像第勒尼安海一样深邃。"现在的情况与以往大不同，为了突出这个国家的地位，一些灵活的罗马人把第勒

①老加图（公元前 234 年—公元前 169 年）：罗马共和国政治家、国务活动家、文学家，曾任执政官，政治思想保守，参加过第二次布匿战争。

②迦太基：由腓尼基人建立的，位于北非地中海沿岸的奴隶制古国，诞生于约公元前八世纪，首都迦太基城，公元前 264—公元前 146 年与罗马爆发了三次布匿战争，最终战败并被罗马消灭。

尼安海换成了地中海，也就暂时忽视了同临地中海岸的努米底亚、埃及和叙利亚的感受。据每天活跃在公共浴场的男人女人们口耳相传，第一个获得大家认同、具有“地中海般深邃眼睛”的人是新任护民官提比略·格拉古。“哦？”卡西乌斯听到这种说法时，不免惊讶了一下。

在返回罗马途中，卡西乌斯已对提比略·格拉古有所耳闻，按照常理，提比略只是罗马每年选出的四名保民官中的一员，没有理由得到过分关注。究其原因，无非是格拉古家族与西庇阿家族的紧密联系。

卡西乌斯不想听这些话，他只期盼回到一个罗马贵族的生活中去。第二天醒来已近中午，他草草吃过饭便迫不及待地冲向久违的浴场，这座坐落在帕拉蒂尼山脚下、由科尔涅利乌斯家族捐建的浴场，本身以公益为目的，所以收费只是象征性的，所有人不论身份贵贱，通通收一个夸德伦斯[1]。

卡西乌斯泡在温水池中，毛巾搭在脖子上，香油瓶和刮板放在一旁。几乎没有人认出他来，这给了他好好听别人谈话的机会。一个胖男人挥着毛巾，眉飞色舞地对身旁的瘦男人说：“你可知道新任护民官提比略的外祖父是谁吗？”

瘦男人想了很久才蹦出几个词：“不，不知道。”他的拉丁语非常生硬，看起来像是从东方来的。

胖男人像是发现了珍宝一样，随即用不屑的语气说：“是西庇阿[2]，征服非洲的西庇阿将军！”

瘦男人若有所思，目光呆滞，不再理胖男人。卡西乌斯则

①夸德伦斯：古罗马货币单位。

②西庇阿（公元前236年—约公元前183年）：古罗马著名政治家、军事家，史书一般称“大西庇阿”，公元前205年任执政官，公元前202年在扎马战役中击败汉尼拔，帮助罗马取得第二次布匿战争的胜利，本人获得“非洲的征服者”称号。

闭上眼睛，这已经是他回到罗马的两天之内，第三次听别人谈起这个话题。人就是有这种本能：愿意把别人的荣耀之处当作自己的资本向身边人炫耀。

浴场里乱哄哄的，一胖一瘦两个男人觉得无趣，都出了浴池，回到各自的生活轨道中去了。一旦失去了浴场这个平台，他们的生活便没有了什么交集。马上就到中午，人渐渐少了，午饭后才是这里最喧闹的时候。

周围的谈话声逐渐消失，卡西乌斯开始回想自己的过去，西庇阿将军对他来说，更多的只是一个故事或书本中的存在，连他的塑像，卡西乌斯都没有仔细端详过，他自己与西庇阿将军在年代上的间隔并不远，可后者对卡西乌斯来说遥不可及。卡西乌斯和其他罗马人都承认的一点是，西庇阿将军不仅留下了“非洲的征服者”的名号，他也给罗马带来了长久的和平。英雄之所以被称为英雄，从一个角度上来说，就在于他能尽自己所能，使最多的人享受他留下的遗产。

回忆仍在继续着，卡西乌斯想到了西庇阿将军的结局，不禁皱起了眉头，由于受到弹劾，西庇阿愤然离开了公众的视野，过起了隐居生活，而当年导演这一场弹劾的，正是元老院之中的西庇阿反对派。他思考的重点不免转移到了元老院，当现在的人们将前人神化，屏蔽掉他的所有缺点时，反对前人的元老院便成了最大的反派。然而一个伟大国家的枢纽，总是没有那么不堪的。

“有趣的元老院。”卡西乌斯心想道。今天是新任元老院议员报道的日子，但象征议员身份的红色镶边托加还没有拿回来。想到这里，他出了温水池，用毛巾在身上揩拭几下，连蒸汽室和热水池都没来得及去，便穿上衣服准备回家，看来只能下次带个奴隶给自己刮身体了。在慌乱中卡西乌斯脑海中闪过了一个想法："提比略·格拉古到底是什么人，真想见见他。"

多年以前，在汉尼拔[①]率军翻越阿尔卑斯山，在罗马境内耀武扬威，不可一世之时，二十四岁的西庇阿在一个午后推开了元老院的大门，主动请战，后面发生的故事所有罗马人都知道；而现在，又是一个午后，四十二岁的卡西乌斯也将推开元老院的大门，但身份只是一个小小的议员而已。

命运让人难以捉摸，谁能想到在卡西乌斯家中，第一个和提比略·格拉古产生交集的人是奴隶德西奥斯呢。就在卡西乌斯匆忙将丘尼卡套在身上往帕拉蒂尼山上赶时，德西奥斯手里捧着刚刚镶好边的托加长袍从裁缝店中出来，也在往家的方向跑去。天气干热无比，德西奥斯手里捧着四五米长的布匹，只跑了一会儿就出了不少汗，他准备腾出一只手去擦，却感觉自己好像撞到了人。

德西奥斯让自己保持住平衡，站稳脚跟，缓缓睁开被阳光刺痛的眼睛，一张脸在他的眼前逐渐变得清晰。也许在睁开眼睛之前，德西奥斯已经想象出很多种这张脸上会出现的表情，可能是充满鄙夷的，可能是不屑一顾的，也可能是诚惶诚恐的。但想象是奢侈的，这张脸上的沉静、谦和以及附带的微笑已经最大程度上压缩了德西奥斯的想象空间，这样的人至少在德西奥斯记忆中的巴尔干半岛上从来没出现过。

"我是新任保民官提比略·格拉古，不知道你家里的哪一位进入了元老院呢？"提比略一边说着一边帮助德西奥斯整理

---

①汉尼拔（公元前 247 年一公元前 183 年）：迦太基名将、政治家、军事家，欧洲历史上最伟大的军事统帅之一，第二次布匿战争期间率军翻越阿尔卑斯山，进攻罗马本土，后被大西庇阿击败。

他手上的托加。

“克劳狄乌斯家门的卡西乌斯，从北意行省结束任期归来的财务检察官，下午去元老院报道。”德西奥斯不敢抬头。

“我会很高兴认识他的，请回去转告卡西乌斯，我一会儿要在元老院述职，希望给他留下一个好印象，同时也祝你好运。”提比略拥抱了一下德西奥斯，阔步走开。

德西奥斯回到帕拉蒂尼山上克劳狄乌斯家族的公馆时，时间正好，放下托加，照例向女主人汇报上午的采购情况，葡萄酒和面包两个阿斯[①]，橄榄油和奶酪两个阿斯。卡西维娅装作认真实则漫不经心地听着，一边摆弄着自家的花草。卡西乌斯急匆匆地赶了回来，看到自己的托加已经摆在面前，这才松了一口气。德西奥斯小心翼翼地将托加折好，在帮助卡西乌斯穿上时说，“新任保民官提比略·格拉古托我向您问好。”

“森普罗尼乌斯家的提比略，”一旁的卡西维娅评论道，“家里还剩母亲和一个弟弟，和咱们中间隔了几户人家，这两兄弟的希腊教师前不久去世了，没有留下孩子，弟弟盖乌斯马上要去西班牙赴任，他们家里可是越来越冷清了。”卡西维娅话锋一转，面对着卡西乌斯，“在您去北意大利的这一年，我才体会到科尔涅利娅的感受，但家里的奴隶们很勤快，会打理，让我省了不少心。现在您回来了，进入了元老院，不用再受奔波之苦，也许过上几年您就能成为执政官。”

卡西乌斯配合着德西奥斯把托加穿好，说：“我倒没有那么多心思，只要不犯什么过错我就心满意足了。”他留下一个微笑，转身出发。

---

①阿斯：古罗马货币单位，一阿斯等于四夸德伦斯。

一年后的那个黄昏，当看着提比略·格拉古的尸体被抛入台伯河[①]中随水而下时，德西奥斯想到的是两人在那个述职日里初会的情形，但那时提比略·格拉古脸上的鲜血已经掩盖住了他原有的英姿与宽和。手持带血铁棒，面目狰狞的元老院议员们一个个离开，被鲜血浸染的台伯河水一路西去，伴随着太阳消失于地平线下，那些尸首也随着河水越来越远，再无踪迹。德西奥斯陪伴主人卡西乌斯站在岸边，他的主人说："看看吧，天生的梦想家，最后连墓碑也没有，我从来没见过这么自不量力的人。"

德西奥斯恭敬地站在主人身后说："至少保民官是一个好人，我第一次见到他时就有这种感觉，那个时候他还称赞了您。"

卡西乌斯说："有能力担任这个官职的人，也一定能做一个好公民，毕竟国家不是交给无赖来治理的。那些人之所以杀他，是因为提比略要夺走他们的土地，而那些土地里原本还可能有你的一份。"

德西奥斯还想争辩："也许您说的有道理，我对治理国家并不了解，但每次当我去市集时，我总能看见保民官坐在自己搭建的座位上，对那些慕名来到罗马的农民保持热情，对那些蓄意破坏他工作的人保持宽容，这难道不是很可贵吗？"

"好了，德西奥斯，作为男人应该少说话，多做事，这是罗马人和色雷斯人都承认的真理，今天你的话已经说得够多了。"卡西乌斯说完，整理整理托加，转身离开。

德西奥斯听出主人的语气已经缓和了很多，他抿嘴摇了摇

①台伯河：发源于亚平宁山脉的意大利中部河流，流经罗马城后注入第勒尼安海，其流域是古代罗马文明的发源地。

头，快步跟上，朱庇特神庙和卡匹托尔山被甩在身后。

一年，对这座城市和普通公民来说太过于短暂，因为城市的历史太长，可以讲述的东西太多；公民们周而复始地生活，像未记事的孩童一样轻易地遗忘掉过去。但一年对于政治家来说可能是他们的全部生命，太多政治家们到来，还未来得及一展抱负便匆匆离开，像提比略·格拉古这样的殉道者一定不止一个。

两个人的身影在夕阳下一前一后地被拉长后映在卡匹托尔山的山腰上。他们的脚步凌乱，仿佛想快速地把过去的一切都踏成历史。

帕拉蒂尼山上的生活看似光鲜实则无聊，家庭主妇们忙完分内的工作便把杂事扔给奴隶们，然后发现自己的行动能力连剩余的大把时间的一半都填不满，于是她们刻意地放慢自己的节奏，趁着阳光充足，到某位太太家的庭院里说起家长里短。主人家里提前把椅子备好，几位太太在奴隶的陪伴下，努力地打发一天的时光。

而在这个时候，格拉古兄弟的母亲科尔涅利娅是从来都不参与其中的，作为伟大的西庇阿将军的女儿，科尔涅利娅天生便带有一种贵族的优越感，也许是西庇阿将军的荣光太过耀眼，即使他离开罗马也丝毫不会减少这一家族的骄傲。

相比于其他几位太太，科尔涅利娅则喜欢在午后翻着两兄弟曾经的学习笔记，他们写字用的木板上，涂的蜡大部分已经掉落了，但铁笔刻下的痕迹摸起来仍是当年的感觉。那个从罗德岛漂洋过海来到罗马的希腊人阿卡德米斯，他的学识几乎要从自己的名字里冒了出来。在科尔涅利娅的记忆中，他的络腮胡伴随着每一个学习的日子微微摆动。清晨的阳光洒在书桌前的莎草纸[1]上，学生们就在这里学习拉丁文复杂的格变化，面对着一个简单句的不同语序苦苦辨认。

每一天上午的课程都排得很满，希腊文、修辞学、历史地理也都是由阿卡德米斯一个人包办。那时候除了格拉古兄弟，还有两个自家奴隶的孩子，他们的天赋不比格拉古兄弟差，四个人互相提携指点，让父母和老师甚是满意。下午的体育训练时间，四个人或者跑步跳远，或者穿起盔甲，拿着盾牌木剑来玩角斗士游戏。

而现在，奴隶们带着孩子因为各种原因离开，两个儿子即将走向政坛时，希腊教师阿卡德米斯去世了。据说，在孩子们相继离家之后，阿卡德米斯抑郁无比，就在科尔涅利娅劝他到别人家再找一份教师工作的当天，他便毫无征兆地去世了，留下了一些用许多难懂的字符堆砌的文章。于是科尔涅利娅每次翻过孩子们读过的荷马和修昔底德的著作后，总是将阿卡德米斯留下的文字捧出来冥思苦想一会儿，直到有一天，科尔涅利娅痛苦地闭上眼睛，宣称这种文章才是“具有知识的人的结晶”。

既过着半独居的日子，又有着在他人看来是怪癖的举动，科尔涅利娅很快成为了太太们的议论对象。于是在妇人们的勾勒下，一个丰满的科尔涅利娅的形象出现了：首先是她超越常人的出身，以及她是一位优秀的教育者、一个好母亲，而她同时也是一个不食人间烟火的自负女人，一个拒绝了众多追求者，风韵犹存的寡妇。

“同样都是住在山上，为什么西庇阿家的科尔涅利娅就觉

---

①莎（suō）草纸：约公元前 3000 年起源于古埃及的一种书写载体，用当时盛产于尼罗河三角洲的纸莎草的茎制成，后广泛流行于地中海地区。

得自己高人一等呢？”某次午后小憩，一位太太拿着葡萄酒杯说，葡萄酒被稀释地很淡，让人几乎看不出颜色来。

另一位太太接过话头：“科尔涅利娅看似很不合群，不过，她的儿子提比略·格拉古可是一心投入到为罗马服务的工作上去啊。”

几个人立刻叽叽喳喳地讨论起当时竞选今年年末保民官时提比略的表现来，女人们的注意力是很容易被分散的，前一秒的气恼可以轻松转变成后一秒的崇拜。她们谈起那天平民大会的盛况，原本人头攒动的会场因为提比略的出现安静了下来，连最苛刻的一部分民众都在虔诚地聆听这次演讲，就更不必说其余的奴隶、平民、手工业者了。据她们家中的奴隶回忆，提比略每说完几句话，都会有掌声和欢呼声响起。

“许久没有见过这样的场景了。”那位奴隶回忆完，不忘加上这样一句评论。女人们一阵惊呼，但随即便压低了声音，生怕被可能路过的科尔涅利娅听见。

然而太太们都把科尔涅利娅想象得太过无趣了，就在卡西乌斯动身前去元老院的同时，科尔涅利娅家中迎回了久违的儿子提比略·格拉古。从竞选成功开始，提比略便下定决心要在任期开始前的几个月内深入到平民阶层当中去，他把自己的住所搬到山脚下，每天流连往返于饭馆、面包房、浴场这些平民最为集中的地方。他会找一个位置坐下，听周围人的抱怨与评论，一如卡西乌斯在浴场中了解自己的家世一样。偶尔也有被人认出来的时候，这时提比略便要耐着性子等待对方倒完苦水，安慰对方一番，给出一个口头承诺，然后在平民们的赞美声里默默离开。

静坐冥想的时候，提比略感觉到这个国家在以一种难以阻挡的势头衰落着，如果把她比作帕拉蒂尼山，那么居住在山腰的人在不停地向山顶和山脚跑去，贫富差距拉大、兵源不足，几十年前制定的财产等级和军队制度现在几乎成为一张废纸，首都罗马涌进来无数的无业游民、失地农民和怀揣着对这个国家期望的人。

现在这些人要失望了，因为梦想很少是切合实际的，如果每个人的愿望都实现，那么社会便无法正常运转。家中，科尔涅利娅听完提比略这段时间的想法后却并不感到担心，有的只是欣慰。那对在家庭教师和童年玩伴的陪伴下成长起来的格拉古兄弟，已经准备在不同的位置上证明自己，为更多的人分忧。

现在，科尔涅利娅可以长出一口气，因为她的选择是正确的。丈夫死后的那几年，她原本可以带上两个儿子远走高飞，到埃及、到托勒密王朝[①]治下的土地去开创新的生活，进而入乡随俗，格拉古兄弟在那之后可能不再会以罗马人自居，走上完全不同的人生轨迹。

可如果儿子们一事无成，导致留在罗马的赌博失败了呢？难道要守着两个庸才和这座山上的房子，每天应付、议论、寒暄与背后中伤，在对地中海对岸是接待幻想中孤独地死去吗？科尔涅利娅已经不敢继续想了。

恍惚间儿子说了什么也没有听清，科尔涅利娅只是机械般地提醒提比略，下午述职的时候注意自己的仪表和谈吐，连演讲时的手势与眼神也要细细揣摩。与易被鼓动的民众不同，元老院的老头子们远没有那么好对付。提比略满口答应，顺带亲

①托勒密王朝：由亚历山大大帝手下将领托勒密一世于公元前 305 年在埃及及其附近地区开创的王朝，首都亚历山大港。

了亲母亲的面颊。

冗长的中午过去了，之前尽力逃离酷热的中央广场的人们又都陆续返回，把自己投入到散步与谈天的活动中去。穿过人群，卡西乌斯和提比略·格拉古一前一后推开了元老院沉重的大门，把令人烦躁的世俗喧嚣关在了门外，准备迎接元老院这个神秘而至高无上的机构的检阅。两个人间隔了二十分钟。

和卡西乌斯同期进入元老院的还有刚刚从近西班牙行省、南法行省和马其顿行省卸任归来的七位官员，他们穿着清一色的红色镶边托加，由执政官依次介绍，每念到一个人的名字时，坐在扇形议席的元老们就会投来一道道不友好的目光，实则在告诉这些新议员们资历的重要性。

卡西乌斯虽有不悦，但为了使自己快速融入，成为这个体系中被他人承认的一员，现在只能目视前方，做出镇定的样子。其他的新晋议员们有的面无表情，有的微微战栗。座位前方的空地似乎被什么笼罩住，让人十分压抑。

议席的最后一排事先为他们留出了位置，这些位置由已去世和退休的老议员们提供。会场里几乎每个人都在交谈，卡西乌斯和其余七人也并不熟识，只是寒暄一下，了解基本情况而已。

直到执政官挥手示意，议员们才发现一个年轻人已经站在了执政官身边，正是提比略·格拉古。会场的嘈杂掩盖了大门的开合声。多数情况下，一种低调的出场方式总会有更大的可能去赢得别人的好感。相比于穿着华丽的新晋议员们，提比略则显得端庄朴素，这使得元老们看他的眼光稍微柔和了一些。

执政官似乎看出了这种微妙的变化，心想今天的述职会十分成功。他向议员们介绍道："由平民大会选出的，将于年末任职的新保民官提比略·森普罗尼乌斯·格拉古今天来到元老院的常务会议，向诸位阐述自己的施政方针。”

执政官退到一旁，把整片空地留给提比略，元老们正回味着提比略的家门名。提比略在脑子里快速地回顾了一遍应该做的手势和眼神的位置，开始了自己的演讲：

亲爱的诸位议员，在准备述职报告期间，我想到了自己之前的一段经历，我认为它有助于我在自己的任期内更好地帮助我的国家和人民。那是在三年前，我刚刚成为财务检查官，随军团前去西班牙，可是在托斯卡纳[①]停留的两天中，我几乎见不到有当地的伊特鲁利亚[②]人在那里居住耕作，取而代之的则是形形色色的外族面孔，他们来自高卢，来自北非，来自色雷斯，都是被征召至此来开垦荒地，以满足这里日益扩大的集中经营需求的。

一个议员冷冷地打断了提比略的陈述：“保民官阁下，我并没有听出这与你的施政方针有什么必然的联系。”

提比略没有受到他的影响，顿了顿继续说：“原来那里已经被大规模的农场所取代，数千尤格的土地只属于地主一人，而当我问起原先那些自耕农的去向时，农场主告诉我，大部分人都抱着混口饭吃的心态前往了首都罗马，这让我震惊无比。

“同时我也对自己长期以来受到的教育产生了某种怀疑，过去的时间中我专注于知识层面的积累，而忽视了对外部世界的观察，仅仅是从决定竞选保民官开始，我才决心走出书本，深入到普通公民中去了解他们的喜怒哀乐。他们向我讲述自己

①托斯卡纳：位于今意大利中西部的一片区域，首府佛罗伦萨。

②伊特鲁利亚：位于意大利半岛中部的古城邦国家，后被罗马吞并。

的生活，但更多的是抱怨：抱怨接连不断的人涌入罗马，他们的生存空间已经被极大地压缩了；抱怨富人们的生活安逸闲适，而他们只是在原地踏步。

“为了获得了解这个社会的新视角，我搬到了山下居住并且取得了十分良好的效果，一系列的执政方针已经在我的脑海中形成，我在竞选大会上也获得了广大平民的支持。在这里我斗胆向各位建议，作为来自各名门望族的元老院议员们，更加需要关注社会的现实和普通人的生活状态。整日关起门来开会对这个国家显然是不利的。”

这一番话在所有议员的心里都炸开了锅，但会场还是出奇的平静。议员们不说话，但眼神足以把站在中央的提比略杀死一百遍。他们固然如提比略所说，很少去社会底层人士聚集的地方体察民情，但提比略建议他们关注社会就是毫无道理了，毕竟绝大多数议员们都像卡西乌斯一样，是在拥有海外任职经历后才进入的元老院。如果他们都不关注社会，那么这个国家又怎么能维系这么多的行省？

另一个议员略带嘲讽口吻说道：“那就请新任保民官向我们阐述一下你的施政方针，让不和平民们接触的议员们好好学习。”

提比略说道：“有的话即使现在不说出来，以后也一定要说，所以不如借此机会让各位有所准备。通过之前的调查，我认为当务之急是解决土地问题，据我了解，这个国家涌现出如此之多的失地者的其中一个原因便是贵族及议员们以家人或奴隶的名义占用了大量土地。”

听到这里，卡西乌斯明白了德西奥斯来到他们家里的秘密使命，在外任职许久的他已经不了解国家上层社会的新潮流，这不免使他感到自己的落伍。对其他议员来说，原本对提比略的蔑视到这里却滋生出了一丝敬意，尽管提比略正在威胁着他们的利益，打算把他们嘴边的肥肉生生抢走，但他们不得不承认提比略说的是事实，大量失地农民涌入罗马也或多或少对他们的生活产生了负面影响。

导演土地兼并的始作俑者们现在都不说话了，提比略只是抛出了问题，现在还要听他的解决方案。提比略接着说道："过去按照每家人头来租借国家土地的方式已经行不通了，因为他们可以联合自己的亲属，购买大量的奴隶，所以在这里我提议新的土地法案所规定的土地租借上限应该以家庭为单位，超过该上限的土地需要交回，国家发放补偿金并将这部分土地分给无地农民。"

提比略明白，作为保民官，自己的话并没有举足轻重的分量。坐在下面的元老院议员不仅是他需要整治的对象，更是他需要请求支持的对象，在这个位置上进行变革，便需要在做出每一个决议时都要找到一个平衡点。提比略深吸一口气：不管今后的状况如何，至少第一步他走得还是稳妥的。

面对这个温和的提议，原本便不占理的议员们这回更加没有了反驳的底气，只能用默认来作为回答。虽然第一次见面使卡西乌斯对提比略产生了一些好感，但提比略无形中却把德西奥斯置于了一个尴尬的境地。新的法案颁布后，奴隶们的地位也就下降了，等到他们解放被主人赶走的时候，这个群体又会带来某些未知的问题。

自觉今天述职成功的提比略走下台去，而他没有注意到一双眼睛一直在盯着他。那双眼睛来自他的少年好友，即将上任的四名保民官之一马尔克斯。除了自家奴隶外，马尔克斯一直是和格拉古兄弟走的最近的人。今天提比略给马尔克斯的印象完全不同，他的思维与谈吐使马尔克斯产生了陌生的感觉，这种感觉甚至让他怀疑自己还有没有接下来发言的必要。

没有人发言的时候会场里总是很乱的，马尔克斯站在中间，忘了自己要说什么，欲哭无泪，提比略在他眼里突然变得像个过客，萍水相逢后又飘飞远去。

保民官正式就职的日子慢慢接近，不同身份的人各有心事。先是卡西维娅痛快地向丈夫承认了德西奥斯的到来在某种程度上的确出于她的私心。令她惊讶的是，丈夫对此没有表现出反感，利用法律的漏洞获利本就无可厚非，有错的是立法者们。当卡西维娅听丈夫说起提比略的述职时，她明白自己的如意算盘打到尽头了。不过，来自色雷斯的德西奥斯每天都帮助女主人将家里打理地井井有条，使夫妻两人多少觉得物超所值。

在山下，农地法案也已进入了最后的筹备工作，提比略已经想好了所有可能的结果。为此，他决定成立一个委员会来促进法案的实施，但放眼望去，只有自家人才能取得提比略的信任。他找到了弟弟盖乌斯[①]和岳父阿庇乌斯，取得二人的同意不是难事，但弟弟盖乌斯已经接到命令随军前往西班牙任职，对于罗马他鞭长莫及，根本无法对哥哥有什么实质性的帮助；岳父阿庇乌斯体弱多病，这是一项先收地再分地的工作，他又怎么能经受得住如此多的贵族和无地者的狂轰滥炸呢？

提比略做好了孤军奋战的准备，对于这件事他想得很清楚：委员会是一个维稳的工具，工作只能他一个人来做。

---

①盖乌斯（公元前 154 年—公元前 121 年）：即盖乌斯·格拉古，提比略·格拉古之弟，在其兄死后任保民官，继续推进土地改革，最终失败身死。

与此同时，流落在浴场、面包房和街边阴影处的无地者们正经历着一生当中难得的好日子，他们可以将所有的愿望加到提比略身上。等到法令一出，当发现其中的内容不能满足他们的所有要求时，对他们来说，这种好日子也就失去了一部分乐趣。

这部法令以提比略的家门命名，叫做《森普罗尼乌斯农地法》，内容和他在元老院述职时所说的并没有太大区别，不过追加了一条：土地的租借权只能继承，不能让渡，这也将投机分子面前的最后一扇窗户关上了。

法令颁布的那天，从早晨一直到晚上，贴着希腊文和拉丁文版本农地法的布告栏前一直围满了人，有的人自己就能看懂，有的人则需要别人翻译给他听；有的人打算使用各种手段蒙混过关，有的人则开始盘算分到土地后该怎么使用。从人们脸上的表情就能大致将他们按照社会地位分类，提比略在努力记住他们的脸，默默地想着清查的顺序。

提比略原本认为收地比分地难得多，但事实证明恰好相反，首先贵族和元老院议员们在国家法令面前也不敢造次，想故意拖延的人也拖延不了几天，反抗法令只会让别人抓住自己的把柄而已，更何况从国库拨出的土地补偿金也不是一笔小数目。

农地法的第一步进行得超乎寻常的顺利，提比略每天走访、清查土地、支付补偿金、作好记录以便查阅，不过在第一步进行的过程中，那些失地者们却不耐烦了。农地法颁布一周后，一群失地者们在布告栏处堵住了正准备前去工作的提比略·格拉古。他们每个人都抢着和提比略说话，但意思都是一个：快点把地给我们。

提比略平静地说：“现在进行的是土地的清查回收工作，

地没有回收完，就没有办法分给你们。”

失地者们作为无产阶级，没有了最基本的生活来源，也就失去了部分理智。提比略说了什么他们并没有听到，但在保民官面前他们也不好发作，最后只得骂骂咧咧地走了，他们找到一片阴凉处坐下，互相讲着自己家乡的故事，眼睛不住地望着告示板的方向。

提比略摇摇头准备离开，突然发现了一张老面孔，正是述职日中午撞到他的德西奥斯，德西奥斯拿着买好的面包和橄榄油问道：“最近几天的工作很忙吧，保民官？”

“这几天还算顺利，不过刚才的事你也看到了，我以后可能会天天和他们打交道的。”

“在我的老家这样的人很多，他们只看到自己的利益，其他什么都不管。不过这里是罗马，他们之所以有些不理智，不过是因为快要走投无路了而已。”

提比略略带赞赏地说：“以你的谈吐做奴隶实在是太可惜了。”

德西奥斯面带羞涩：“新法令颁布后家里也就不用养那么多奴隶了，不过议员大人还算欣赏我，许诺说我解放之后可以继续留在他家里，女主人还开玩笑说我留在家里做教师。”

提比略对此不置可否，只是说：“很多家庭的教师都是奴隶，他们多数来自希腊，学识渊博，拉丁语说得比罗马人还好。你是从哪里来的？”

“色雷斯。”

“色雷斯人很善战，而你给我的印象却不同，没准你女主人的话会成真呢。”

德西奥斯笑了笑，两个人互道再见。

提比略·格拉古带着一种沉重又无奈的心情结束了第一阶段的工作，他尽其所能地为失地者办事，到头来却是他们给自己带来的麻烦最多。他已经预料到了，更大的麻烦还在后面。分地工作一开始，失地者们纷纷表示自己不仅需要地，还需要钱。提比略本想斥责他们贪得无厌，但听完解释后不得不承认他们说的有道理。他们并没有钱去买种子、牲畜和必备的工具，也没有钱雇佣劳动力。如果没有这些，土地在他们手里发挥不了任何作用。

就这样，法令颁布后的第一个危机爆发了。提比略曾信誓旦旦地向元老院说明来自国库的拨款是用于支付补偿金，而现在土地扶耕所需的资金已经远远超出了补偿金预算，这笔钱除了从国库支出别无他法。

提比略明白那些原本就对自己持怀疑态度的议员们这次可以明目张胆地反对他了，他只能硬着头皮去和议员们谈判。果不其然，一部分议员表明了自己反对的态度，他们一直都在等待这个机会，好将提比略彻底打倒。但持反对意见的议员还是占少数的，加上提比略将利害关系陈述得非常清楚，这场会议才没有出现一边倒的局面。

令提比略无论如何都没有想到的是，下一次谈判中，他的年少好友马尔克斯竟然公然站出来反对他，马尔克斯反复申明国库的钱不能用于私人补助，但他说话时显然没有什么底气。卡西乌斯明白这是怎么回事，前一天晚上，一位议员带着他们几个新人气势汹汹的赶到马尔克斯家，要求他与反对派站在一起，以取消这个荒唐的法令。马尔克斯并没有见过这种阵势，最后只能答应，今天他的发言也是昨晚大家一起拟好的。

其实马尔克斯对这种事并不关心，某种程度上，他对提比略的政策十分欣赏，只是在这个位置上身不由己，他在台上漫不经心地发着言，心里想的是求得提比略的原谅。

提比略并不知道昨天晚上到现在发生的这些事，他对马尔克斯的突然转变感到愤恨，一种孤立无援的感觉包围了提比略，这种感觉来自年少知己的背叛。提比略一时语塞，不知道说什么好，他下定决心，做出了一个大胆的决定，待马尔克斯发言完毕，提比略大声地说：“这不仅是对国家有长远意义的法令，更是保障每个平民利益的法令，既然它和平民们息息相关，那么就应该经平民大会讨论，是否通过，元老院无权干涉！”

说完，提比略便带着怒气走了，留下了惊呆的众人，尤其是马尔克斯，他的心里焦急万分，预感他和提比略的友情走到了尽头。

卡西乌斯的心情同样复杂，昨天晚上他只不过是被拉去的而已，那位资深的议员带着几个新人去闯别人家的目的只是彰显一下元老院的权威。卡西乌斯从来都没梦想过去当什么法务官、执政官，他不求有功，但求无过。提比略把他家里超过一千尤格的那部分土地都拿走了，他什么也没有说。他一直认为能够拿着一个铁饭碗平稳过一辈子就知足了。像这种反对保民官的行为就是一次二选一的赌博，他一点都不想参与。

现在提比略离开了会场，等于是和元老院闹翻了，但他的身后有平民大会的支持，有关平民的法令交由平民大会来表决符合罗马法律，保民官和元老院谁输谁赢还很难说，卡西乌斯夹在二者中间很难做人。

卡西乌斯回家后心情异常烦躁，以至于他看到为了共用排水系统而并排修建的厨房和厕所时就开始高声咒骂，声称这是这个国家最肮脏的设计，比政治体系内同时拥有元老院和平民大会还要肮脏。

奴隶们把食物端上来，卡西维娅照例坐在丈夫榻边，笑着问道：“元老院和平民大会又开战了吗？”

卡西乌斯喝一口葡萄酒说：“只要我不参与就行，但这次好像躲不过去了。今天提比略中途离开会场，已经拉开架势准备和元老院作对了。”

卡西维娅说：“您一定要跟着元老院走，凭那几个保民官能掀起什么风浪来？”

一旁的德西奥斯默默地服侍主人用餐，他没有发言的权利，可他心里很明白，只要提比略站在广场上发表一些关于土地的言论，罗马城里呼应他的人岂止成百上千。这些人出没在每一个德西奥斯早晨采购经过的地方，焦急地等待提比略和元老院的较量结果，表面上看提比略占了下风，可当他从元老院走出来后，回到人群的簇拥下，结果仍未可知。

这边卡西维娅不停地为丈夫鼓劲。与此同时，提比略准备做出第二个大胆的决定，准确地说，当他走出元老院时这个念头已经冒出了：他要弹劾马尔克斯以保证法令的继续进行。这个想法太过疯狂，以致于一旦成功，提比略将创造历史，这段历史将极其荒谬，但在后世看来，那不过是一个为国家鞠躬尽瘁的保民官在非常时期使用的非常手段。提比略不住地在心里说，所谓改革总是难逃牺牲的，对不住了，马尔克斯。

提比略和马尔克斯两人都在心里向对方道歉，但直到他们政治生命终结之时却都不知情，冥冥之中，这也算是一种讽刺。

在一个召开平民大会的日子，提比略把马尔克斯带到了台上，连同其他两位保民官一起接受平民们的质询。提比略先发制人，直接抢过话头：“同胞们，现在农地法已经进行到了最重要的环节，但在拨款问题上，元老院并不松口，所以今天我将农地法的追加条款拿到平民大会上来表决，即允许国库拨款用于提供农民复耕所需的资金。”

下面一呼百应，这个追加条款毫无悬念的通过了。

提比略话锋一转：“然而今天还有一件重要的内容需要大家的表决，现在站在我身边的保民官马尔克斯先生已经和元老院的某些迂腐议员们站在了一起，企图阻挠农地法的实施，所以我想借此机会宣布弹劾马尔克斯，希望大家配合表决。”

听到弹劾这个词，马尔克斯脑袋一下子蒙了，他万万没有想到提比略会来这一手。按照他的设想，农地法在平民大会上顺利通过以后他就采取默许的态度，对来自元老院的质疑视而不见，他根本不想把政治牵扯进两人的关系。

而现在说什么都已经晚了，经提比略添油加醋这么一说，马尔克斯已经成了平民大会上的众矢之的，他觉得自己如果试图辩解，下面很有可能会冲上来一群人将他打死，于是只能闭口不言，忍受着下面山呼海啸般的“下台”声，以及各种各样的辱骂。

提比略感到局势有点失控，刚想说话，却看到马尔克斯举起了一只手，会场渐渐安静下来，马尔克斯无奈地说：“我自愿辞去保民官一职。”

下面沉寂了片刻后便开始欢呼起来，提比略拥抱了马尔克斯，后者轻轻推开了提比略，走下台去。即使有些话没有说，现在也失去了说的必要，为了国家，提比略失去了两人的友情。总之他的心还是好的，马尔克斯安慰自己道。

今天的会议进行地飞快，因为提比略完全调动起了所有人的情绪，剩下那两个保民官看见这阵势一句话都没敢说，站在台上十分尴尬。元老院里则炸开了锅，提比略将法令拿到平民大会上表决本就符合规定，他们只能忍受，可提比略公然弹劾和自己处于同一职位的马尔克斯，于情于理都说不过去，仅仅是发表了反对意见就被弹劾，那么这个国家才真是难以运转了。

这时，一些好事者在元老院里大肆放大这件事的危害性，不过他们想的不是国家制度被打破对今后的不利影响，而是想让提比略下台，进而废除这个该死的法令，再把他们的土地拿回来。

今天元老院比菜市场还要吵闹，几乎所有的人都在说话，少数几个没有说话的人当中就有一个是卡西乌斯，他躲在一边，神情木讷，等着一宣布散会他就立刻跑进浴场跳进水池里。

提比略在广场的布告栏旁设置了一个工作点，每天负责应对失地农民和故意找茬者，这期间弟弟盖乌斯从西班牙寄来信询问情况，提比略回复一切顺利；母亲科尔涅利娅如今成了罗马最受人崇敬的女人，她每次下山来总有人夸赞她养育了一个好儿子，科尔涅利娅在广场另一侧远望儿子，心里多少有点虚荣心作祟。

德西奥斯这几天明显感觉到路上宽敞了许多，他在采购的路上不必承受那么多坐在阴凉处的眼神了。这一切主要归功于提比略·格拉古，有了钱和地，失地者们也就陆续离开了罗马，但在资金上，仍有一大块缺口。

有时候对于一个人来说，怕什么就来什么，不过有的时候也是想什么就来什么。就在追加条款通过几天后，远在小亚细亚的帕加马[1]国王阿塔罗斯三世在遗嘱中写道将自己的王国赠

①帕加马：安纳托利亚古国。

予罗马，这一消息在罗马传开后并没有引起广泛讨论，因为两地太过遥远，对罗马人的生活产生不到丝毫影响，不过提比略听说此事后，将它视作一个天赐良机，他立刻来到元老院，请求将帕加马地区上缴的租税用作实施农地法的资金。

这下，议员们那些因为提比略弹劾马尔克斯而积压下来的怒火全部发泄了出来。提比略犯了一个很严重的错误，因为帕加马王国并入罗马后要作为行省存在，而依照法律规定，元老院需要派出十名议员组成的观察团对即将成为行省的地区进行考察，形成统治模式提案后上报。提比略的要求已经不是在和元老院叫板，而是打算将元老院踩在脚下了。

闹得最欢的好事者们表面上愤怒，心里却乐开了花，他们很清楚提比略已经走向末路，他的失势，最晚不会超过下一个保民官竞选日。

但表面工作还是要做的，议员们拿出法律告诉提比略应该成立观察团，提比略对此的态度十分强硬，他的强硬态度刺激着元老院的神经，也在引导他自己一步步走向灭亡。

一面是涉世未深但满腔热血的保民官，一面是固守传统圆滑世故的议员们，两方的争斗让卡西乌斯非常难受。卡西乌斯不是傻子，他知道提比略这么一闹的后果是什么，失地农民拿到地后便离开了罗马，提比略再也不能像上次弹劾马尔克斯一样获得那样山呼海啸的支持了，胜利的天平终向元老院倾斜。

卡西乌斯从心底里钦佩提比略・格拉古，因为后者单纯的热情和勇气。归根结底，卡西乌斯还是一个怕麻烦的人，如果把他放到提比略的位置上，他连两天都坚持不下来，但他喜欢提比略的性格。他不明白为什么人们总是要打压有热情的人，难不成自己做不了也一定要让别人也做不了吗？

两边谁也说服不了谁，提比略一气之下想一走了之，这一次，几个议员堵住了他的去路，久未发言的执政官痛心地说道：“提比略，你确定要和元老院作对到底吗？”

提比略犹豫了一下说道：“只要能通过对国家有利的法令，无所谓是否作对。”

会场里爆发出一阵大笑，保民官或许已经疯掉了。如果他说的东西就都是对国家有利的，那等于变相地说坐在这里的几百号人都是饭桶，大家算是明白了，什么保民官提比略，只不过就是个想逞英雄的笨蛋。

执政官感觉受到了极大的侮辱，但作为执政官他不好发作，他让议员们把一意孤行的提比略放走了。他可以在公众面前出现的时间只剩几个月了，只要元老院这边不松口，就随他去吧。

当年提比略和弟弟玩的盾牌与木剑的游戏现在似乎要成真了，提比略现在已然成为一名角斗士，所有人把他围在中间，准备看他出洋相、挂彩、倒地，然后他们再把大拇指向下，表示他在这场战斗中的表现实在太烂，最后由对手上前把他的脑袋割下来。

这几天，提比略不止一次梦见自己死在众人面前，每次醒来都惊出一身冷汗，他在山下的平民房子里辗转反侧，有了回到山上家里的冲动。不过他还是选择了放弃，他不想让别人说保民官抛弃了民众，自己回到山上享福去了。

提比略有时候会质问自己：你到底为了谁活着？有了土地的人已经走了，元老院已经将他列入了黑名单。最让提比略心寒的是，那些尚未分到土地的人像债主一样每天缠着他，那架势好像提比略欠他们的钱，这是不能让母亲和弟弟知道的。好在他还有几个朋友，一个可以称之为“竞选团队”的组织。

现在竞选团队中的每一个人都把接下来的几个月当做自己生命的最后几个月来过。事已至此，法令如想继续，只能寻求连任，大家不能想象如果提比略下台会是什么后果。本来保民官在任期结束后是可以进入元老院的，提比略却把这条路彻底堵死了。要么苟且地过一辈子，要么壮烈地死去，提比略哪个都不想选，他希望踏出奇迹的第三条路。

卡西乌斯问："罗马城里谣言最多的地方是哪里？"德西奥斯回答："是小饭馆和面包房。"卡西乌斯摇摇头说："罗马城里谣言最多的地方是元老院。"在提比略因帕加马王国与元老院大闹一场后，主仆二人有了以上的对话。卡西乌斯望着德西奥斯不解的神情解释道："元老院正经历着谣言最多的时期，好事者们四处宣扬提比略要当行省总督并准备把帕加马王国据为已有之类的话，执政官和资深元老们对此视而不见。"

在向德西奥斯解释时，卡西乌斯怀着愤慨之情，其中也夹杂了一丝轻松。因为此消彼长后，局势已经十分明朗，他不用犹豫站到哪支队伍里去。德西奥斯很清楚卡西维娅和提比略让他做家庭教师的建议只是客套而已，他的学识无法胜任这个职业，更无法在这种局面下给出让卡西乌斯眼前一亮的建议。他只是个快要被解放的奴隶而已，你无法在奴隶市场里随便一指，就宣布这个奴隶有成为大学问家的潜质。

世界上是没有那么多奇迹的，就像德西奥斯成为不了大学问家，元老院无法接受提比略提出的要求一样。各方面的资料汇集到提比略的平民房子中，整整三天时间，竞选团的成员在一起分析商讨，得出的结果是并不令人惊讶的难以连任。

提比略坐在屋里，屋外的人透过窗子，已经听不见屋内的喧闹，或许这一刻屋里的人都开始承认，罗马即将恢复它作为首都的气质，重新成为一座由工商业者和贵族们统治的城市，农民在这里很难找到归属感，他们拿到土地便忙不迭地逃离这里，回到庄园和牧歌的怀抱当中。

再也没有一个时刻像现在这样，让提比略如此地思念那一张张离开罗马的面孔，一切的成就和痛苦都源于他们：他们的到来使提比略走出了象牙塔，到达了人生的顶点；现在他们的离去又在将提比略推向深渊。

同样，奇迹也无法发生在工商业者身上。他们之中，能有几人忽然脑子一热，认识到土地问题对于这个国家的重要性，然后就在平民大会上支持提比略·格拉古连任呢?

竞选团成员们你一言我一语出着主意。有人认为，竞选的会场设在卡匹托尔山[①]的朱庇特神庙前的大广场，那么应该早早赶到那里占据最高点，所有支持者们应该将提比略围起来加以保护，使得连任竞选能够顺利进行。可即便是这个提议，提比略也感觉难以实现，自己对于帕加马的提案没有得到通过，十名议员组成的观察团已经出发，至少到竞选那天他们无法赶回，加上元老院现在明显是在采取拖延措施，他们是在变相告诉提比略，别想打帕加马王国的主意。

提比略的这个希望破灭了，农地法就彻底失去了财路，再也无法指望平民们的耐心了。天知道到了竞选的那天还会有多少人支持他，若是爆发冲突，自己的这些人甚至都不够对方打。

又有人出主意说每人在竞选日时准备一根木棍别在托加里，和平时用来疏散，冲突时用来战斗。这个提议倒没有什么讨论的必要，大家一致通过了。

---

①卡匹托尔山：罗马城七座山丘之一。

这几个月竞选团一直在讨论没有什么价值的东西，这种情况要一直持续到竞选日，等候命运裁决的时间漫长又煎熬，他们一如落入泥淖的大象，很想做点什么，但除了稳住平民们的情绪外什么也做不了，拳头如打入棉花中一样无力。

卡西乌斯曾幻想着自己如果被选入了元老院观察团去帕加马调研，他一定会以深入研究为理由尽量拖延时间，用大量的数据取得元老院信任的同时也可以躲过首都这场冲突的风头，等到元老院和平民大会的互相攻讦结束再风风光光地回来。可事与愿违，这样的美差不止他一人有意，像卡西乌斯这样的新晋议员，板凳都没有坐热，和老人们比没有什么竞争力，他只能眼睁睁看着这块肥肉落入别人嘴里，自己则留在首都担惊受怕。

当观察团从罗马出发前往布林迪西[①]中转时，卡西乌斯选择躲在浴场里，眼不见心不烦，这次他带上了德西奥斯给自己刮身子。由于家中有卡西维娅，这是主仆二人难得的独处时光，他们聊色雷斯和德西奥斯的过去，聊元老院和竞技场，聊罗马治下的芸芸众生，一直聊到卡西乌斯觉得观察团已经离开了罗马的视线后两人才走出浴场。

一个国家的实力和气度能从它对待弱势群体的态度中反映出来，罗马有了平民大会，才可以被称之为罗马，从这个角度来说，提比略在为维护国家的形象尽心尽力，但如此大的一张遮羞布不是一个人就能撑起来的，帮助提比略的却正是他讨厌的贵族和议员们。

正是这些贵族和议员们对来自希腊的家庭教师崇拜到近乎

---

①布林迪西：位于今意大利东南部，临亚得里亚海。

疯狂的地步，这个国家将希腊语视作必修课，城市在无条件地欢迎着外来人，让他们不停地挥霍着自己的梦想。

即将解放的德西奥斯在与主人的闲谈后找到了一些归属感，他将和成千上万的解放奴隶一样，成为国家的根基。德西奥斯很温暖，但他不会形容罗马带给他的感觉，他不知道这种感觉就叫做“宽容的精神”。

在这个任期里提比略接触的无数失地者让他逐渐产生了一种异常的仇富心理，同时也忘了自己是贵族出身。贫富差距过大原本只是他初次竞选保民官时的一个论据，到了现在，竟成了一件令他无比痛恨的事。提比略并没有发现这种微妙的心理变化，这几天他在反复思考，想着面对支持者和反对者时他该说些什么，用什么样的手势。

和提比略紧密相连的那些人都看出来了，提比略失去了弹劾马尔克斯时的果敢、自信和不可一世，他每一句话，每一个字都要反复写好几遍，这在提比略最春风得意时是不能想象的。

提比略的胆怯被大家看在眼里，也传到了元老院的耳中，在审核观察团发来的第一部分关于帕加马治理方式的提案时，农地法改革中损失最严重的人之一的大祭司那西卡在一旁冷嘲热讽地说道：“看看他们多蠢啊，竟然为帕加马国王提比略·格拉古提供了这么好的治理建议。”

会场里一阵哄笑，执政官示意他们安静之后接过话头说道：“三天后将是新一届保民官的竞选日，如果提比略要背叛国家，那么他就不会寻求连任。”

那西卡摇摇头说：“连任正是背叛最好的掩饰，执政官要操心的是一整个国家，不会连这点警惕心都没有吧？”

执政官不服地说：“好，提比略究竟想干什么我们三天后就知道了，现在大家开始依次对观察团的报告发表建议。”

第二日傍晚，德西奥斯十分慌张地找到卡西乌斯，说：“大事不好了，我的主人，保民官竞选是一场阴谋！”

卡西乌斯十分疑惑，对德西奥斯说：“你坐下来慢慢说，把所有你知道的信息都告诉我。”

德西奥斯喘了几口气说道：“主人，刚才我做完了所有我分内的工作后出去散步，在山下看见几个喝的半醉的人在说关于保民官连任的事，我就躲在一旁偷听，发现他们几个是大祭司那西卡家的仆人。根据他们的对话，那西卡已经在元老院发动了一大批对提比略非常不满的人，他们打算将大批木棍和铁棒在明晚运送到费迪斯神庙，那里是当天元老院开会的地方。然后那西卡又安排了大批反对派在当天冲击提比略的队伍挑起事端，一旦发生冲突，他们将立刻以提比略叛国为由将他打死。这几个人认为他们的计划已经完美，出来喝酒庆祝，结果被我听到了。我知道的就是这么多。”

卡西乌斯听后冷汗直冒。他不怀疑这番话，一是他原本便信任德西奥斯，二是这段时间那西卡的确在元老院内向大家渗透各种不利于提比略的信息，而且所有议员在竞选当天都要到费迪斯神庙去，那里距举行竞选的朱庇特广场极近。

这场预谋针对的是提比略和他的支持者们，卡西乌斯本可以全身而退，现在他的脑海里正在快速地闪过几个处理方法。首先，绝对不能把这件事在元老院说破，执政官和大祭司在提比略问题上有分歧，这件事想必执政官不知情，他自己还要在元老院继续任职，因此只能装傻；其次，卡西乌斯正在考虑是否要将这件事告诉提比略，尽管他心里非常想这么做，但理智告诉他不可以，一件事只要有一个外人知道，便有泄露的可能性，提比略的支持派人多且杂，如果竞选当天那些支持者们突然高喊出提比略和卡西乌斯两个人的名字，那卡西乌斯就有可能无法活着回来了。那么他该怎么做？本着什么都不参与的原则，卡西乌斯决定装傻到底。

但如果那西卡将一根铁棍递到自己手里，要他跟着队伍去殴打屠杀那些提比略的支持者们，那情况就非常糟糕了。卡西乌斯本就对提比略抱有好感，他甚至希望后者连任把这项改革进行下去，要他拿着铁棍打人是不可能的，他只能故意拖慢自己的脚步，落在队伍后面，然后眼睁睁看着这一切发生。

卡西乌斯对德西奥斯说："这件事只有咱们两个人知道，竞选那天你到会场去，一旦爆发了冲突，你就顺着费迪斯神庙的方向去找我。"

德西奥斯做出保证："主人的安全是第一位的，我们不参与冲突，也不要被误伤。"

卡匹托尔山上的朱庇特广场终于迎来了保民官竞选日，在来的路上提比略告诉自己：这世上不论什么事都得有一个结局，不管成功还是失败，自己都要欣然接受，即使壮志未酬，甚至名裂身死，都是必须经历的过程。提比略回想着他任期内的种种经历，竟有了点悲壮的味道。

这一天风和日丽，支持者们认为这是个好兆头，他们把木棒藏在托加里，簇拥着提比略走进广场，没有遇到什么阻拦，他们便来到朱庇特神庙前。

顺利地超乎提比略的想象，他脑中有了一篇完整的演讲稿，他清了清嗓子准备演讲。

"消灭叛国者提比略·格拉古！"人群中爆发出了这样的喊声，提比略眉头一皱，决定继续演讲，可他发现情况不太对劲，因为喊声越来越大，人群也在你推我搡，往远处看，两侧分别有一帮人在冲击着人群，前排的人快站不住了，马上就要被挤上演讲台。

提比略身旁的几个人勃然大怒，他们用眼神一示意，其余人来到演讲台周围，从托加里把木棒拿出来。

其实他们的本意是想维持秩序，结果正中了那两拨人的下怀，他们又开始喊道："叛国者提比略要武力镇压罗马民众，自己准备去帕加马当国王了！"人群不一会儿就更乱了。

几百步之外的费迪斯神庙，元老院的会议就在那里进行，一个那西卡的手下闯了进来，上气不接下气地说道："提比略的支持派拿出了武器，打算镇压民众，自己做国王了！"

紧接着，那西卡便拍案而起，大怒道："这是国家危难的时刻，我们必须站出来了！"他又扭头看着执政官，"很明显，你猜错了，叛国者浪费了你的感情。"

几百名议员像变魔术般拿出成堆的木棍与铁棒，卡西乌斯把这一切都看在眼里，像看戏一般，直到有人往他手里递了一根铁棒他才从恍惚中惊醒，跟着人潮走向朱庇特神庙。

气势汹汹的议员们赶到后，那些看热闹的人一看形势不对，便都逃走了，让卡西乌斯感到欣慰的是，他一到朱庇特神庙，德西奥斯便迎了上来，扶着他往人少的地方走。议员们与那西卡事先安排好的打手们会合后，便对提比略和他的支持者们开始了疯狂地进攻，议员一派看来打算下死手，见人直接往要害处打，提比略一方支撑不住，纷纷倒下。一个人倒下后立刻围上来三个人再打一气，直到打死为止。

提比略再怎么想当英雄，现在也只能逃跑了，可跑了没几步，一个人从后面追上，给了提比略后脑一铁棍，提比略就以这种丑陋的方式倒下了。

倒下的一刻，提比略的脑海中突然闪出他十六岁那年漂洋过海来到北非，在小西庇阿[1]的军队里见证罗马攻陷迦太基的那段岁月。那一天罗马军团完完全全拆除了迦太基的首都，在每一寸土地上撒盐，让这里寸草不生。拆除工作结束后，小西庇阿邀请提比略，还有当世那位伟大的历史学家波利比乌斯[2]一起去散步，三人沿着海岸线走了很久，波利比乌斯问小西庇阿："作为一军的统帅，此时此刻应该高兴才是，为什么您一直闷闷不乐呢？小西庇阿停下脚步，一字一顿地对两人说道："我只是怕，我们的罗马终有一天，会遭遇和迦太基一样的结局。"

提比略就在这样的回忆中渐渐失去了意识，临死前他心想，小西庇阿将军说的话多么有道理，他的嘴角不禁露出了笑意。他无意诅咒他的国家，只是这一切不能不让他往最坏的结果去想，他不能再享受这个国家的荣耀，也无法再试图化解这个国家的危机，他只能潇洒地放手离去，把烂摊子留给后人，一个起点和天赋都比他更高的人。

这个国家能变好吗？她什么时候能从胜利者的骄横中走出来，正确地审视自己？这是提比略一直以来的疑问。他是个最纯粹的爱国者，爱国爱到愚昧的程度。人们可以说他热情勇敢，也可以说他无知自大，但至少他震动了这个国家，这就是他作为殉道者的意义。

---

①小西庇阿（公元前 185 年—公元前 129 年）：大西庇阿长子的养子，罗马共和国将领，曾两次出任执政官，在第三次布匿战争中率军攻陷迦太基城。
②波利比乌斯（约公元前 200 年—公元前 118 年）：古希腊历史学家，曾作为人质来到罗马，后担任小西庇阿的家庭教师，著有《通史》，大部分已佚。

这场血战不一会儿就结束了，卡西乌斯的铁棍没有派上用场。三百多支持者的尸首，连同提比略的一起被抛入台伯河中，卡西乌斯不忍看到这些，他承认自己的软弱与妥协，不过这样的生存之道可以保证他的安全。可笑的是，在潜意识里，卡西乌斯还曾自比过征服非洲的西庇阿将军呢，两个推开元老院大门的人一个会永远被记住，另一个很快就会被忘记。

德西奥斯对卡西乌斯说："其实您和提比略一样，都是好人。"卡西乌斯淡淡地说："不过我只是个小人物，小人物是不会拥有如提比略般的勇气的。"

两个人又说了一会儿话便动身回家。已是黄昏，一场令人印象深刻的宴会刚刚结束，台伯河上落日正美，血红的落日用它的壮烈为死者超度，也预示着下一个黎明即将降临。

# 耶路撒冷日记

我是流亡者的后裔和囚徒的儿子，从出生起就要接受作为奴隶的命运。

父亲去世后，我的身边再也没有了可以给我讲故乡事的人。父亲生前曾说，我们的故乡如今是一片废墟，我们从废墟中迁徙而来，在此落地生根。我就在这样的灌输中长大。

然而当地人对我并不友好，他们骄傲地说，我们的幼发拉底河波澜壮阔，我们的空中花园[①]高耸入云，但它们并不属于你们这些外乡的奴隶。

父亲温和地说，我告别了废墟般的故乡，让你出生在这里，这里就是你的故乡。我问父亲，是不是每一个出生在这里的小孩都要听主人的话，做好主人安排的一切事务？父亲慈爱地摸摸我的头，说，是的。我继续问道，为什么我和主人家的孩子同龄，可生活上的差距却有这么大？这一次他没有说话。

记事以后我发现，像我一样出生于此的流亡者后裔为数不少，足有几千人。他们的先辈，第一批的流亡者们，该是有上万人。在主人和他朋友的对话中，我零星地听到那些流亡者们的身份，有贵族，有工匠，更多的是平民。原本在故乡阶级分明的人群，在这里竟变得平等，都成为了奴隶。

父亲在故乡时，是一个再普通不过的平民，有一天，他高兴地和我讲起他看到一个过去欺辱过他的贵族在这里也成为了和他身份相同的人。我能看出来父亲不是发自真心地高兴，那是一种十分异常的心理状态。

我试着让父亲告诉我故乡的更多事，他仔细地打量着我，

①空中花园：世界八大奇迹之一，又称悬苑。传说在公元前 6 世纪由新巴比伦王国国王尼布甲尼撒二世在巴比伦城为王妃安美依迪丝修建。

站在他面前的，是一个已经快速长大并能独当一面的男孩。他决定把自己关于故乡的梦想传递给我，因为他坚信我早晚有一天能回到故乡去。他说，我们的故乡本不是废墟，而是城市，它有整齐的房屋、干净的街道和恢宏的圣殿，它还有一个伟大的名字叫耶路撒冷[①]。

父亲压低了声音，这些话不能让主人听到。他说，他亲眼见证了故乡由城市变为废墟的过程，导演这一场毁灭的，正是空中花园的修建者，巴比伦[②]人的国王尼布甲尼撒[③]。

一个人可以把一座城市拆得支离破碎，也可以建造成令人叹为观止的建筑，人真是一个复杂的动物。他还说，不要试着和国王作对，要忍耐并适应在巴比伦的生活，因为你的理想很远大，你要回到耶路撒冷。

耶路撒冷对父亲来说，已经成了一个太久没有说出口的名字，他的舌头打着结，发音也不标准了，但他在不断努力把这个词说好。耶路撒冷是希望，是可以照耀到巴比伦的光。

有一天主人命我擦拭他收藏的金银器具，并一再嘱咐要轻拿轻放。端详着那些器具，我产生了一种莫名的亲切感，上面镌刻的文字跳跃着，我像是天生就能读懂它们一样。

擦拭完毕后，主人说，这些金银器具，都来自于你父亲的老家，我花了大价钱才买到手，所有来到家里的客人都对它们

---

①耶路撒冷：犹太教、基督教和伊斯兰教的圣城，位于近东黎凡特地区，地中海和死海之间，其城市史最早可追溯至约公元前二十世纪。历史上的耶路撒冷命运多舛，曾被亚述、巴比伦、波斯、罗马、阿拉伯、十字军等外族占据，现为以色列和巴勒斯坦共有首都和政治、经济、文化中心。

②巴比伦：四大文明古国之一，位于两河流域的美索不达米亚平原之上，出现于约公元前三十世纪。

③尼布甲尼撒：即尼布甲尼撒二世，新巴比伦王国历史上最伟大的君主，曾率军征服犹大王国和耶路撒冷，一手缔造了新巴比伦王国的繁盛时代。

赞不绝口。作为奴隶，我不能觊觎主人的财物，即使它们以一种极其野蛮的方式被带到这里。我向主人请求，能不能多看它们几眼，宽宏的主人同意了。我又把它们拿在手里，想象着它们来自于什么样的家庭。在耶路撒冷陷落时分，城中的一个贵族还在把玩他的金银，恋恋不舍，这时一群巴比伦士兵涌入，杀死了他。这些金银随着他的妻子儿女一并被掳走，辗转数次，最后被握在我的手里。它们被我，另一个耶路撒冷人，放回到主人的柜中，我嗅了嗅双手，上面还残留有战争的味道。

自从父亲给我讲了耶路撒冷的故事，我想我找到了融不进这座城市的原因。即使出生于此，我也在城市的最下层挣扎，没有一技之长，绝无向上攀爬的可能。我在这里毫无归属感，甚至融不进和我有相同命运的人的圈子。

巴比伦的河边，几个耶路撒冷人唱着我听不懂的歌曲，歌声婉转动人，甚至引得过往的巴比伦居民叫好。那也许是他们思念故乡的方式，因为情到深处时，他们不禁嚎啕大哭。面对此情此景，我也想流下几滴眼泪，但是我不会唱他们的歌，不理解他们有什么样的难言之隐。我悲伤至极，不是因为思念故乡，而是因为不会唱故乡的歌。

我回到家问父亲，为什么那些白发苍苍的老人唱起歌来如此哀怨，他们经受了怎样的苦痛？父亲说，因为他们在年少时安逸，却在白发苍苍时流浪。

他还说，自己曾做过一个梦，在苍凉的田野上，无数的人排成一队，一眼望不到头，他们的手被束缚着，一个连着一个，自己正是这些人中的一员，每隔几米，有一个士兵押送他们，他回过头，发现队尾的人刚刚离开废墟。

他情愿把这个梦当作他对故乡的最后记忆，但是我不接受这种虚幻的东西。父亲摇摇头说，这个梦真实无比，我们不仅是奴隶，更是囚徒。

我不满足于了解他们从废墟来时的样子，我更想知道他们变为囚徒的整个过程。父亲说，那将是一个十分悲伤的故事，每讲一次都会令我难过无比。这是父亲对待历史的态度，也是这座城里，耶路撒冷人和巴比伦人对待历史的态度。

他们自知时日无多，不想在死去时让悲伤占据整个心灵，而我有时间等待，只要等下去就能看到希望和历史的真相。我没有想到，等待希望的过程持续了二十年。二十年来，希望没有来，父亲却走了，带着永远的遗憾离开了。他不甘心客死他乡，我向主人请求保存了他的骨灰。

有一天，主人匆匆忙忙地让我把所有的金银器具取下来，放在他随身的包裹里。我问主人为何如此匆忙，主人说有外族打进了巴比伦城。他收拾好东西准备逃跑，临走时还不忘对我说一句，你自由了，逃命去吧。我还没来得及表达我的感激，几个士兵闯进了主人的家杀死了他，他们拥有我从未见过的铠甲、武器和相貌。他们把金银一件不剩地捡起，押着我来到了城中最大的广场。

广场被划分为两部分，一边是金银垒起的高山，一边是来自耶路撒冷的囚徒组成的人海。那些奇怪的士兵簇拥着一个男人登上高台，他自称居鲁士①，是伟大的波斯②人的王。

我从未听说过波斯这个地方，其他的囚徒议论纷纷，说我

---

①居鲁士：即居鲁士二世（约公元前 590 年—公元前 530 年），阿契美尼德王朝的第一任国王，古代波斯帝国的缔造者，在位期间，相继打败了米底、吕底亚和巴比伦三个国家，统一了大部分的古中东地区。

②波斯：即波斯帝国，是西亚伊朗高原地区以古波斯人为中心形成的君主制帝国，始于公元前 590 年由居鲁士大帝开创的阿契美尼德王朝。

们可能要被押往波斯，继续为奴。那又将是一段遥远的路程，不知会有多少人在长途跋涉中倒下。我突然爱上了在巴比伦的生活，眼睛里充满了对未知的恐惧。

居鲁士指了指金银山旁的一块空地，命令我们把所有来自耶路撒冷的东西全部挑出来放在那里。我们一共有几千人，从黎明干到黄昏，波斯士兵在一旁看守，防止我们起私心。没有人知道波斯人的王想干什么，只是机械般地执行他的命令，那座山终于分割完了，属于耶路撒冷人财宝比一半还要多。

居鲁士说，耶和华嘱咐我，在犹太的耶路撒冷为他建造圣殿，在场所有耶和华的子民，可以带上属于你们的财宝，回到耶路撒冷重建圣殿。他又把一个人请到高台上，向大家介绍道，这是犹大末代国王的儿子所罗巴伯①，我特意委派他率领你们回到耶路撒冷。

居鲁士命手下拿过来原属于耶路撒冷圣殿的器皿，郑重地递到所罗巴伯手中，他面向我们高高地举起器皿，接受着耶路撒冷人的哭声与掌声。

我带上父亲的骨灰返回故乡，父亲曾经说，即使耶路撒冷在变为废墟之前，它的繁华程度也远远不及巴比伦。波斯人杀死巴比伦国王伯沙撒后，完好地保留了这座城市，没有让它的繁华遭受破坏。可我丝毫不留恋巴比伦。

所罗巴伯率领四万多名耶路撒冷人踏上归途，绝大多数人第一次走这么漫长的路程，我亲眼看到几个病入膏肓，奄奄一息的老人，被人抬着，倔强地望着耶路撒冷的方向，最终仍没

---

①所罗巴伯：犹大王国倒数第二位国王耶哥尼雅的孙子，曾率第一批巴比伦之囚返回耶路撒冷，并在耶路撒冷为第二圣殿创立了根基。

有撑过这段路，弥留之际，他们千遍万遍地嘱托，一定要把他们的骨灰带回耶路撒冷。他们一生为奴，把全部的岁月都奉献给了陌生人的城市，却倒在了归家的路上，这是我所见到的最为悲惨、最无能为力的画面。

在回乡的路上我听人讲起耶路撒冷的历史，那是别人家里口耳相传的故事，他们把巴比伦人形容为淫妇和万恶之源，不管是真实的还是杜撰的，对耶路撒冷的恶行，全都被加在巴比伦人头上。他们对波斯人不吝溢美之词，对巴比伦人咬牙切齿，我惊讶于从同一个人的嘴里可以说出如此截然不同的话语。

队伍突然停了下来，站在我前面的人突然齐刷刷地跪下，我看清远方有废墟，那是耶路撒冷的遗迹，一些破败的石头建筑仍孤零零地立着，没有人来打扫。

我也跪了下去，我们就在这里埋葬思乡人的骨灰，在废墟上重建家园。

——一个被解放了的巴比伦之囚①

我入伍于苇斯巴芗②皇帝掌控罗马城大局之后，作为结束了近两年乱局的皇帝，不论是在元老院还是市民阶层，他都受到了莫大的爱戴。

我本人是中产阶级出身，无需自备战马与盔甲，只需做一个步兵。我原以为和平时代已经来临，可就在第二年，地中海东部又开始不太平起来，犹太人掀起了叛乱，反抗我们的统治，

①巴比伦之囚：在公元前597年—公元前538年之间，由于犹太王国被新巴比伦王国国王尼布甲尼撒二世征服，导致大批民众和王室成员被掳往巴比伦，这些人被称为巴比伦之囚。
②苇斯巴芗：罗马帝国皇帝，弗拉维王朝的创立者。

我作为一个普通的重装步兵，加入了皇帝之子提图斯[①]将军率领的四个军团，浩浩荡荡地开赴耶路撒冷城下，开始了这场漫长的围城战。

这场战役历时近半年，围城的生活无聊透顶，我既思念故乡罗马，也憧憬着耶路撒冷城内的神秘，可我现在被夹在两座城市中间无法自拔，得不到一个男人想要的一切。我几乎每天围着篝火吃完晚饭后都会祈祷，祈祷耶路撒冷第二天就开城投降，或者将军第二天就下令碾碎那座城市。

在后方，罗马逐渐从乱局中恢复，苇斯巴芗皇帝在元老院的支持下，地位日益稳固。所以提图斯将军丝毫不着急，他知道攻破耶路撒冷的战功只会归属他一人，在班师回国时，罗马城还会给他准备盛大的凯旋式，现在，他可以把全部的精力都放在消磨城内负隅顽抗的犹太人的耐心上。

围城的这几个月里我度日如年，耶路撒冷的外城墙已被我们打开了一个缺口，但主要建筑仍被对手牢牢掌控着，尤其是犹太人的圣殿，那里聚集了这座城市最多的守护者，为了守卫心中的圣地不畏惧任何牺牲。

我们尝试过七八种进攻方法，但圣殿的守卫者们都杀红了眼，打退了所有进攻，四个军团减员严重，提图斯将军知道是时候给他们最后一击了。那天晚上他在四个军团的营地里分别演讲，将军自比为巴比伦王尼布甲尼撒，试图复制前人的丰功伟绩。

提图斯将军是一个彻彻底底的实用主义者，在战争最关键

①提图斯：苇斯巴芗之子，罗马帝国弗拉维王朝第二任皇帝，公元 70 年以主将身份攻破耶路撒冷，大体上终结了犹太战役。

的时刻，他的心里只有前面的那一座城，至于城内的人与建筑能否得到妥善安置，则不在他的考虑范围之内。两个月前，他还期望着将犹太人的圣殿完好地保存下来，但这个愿望在现实面前已经化为了泡影，演讲的那个夜晚他命令部下们做好焚烧圣殿的准备，同时表示要将所有反叛的犹太人全部处死。

那样狂热的气氛让人无法安心入睡，整个营地的士兵基本都在谈论攻下耶路撒冷后如何劫掠，如何对付顽固的犹太人，似乎全城已经在我们的掌控之下一样。

第二天我们把圣殿[①]变成了一片火海，几千人的喊叫声逐渐被火焰吞噬，再也听不到了。一旦信仰崩塌，耶路撒冷就失去了它的抵抗力，纷纷投降了。作为一个普通士兵，最让我喜悦的不是城破时在敌人城墙插上己方旗帜的那一刻，而是受主将允许，在城内自由活动的时间。

但是我们要先满足提图斯将军对这座城市的报复，他命令士兵封锁城池，将所有的反叛者通通逮捕，接下来的差事更为艰苦，我们要去耶路撒冷城外的山丘上砍树，作为十字架的原料，十字架，是犹太人受刑的刑具。

在军营中有两个我的邻居，我和那两人一起伐木，做十字架，再把受刑者钉上去，立在一个合适的地方，提图斯将军给所有士兵的限额是每天钉死五百人，任务完成后便可自由活动。

钉在十字架上的人不会立刻死去，死亡是一个漫长又痛苦的过程，若是罗马士兵在赶制十字架时心不在焉，一心想着冲到城内抢夺战利品，就会导致制作出的十字架不标准，徒增受

①圣殿：古代以色列人祭祀的最高场所，始建于所罗门王时期。公元前 586 年，新巴比伦王国攻占耶路撒冷，圣殿被毁。

刑者的痛苦。

最初的几日，我们把犹太人的十字架立在城内的道路旁，像处死斯巴达克斯[①]率领的角斗士一样，城内的空间很快就没有了，我们只好把刑场延伸到城郊的山坡上。

山坡的数量有限，这是我们头几天贪图省事带来的恶果，想找到一个合适的放十字架的位置就要从战俘营走出很远，我和两个邻居轮番抬着一个刚钉好的战俘走出城去，他的情绪很激动，一直在喋喋不休，一路上，山丘上的树都不见了，取而代之的是十字架组成的森林，被立在城门附近的战俘大多已经断气了，越往外走，就越能听到十字架上战俘的哭喊和哀叹声。

我们抬的这人全程都在东张西望，他突然大叫起来，把我们三个吓了一跳。

他嘴里飞快地说着我听不懂的语言，被钉死的左手奋力向上提，试图挣脱束缚，这让他十分疼痛。我们顺着他手指的方向看去，在不远处的路旁，一个和他差不多年纪的人在十字架上，也不停地说着话，喜悦的神情在他的脸上稍纵即逝。

这两人应该是并肩作战过的战友，那名战俘语气松软了下来，像是在哀求，我明白他的意思，他想离那位朋友近一点。

可惜军令难违，我的战友们没有理会，抬着他向前走去，他紧闭双眼不说话了。一路走过去，并不是所有人都在十字架上保持规规矩矩的姿势，最夸张的是一个战俘头朝下，半个额头都埋在泥土中，我难以猜测当时士兵的心情。

沿途的战俘在交谈，这条路在晚上还是不走为好，我们找

①斯巴达克斯（约公元前120年—公元前71年）：色雷斯角斗士，领导了公元前73年的斯巴达克起义。最终起义失败，本人壮烈牺牲。

到一块空地，将战俘安置下来，接下来便是自由活动时间，走在回城的路上步伐轻快了许多，我故意不和那个战俘的同伴对视，只管向前。

来到城边我们又有新发现。这边的城墙很空旷，守卫们都离开了自己的岗位，在城中乱窜，一个犹太人跌跌撞撞地从废墟中走出来，努力地想要逃出城去，他的衣服在灰尘的洗礼下破烂不堪。

他和我们迎面相遇，步伐越来越慢，一只手捂着肚子，脸色十分不好，像是吃了什么坏东西。他的呼吸急促，干呕了几声，脸涨成了紫色，倒在地上，抽搐了几下，咽了气。一系列动作十分连贯，丝毫不给我们反应和思考的时间，我想一步跨过他继续寻宝，却被同伴拦下。

他蹲下来仔细查看尸体，对我们说："你们不觉得这具尸体很奇怪吗？"我说："死于食物中毒而已，有什么可奇怪的？"

他弹了弹死者衣服上的灰："从穿着上看他肯定是个富人，一个富人对自己的食物一定要求十分严格，怎么可能被食物毒死，除非……"

他抽出了随身短刀，我知道他要干什么了，他撕开死者的衣服，把肚皮露出来，对准胃，一刀刺下去。他把刀慢慢在死者胃里搅动，我们听到了一些金属碰撞的声音，我的同伴微笑着，拔出刀来，划破了死者的肚子和胃肠。

我从来没有看见过那么多的金银币，确切地说，是在一个人的肚子里，我不禁佩服一个人为了保护钱财竟可以这么奋不顾身，但倒在我们面前让他的努力全部白费。我们三个像发了疯一样，把死者的胃翻了一个底朝天，每掏出一枚金币，就抹去上面的人体组织和食物残渣，放在口袋里。

我们三个都收获颇丰，胃看似已经被掏空了，就把它扔在一边，拿出死者的肠子，铺在地上，我们的手脚不灵便，把肠子弄断了几次，其中一截足足有一人长。我们都拿出了短刀，把肠子从头至尾划开，又有不少新发现。

金银币填满了我们的口袋，死者的胃肠就被我们随地乱扔，像摆摊一样，我们觉得失礼，就把裸露在外的器官重新放回死者的肚子里。

还没等我们把衣服为死者穿上，又有几个罗马士兵路过这里，我们支支吾吾地试图辩解，他们想必看到了我们的所作所为，立刻跑开了，嘴里大喊道："快去划开他们的肚子！"同伴愣了一下，拉着我俩加入到了划开肚皮的大军中。

据说此事越闹越大，整个耶路撒冷，到处都是被划破肚皮的尸体，有的士兵丧心病狂，甚至直接把活人开膛破肚，后来甚至惊动了提图斯将军，一些讨好将军的小人请命，要将这件事的始作俑者抓起来，整治军中风气。

将军不置可否地说："我只要耶路撒冷，至于此后士兵们在城里做什么那是他们的事。"他对待这座城市的态度十分野蛮，只有屠杀、抢掠和摧毁。

我清楚地认识到，人性在没有束缚的地方会变得多么可怕，围城时期，饿极了的人吃掉他们的亲属和朋友已是家常便饭，就连自己，也成了一个对待尸体如同草芥的家伙。历时约一星期的自由活动时间结束了，作为罗马人辅助部队的希腊人和叙利亚人也心满意足地饱食了一番，提图斯将军下令推倒耶路撒冷的城墙，将这座城市夷为平地。

撤军的那一天我们回到攻城时打开的那个缺口，前方的十字架森林里，听不到一点声音，城墙轰然倒塌，这座城市和过去的历史说了再见，我走在回罗马的路上，再也不想来到这里了。

——一个公元一世纪的罗马士兵

那是四年前发生的事了，四年前的我还在欧洲，对耶路撒冷几乎一无所知，也未曾想过会把时间浪费在这样一场浩大的远征当中，好在结果差强人意，我有幸见证了我们夺回圣地的全部历程，并活到了战争结束。

这场远征缘起于我家乡附近的克勒芒，在克勒芒会议[①]开始之前，作为教皇的乌尔班二世[②]不知疲倦地奔波在欧洲各地，以承诺交换承诺，几乎以一己之力带动了所有欧洲人的狂热情绪。

现在的我坐在耶路撒冷城里，想把过去的征战岁月总结一番，可一提起笔，脑海中全都是四年前在克勒芒的画面，那个冬天在我的记忆中格外寒冷。

克勒芒的宗教会议一共进行了九天，前八天平淡无奇，似乎之前所有的游说和对宗教问题的大讨论都是在为最后一场动员大会蓄力。最后一天，秋末冬初的风把天空刮得格外阴沉，克勒芒的大广场上，来了许多身份不同却又有着相同志趣的人，有主教与教士、修道院僧侣，还有像我一样的骑士阶层。

克勒芒地区的所有农民都放下了手中的活计，专程来听可能是全欧洲最具有演说天分的人的演讲，我清晰地记得教皇那天的装束，已经无法用华美和尊贵来形容。他站在台上，那些平日里不可一世的欧洲各国的使臣们顿时鸦雀无声。

---

①克勒芒会议：又称克勒芒宗教大会，公元1095年在法国南部的克勒芒举行，会上时任教皇乌尔班二世号召基督徒进行东征。

②乌尔班二世（公元1035年—公元1099年）：罗马教皇，十字军东征的发起者。

乌尔班二世把他的听众们扫视了一遍又一遍，直到他的威严笼罩全场，从未见过教皇的人此刻连大气都不敢喘，等待他开口的时间变得如此漫长。

他终于缓缓开了口："阿历克塞一世，我们东方兄弟国家的国王，不久前正式向我和我们求助，请求西方的基督徒们，也就是你们，去驱赶已经深入地中海的突厥人异教徒。你们无法想象异教徒在我们的圣地耶路撒冷城犯下了多少难以饶恕的罪恶，他们在无情地践踏着我们的信仰，他们在藐视上帝，他们在屠杀。圣墓教堂[①]记下了他们的全部罪行，男人被杀死，女人和孩童在哀嚎。"

那绝对是我听到的最出色的演讲，教皇把每一个字都拿捏得恰到好处，他的每一次强调，都会激起台下极大的愤慨，听众恨不得立刻冲到耶路撒冷去，把异教徒通通撕成碎片。

所有的人都躁动不安，教皇乘胜追击地说："你们在无动于衷吗？我相信忠诚的上帝的子民是不会无动于衷的，正如我看到了你们的愤怒，你们渴望着解救落难的同胞们，在伟大的征途面前，不管你目前的身份如何，都将得到我公平的对待与祝福。"

"只要你们踏上了解放圣地耶路撒冷的征途，我，作为上帝的使者，将会免除你们的罪行，你们的灵魂会直飞天堂。"

骑士们举起手中的长枪、短剑与十字架，用怒吼来表达对教皇的拥护，就连那些农民，也纷纷举起农具，像是凑热闹一样，对即将到来的战争抱有极大的好奇心。

①圣墓教堂：又称"复活大堂"，位于今以色列耶路撒冷旧城，基督教圣地，耶稣坟墓所在地，也是耶稣遇难、安葬和复活的地方。

那种承诺换做谁都无法拒绝，乌尔班二世继续说：“你们回去收拾行装，磨好武器，准备在春天出发，到东方去！”

“到东方去！”

“消灭异教徒！”

“消灭异教徒！”

“解放耶路撒冷！”

“解放耶路撒冷！”

我们在第二年的八月正式出征，然而从前线带回来的消息并不乐观。半年前出发的那支以农民为主的军队，既无组织也无纪律，还未离开欧洲大陆就已经作鸟兽散，坚持到安纳托利亚[①]的人，也都倒在了土耳其的刀枪之下，他们是燃尽的火焰，没能让耶路撒冷看到他们的光与热。

基督的信徒们觉得圣墓教堂就在眼前，异教徒的亵渎行为穿越了时间和空间，刺激着他们的神经。平日里无所事事的骑士和领主现在把几年的光阴甚至整个生命都献给解放耶路撒冷的伟大事业，早就超越了讨论值与不值的程度。

我们的部队在布永的鲍德温和戈弗雷兄弟[②]的带领下，经过半年的长途跋涉，到达了君士坦丁堡[③]，图卢兹的雷蒙德[④]和诺曼底的坦克雷德[⑤]的士兵个个精神抖擞，来自拜占庭皇帝的

---

①安纳托利亚：地区名，是亚洲西南部的一个半岛，又名小亚细亚或西亚美尼亚。

②布永的鲍德温和戈弗雷兄弟：即鲍德温一世（约公元1065年—公元1118年）和布永的戈弗雷（约公元1060年—公元1110年），鲍德温一世是第一次十字军东征的领袖，第一任埃德萨伯爵，埃德萨伯国的建立者；布永的戈弗雷是下洛林公爵，第一次十字军东征主要将领。

③君士坦丁堡：今土耳其首都伊斯坦布尔。

④图卢兹的雷蒙德（公元1041年—公元1105年）：即雷蒙德四世，第一次十字军东征领导人之一，的黎波里伯国的奠基者。

⑤诺曼底的坦克雷德：第一次十字军东征领导人之一，安条克摄政王。

补给使远征成功了一半。阿历克塞一世[①]第一次在君士坦丁广场巡视十字军部队时，面对遮天蔽日的十字架，他的脸上露出了久违的笑容。

威尼斯和热那亚的运输船正在紧张地集结中，真正的战斗马上就要开始。一些人诧异地说："我们走了这么远到达君士坦丁堡，难道远征才刚刚开始吗？"他们睡眼惺忪地登上了前往小亚细亚的运输船。

大战在即，我的仆人不停地安慰着我，各领主都在给士兵们打气，谁都不想在这条光荣的路上落后于他人。我们在尼西亚、埃德萨和安条克[②]的战斗十分顺利。在南下的过程中，布永的戈弗雷说："如果没能夺取耶路撒冷，那么我们走过的几千英里都是失败。"

两个月前我来到了耶路撒冷城下，布永的鲍德温留在了埃德萨巩固十字军的战果，确保攻城器械运抵前方，我看不到城里的样子，想必城中的犹太人和穆斯林一样焦急，等待着命运的决断。

围城开始的几天，布永的戈弗雷带着我们在耶路撒冷城外走了好几圈，他试图把军队部署在城墙的最薄弱处。然而在军营中出现了许多不和谐的声音，几个领主洋洋得意地坐在帐前，讨论着城破之后如何分配战利品的问题。他们产生了一些分歧，越说越激动，到最后剑拔弩张，双方的手下做好了准备，可以随时向友军进攻。

事端在周围人的劝解下不了了之，布永的戈弗雷将城池的

---

①阿历克塞一世（约公元 1056 年一公元 1118 年）：拜占庭帝国科穆宁王朝第二任皇帝，任期内帝国遭遇巨大危机，力主改革，为帝国带来短暂复兴。

②尼西亚、埃德萨和安条克：均为地名，尼西亚和安条克位于今土耳其，埃德萨位于今希腊。

东北角作为主攻点，没有时间理会那些披着十字军外衣的犬的吠叫。他申请将一架投石机调往他的营地。当木材被组装成可怕的攻城机器后，戈弗雷公爵亲自指挥进攻。石弹伴着箭矢倾泻而下，让守军吃尽苦头。

城墙的另一端，坦克雷德手下的骑士们已经攻进了耶路撒冷的街道，他们舍弃了战马，徒步上阵，但威力依然不减。布永的戈弗雷听闻被人抢先一步的消息，怒火攻心，他不顾部下劝阻，强令士兵们架设云梯，第一个冲上城去。

我跟在公爵身后义无反顾地冲锋，尽力为他挡住每一柄袭来的长枪，图卢兹的雷蒙德不甘示弱，他的军队和在希律城堡负隅顽抗的守军对峙着，好不容易等到了他们投降的消息，可坦克雷德已经开始了他在圣殿山的大屠杀。

“冲上圣殿山去！”这是攻城战中，布永的戈弗雷下的最后一道命令。因为圣殿山上的屠杀太过惨烈，鲜血从被砍断脖子的人的脖子和胸腔里喷出，稍不留神就会冲进口中，把人活活呛死，杀人者不得已撕下死者的衣物，做成简易的口罩，继续投入到杀人的娱乐中。

有的士兵任由被他杀死的人的手脚与头颅随意堆放，这种做法招致了他同伴的嘲笑，他的同伴，仔细地将所有断肢分类，随军画师只用几笔就把这里的情景勾勒下来，这场战争精彩纷呈，画师们必须练就超强的速写能力。

耶路撒冷完全处在我们的掌控之下，圣殿山的几千人已不复存在，布永的戈弗雷摘下他的面罩，意犹未尽地环顾四周，突然，他像是发现了什么新东西一样，举起十字架，示意士兵跟紧他。

我们趁其他领主不注意脱离了战场，向前赶去，布永的戈弗雷率领我们来到了阿克萨清真寺[①]门口，他身先士卒，打开大门，大概三百多名手无寸铁的穆斯林躲在这里。布永的戈弗雷收起刀，说："我们以后要把这里的一部分改为教堂，多余的那部分就改成十字军战马的马厩吧。"大家嘻嘻哈哈地笑着，公爵故意命人翻译给穆斯林们听，他们只能低着头一言不发。

多年的战争，让我们养成了先在心理上击垮对手，再杀死他肉体的习惯，公爵举起了刀，这是屠杀开始的信号。

坦克雷德听说清真寺被我们攻占的消息，气得要发疯。他急匆匆赶到清真寺，一路趟着足以淹没他脚踝的鲜血，骂骂咧咧，声音在被洗劫一空的大堂里回荡，活像个小丑。

和一路上被我们攻占的城市一样，耶路撒冷急需在新的国王带领下成为基督教的圣城。布永的戈弗雷告诉我们，自己将成为耶路撒冷新的国王，坦克雷德本想假意推辞，可没想到戈弗雷公爵捷足先登，他又一次勃然大怒，让我们嘲笑不已。

达成了关于国王的共识后，曾经和我们并肩作战的领主带着手下的骑士和战利品出发，心满意足地回到欧洲。送走了战友，只剩下我们这些人守护着这满目疮痍，散发着尸体恶臭的城市。公爵已向他的兄弟鲍德温发出前往耶路撒冷的邀请，其他的骑士尽力把耶路撒冷恢复到战争开始前的样子。我就坐在鲜血当中，一边等待着客人的到来，一边写下一些可以称之为回忆的东西。

——一名参加第一次十字军东征的骑士

①阿克萨清真寺：伊斯兰第三大圣寺，位于耶路撒冷旧城东部，相传为伊斯兰教先知苏莱曼所建。

我的国王自从十岁开始就戴上了面具，整整十四年都没有摘下。即使作为他身边最亲近的人，我也没有见过他的真面目。直到他去世，遗体被侍卫们护送进棺材，盖棺的一瞬间，隐藏在面具下的脸究竟是安详还是狰狞，谁也不知道。面具是国王的殉葬品，连同他腐烂的肉体，一起永远地消失在我们的视线中。

在国王生命最后的岁月里，他没有一刻不握着我的手，讲他的年少时光，他的辉煌战绩，以及他的现在。国王有气无力地说：“要是碰到我想不起来的地方，你可以替我补充吗？”我泪流满面地点点头。他太虚弱了，每一句话的声音都很轻，我把耳朵贴近他的嘴唇，国王口中的热气透过冰冷的金属面具传出来，使我奇痒无比。

他是在九岁时被确诊有麻风病的，国王说：“我记不清自己是怎么被告知得了这种该死的病，你能告诉我吗？”我强行忍住溢出的泪水说：“据我所知，是您的老师，提尔的威廉[①]，是他发现的。”国王一声长叹，许久没有说话。

我知道国王在回忆他的老师，据说提尔的威廉隐居了，病重了。他早已退出了勾心斗角的宫廷争斗，消失在人们的视野中，不过他高超的文笔和对历史的精确记录至今仍被人传颂。关于麻风病的事，我听到的版本是这样的：提尔的威廉作为严师，平日里自然少不了对国王的管教，当国王因性格乖张被提尔的威廉抽打时，国王的老师惊奇地发现他对抽打毫无反应。

国王听了我的叙述后，为自己天生的奇特体质苦笑不已。在提尔的威廉意识到自己学生的异样后，国王的身体像是一个被拆穿了把戏的变戏法的人，索性破罐破摔起来。结果就是我

①提尔的威廉（约公元1130年—公元1186年）：中世纪高级教士，编年史作家，提尔大主教。

还没来得及看到国王完整的。光滑的身体，他就已经被接连出现的斑块折磨得不成样子。

我略带轻松地对国王说：“话说回来，我还没看到过您的脸呢。”国王摆摆手说：“就让我一直对你保持这个秘密吧，否则你会失望的。”那摆手的动作似乎用尽了他身体的最后一点力气。

他二十四岁，已经气息奄奄，自己的精力全部用在和病魔搏斗上，无暇理政。十六岁之前，他一直活在摄政王——的黎波里的雷蒙德[①]的阴影之下。那些年的耶路撒冷王国[②]，无休止的宫廷纷争一直是主基调，圣殿骑士团[③]和医院骑士团[④]相互倾轧，在划定的范围内巡逻，竭力让耶路撒冷人记住他们的着装风格。从西方来的骑士、朝圣者和投机分子络绎不绝，似乎要将圣墓教堂和耶路撒冷挤爆。

在萨拉丁[⑤]决意向耶路撒冷发动进攻之前，这座城市称得上是整个欧洲的熔炉与缩影，它吸收了地中海以北那片陆地上的一切的信仰、文化与罪孽。人们要么漂洋过海，要么沿着上个世纪第一批十字军的进军路线，来耶路撒冷混口饭吃，说得好听点叫追逐梦想。当移民们到达耶路撒冷时，立刻被城市的浮华和聒噪所吸引，殊不知七十年前我们曾把这里化为一片废墟，一切的毁灭和修建都出自我们之手。

---

①的黎波里的雷蒙德（公元 1140 年—公元 1187 年）：即雷蒙德三世，的黎波里伯爵，公元 1174 年鲍德温四世即位后担任摄政王。

②耶路撒冷王国：公元 1099 年十字军攻占耶路撒冷后建国，是十字军东征期间建立的封建国家。版图包括现在的以色列、黎巴嫩南部和约旦东南部，公元 1291 年灭亡。

③圣殿骑士团：中世纪天主教的军事组织，三大骑士团之一，特征是白色长袍上绘红色十字。

④医院骑士团：三大骑士团之一，又称圣约翰骑士团，成立于公元 1099 年，最初的标志是黑底白色的八角十字，13 世纪中期开始普遍使用红底白色的八角十字。

⑤萨拉丁（公元 1138 年—公元 1193 年）：中世纪穆斯林世界著名军事家，埃及阿尤布王朝开国君主，公元 1187 年率军夺回耶路撒冷。

衣着考究的学者们说，耶路撒冷作为城市，已经有两三千年的历史。可走在街道上，几乎所有的建筑都是十字军的遗产，喝得微醺的士兵搂着来自法兰克的妓女摇摇晃晃地迎面走来，路过妓院、赌场、香料店，在一家旅馆门口停下，好不容易找准入口，走了进去。空气中弥漫的是烈酒与廉价化妆品的气息，从赌场中传出的叫喊声不断回响，这里根本没有一点历史学家描绘的影子。

从梅利桑德女王①时期扎根至此的西欧移民到现在已繁衍出了第三代，他们的后辈变得越来越世俗，如信徒献身般迷失在以宗教之名的肉欲城市里。杀人犯、盗贼和妓女混在同一艘船上，互相忍受着对方身体上的香味与臭味，即使这条航路并不太平，他们也要来到梦想中的耶路撒冷，开拓新的时代。宫外的人在冒险，在以自己的智慧争取财富，可宫内的国王却只能眼睁睁看着自己的身体被疾病慢慢吞噬。

我以我的视角向国王讲述了宫殿外的耶路撒冷，他为这里的子民深感高兴，认为是自己给了他们莫大的自由。突然国王话锋一转："你还记不记得当年我击败萨拉丁的那场战斗？"

那是国王一生中最辉煌的战役，我怎能不记得，我点点头，闭上了嘴，听国王一个人静静诉说：

"萨拉丁夺取大马士革，向耶路撒冷进发的那一年，我十六岁。秋天的时候我的身体恢复了一些，可以做除了长途跋涉以外的任何事。在听说耶路撒冷受到威胁后，我当即领兵出征，在出征前我还对你说了一番话。"

我忙不迭地答道："您说您奉上帝之名，将对来犯的异教

---

①梅利桑德女王（公元 1105 年—公元 1161 年）：耶路撒冷王国女王，鲍德温二世之女，公元 1153 年退位，其子鲍德温三世即位。

徒迎头痛击，即使战死也不觉可惜，身为基督徒就该有这样的觉悟。”

国王满意地微微点头，他记得这段历史中的每一个细节。他接着说：“我带着五百名骑士和三千名步兵出了耶路撒冷城，奇怪的是，我没有一点如临大敌的感觉，脑海中一个盘旋不去的想法告诉我，你很快就会战胜敌人，回到耶路撒冷来。”

“双方的军队在距耶路撒冷不远的阿斯卡伦相遇，萨拉丁的手下足有两万多人，以骑兵为主，我们很快被对方围困住。那些骑兵们自征战开始以来，一路前进，十分通畅，骄横无比，没有把我们的小股部队放在眼里。”

“在对方军队极为松散的情况下，突袭成了最好的选择，我可以最大限度地发挥兵力少的优势，我命所有的士兵举起他们手中的十字架，向上帝祈求赐福，祈祷完毕，所有骑士上马，绕过萨拉丁的包围圈，向敌军发动突袭。”

即使他戴着面具，我也能感受到国王那骄傲的表情，如果在十年前我听到五百人向两万人发动突袭，我一定会认为那指挥官是个疯子。但现在那个疯子指挥官就躺在我面前，激动地向我讲述那段激情岁月，我才释然，怀着崇敬的心情听他回忆。国王接着说道：“穆斯林的骑兵根本没有料到我们会主动进攻，我的五百名骑士在蒙吉萨要塞附近的山谷上猛冲下来，将敌阵冲得七零八落,敌人还未来得及上马拿出武器,就被斩于马下。”

“我以一百多名骑士的代价，在战场上留下了几千具敌人的尸体，其余的人丢盔卸甲南下，他们关于耶路撒冷的梦破灭了。”

国王挣扎着想坐起身来，我扶起他，让国王靠在床头。他喘着气，抓着我的手，他的手戴上了纯白的手套，全身上下，我只能看到他的眼睛和嘴唇。刚才的那番话已让他精疲力竭，他的生命中再也没有一段时光比得上他的十六岁，他在十六岁就完成了其他人一辈子都无法企及的成就，可他在十六岁也达到了人生的顶峰，我不知道该为国王赞叹还是悲伤。

国王有很久没有说话，他还想和我一起分享他十六岁以后的生活，但想了又想，没有什么值得讲的东西。蒙吉萨一战后，不到两年，萨拉丁卷土重来，战争的局势又发生了逆转。国王再次领兵出征，依然陷入包围，他的身体已经不听使唤，面对来势汹汹的穆斯林，他甚至无法自如地操纵自己的战马。那次他没有复制胜利，最后在部将的保护下拼死逃生。

他舔了舔发干的嘴唇，我拿过一碗水给他喝下。十八岁后，国王几乎再没有出过耶路撒冷城，因为病情，他一生未娶，每天在摄政王和骑士团的保护下艰难度日，宫廷里的飞短流长似乎都与他无关。他被病情折磨了这么多年，在将要解脱之际，国王感到了无比的轻松。

他似乎没有什么可说的了，只是满怀感激地望着我，我向国王行了一个礼，识趣地告退，让国王在一个人的屋子里，摘下面具，痛快地吸上几口气。

——耶路撒冷王国国王鲍德温四世[①]的侍从

①鲍德温四世（公元 1161 年—公元 1185 年）：耶路撒冷王国国王，公元 1174 年即位，公元 1185 年因麻风病恶化去世。

# 长安三记

即使过了终南山，把骊山甩在身后，进到明德门[①]内，结结实实地站在朱雀大街[②]上，你还不算到了长安。因为这里只是城池的最南端，人烟稀疏，和长安在你梦中的印象大相径庭。明德门兴善寺[③]附近的四坊中多菜园，保障着整个城市的正常运转，这里的农人操的是最纯正的关中乡音。和他们寒暄致意后沿朱雀街北上，踏在细沙铺设的黄泥路面上东张西望，感受城内那龙首原的六条余坡。当四周逐渐喧闹起来，全国乃至世界各地的语言取代了关中话钻进耳朵时，你才真正地来到了长安。

一路走来，除了惊叹于坊市的整齐有序和皇城的美轮美奂，你还可以走街串巷，去发掘隐匿在城市背后的东西。比如欣赏完三品以上官员们面朝坊外而建的宅邸后，穿过坊门，在不大的方形区域内了解平民百姓的真实生活。他们的住所面朝坊内，负责支撑起社会顶层的荣华富贵，让富人拥有炫耀的资本。

或者，你可以不拘泥于一片围墙内，外郭城的东西向十四条大街，南北向十一条大街，把长安划分成一百零八坊，每坊都有坊吏负责按时开关坊门，但内部各有精彩之处。比如这坊内是波斯和大食[④]商人的聚居地，那坊里商品琳琅，一点不比东西两市逊色。再往北的那一坊，尽是烟花柳巷。如果哪个游人平素以玩家自居，大可拿过一张长安地图，标出每一坊内有趣的人与事，以飨后来者，他自己或许也会有惊奇的发现呢。

---

①明德门：隋唐时期长安城的正南门，始建于隋开皇二年，与皇城的朱雀门、宫城的承天门共同组成长安城的南北中轴线。

②朱雀大街：连接明德门和朱雀门的大街，将长安城分为东西两部分，街东为万年县管辖，街西为长安县管辖。

③兴善寺：隋唐皇家寺院，长安三大译经场之一，始建于晋武帝泰始二年（公元 226 年）。

④大食：唐朝时期中国对阿拉伯、伊朗穆斯林的泛称。

如果精力有限，也无标注地图的雅兴，你也可回到朱雀大街，一路向北。它连接着明德门与朱雀门，所谓朱雀门，顾名思义，即为皇城正南门，再向北走便是真正的天子脚下，游人莫入。你若已经清晰看到了禁军明晃晃的盔甲，便需掉头折返，在路上回忆来时看过的那些清真寺、大秦寺[①]和道观，穿行在左衽右衽[②]的人群中，在宵禁前找到一家客栈住下。躲在房间里，等待承天门传来鼓声，随后六街的街鼓接连响起，主要道路上一片空荡，六街鼓尽行人歇。

敲街鼓只是为了提醒行人宵禁时刻已到，而坊内的生活仍在继续。若是足够幸运，在崇仁坊中留宿，便可以领略到夜市的风采，端着一碗被麻酱浸润的凉皮，听一曲让人热泪纵横的秦腔，或者找到一家毕罗[③]店去大快朵颐。这样的日子足以让人淡忘外面的兵荒马乱，去虔诚地热爱这座城市，它对所有的人敞开，你可以置身其中并尝试去融入，不过大部分时间只能仰望。

这是我在长安最初几日的故事，这段故事不止于此，它甚至才刚刚开始，因为我不仅以一个朝圣者的身份来到这里，我还要在长安找到一个人。

---

①大秦寺：唐朝时期对基督教聂斯托里派（景教）教堂的通称。

②左衽右衽：右衽，即前襟向右掩，是汉族传统服饰汉服始终保留的特点，因此右衽成为汉族的象征符号之一；而中国古代少数民族服饰前襟向左掩，因此左衽用以指受外族的统治。这里用“左衽右衽”代指汉族和其他少数民族的人。

③毕罗：由西域流传至唐代的一种面制点心。

## 小鸿雁

从记事起我便有爱问为什么的习惯，除去吃喝与睡觉方面，几乎达到无事不问的程度，这自然给我带来不少苦头。譬如，拿读书这件事来说，当六岁那年父亲第一次接我下私塾回家时，我认真地问他：“为什么要读书？”

“为了光宗耀祖。”

“可是家里只有咱们两个人啊。”

父亲脸一沉，又说：“为了光耀门楣。”

我没听清父亲说了什么，只是听到他似乎说了什么门，我便接话道：“可是我们住在船上啊，家里没有门。”

我们已经走到船边，听到这话，父亲气急败坏，差点把我踹到河里。他跨到船上，强忍怒火，拎起只有他一半高的我放到船舱里，不住地叹气，船舱里死鱼的味道还没散去。

我第一次尝试提问就这么失败了，尽管此后我仍对学习、对考取功名有诸多疑问，但无奈生在江南，周围学风浓厚，也就让我失去了问这种问题的机会。毕竟人活着就会逐渐圆滑，连父亲都没有给我好脸色，我也就没有勇气去问别人了。

童年在我的记忆中是这样的：船、私塾、父亲几乎构成了我生活的全部。父亲对我早接晚送，其间他便运送不同的货物，奔波于各个码头之间，乐此不疲，勉强度日。如若遇到类似往返苏杭两地的长途，父亲便把我放到船舱里，拉开卷帘，他自己撑着篙，浩浩荡荡的运河上，千万船只尽收眼底。

这段岁月里也夹杂了一些荒谬的成分，那就是尽管我曾不下几十次来到苏州，但却从未登上过它的岸，这使我很长一段时间都百思不得其解。说它荒谬，是因为有了一座近在咫尺却又无法触及的城市在脑海中久久消散不去，也就暂时忽视掉了无法触及苏州的原因。父亲艰难维系着两人的生活，无暇上岸。

然而，暂时忽视现实不意味着说话做事虚无缥缈，私塾里的孩子不管自己的记忆力多差，字写得多烂，都有一颗梦想入仕为官的心，我的梦想却只是踏上苏州的土地而已。我怕见到先生恨铁不成钢的表情，所以一直没敢告诉他。

那些年，私塾里每天读书的声音都声嘶力竭，屋里的后墙挂着一副对联，内容我已经忘了，但一定和鼓励学子考取功名有关。当我已经身在长安城里，仍然对私塾里那两条红纸心有余悸。

十八岁那年，父亲暴病而亡，毫无征兆，这也给了我实现梦想的机会。我安葬了父亲，哭了一场，坐在船上，看河水奔流向前，远方无数船夫准备出发，我突然感到了无比的自由，什么也不想思考，只知道明天我就要到苏州去。

我毅然决然地放弃了学业，没有通知任何人，也没有人可让我通知。我开始准备干粮，过去的日子里我一直有着计划，哪一天读书，哪一天随父亲运货，因为有了计划，所以心里踏实。然而直至出发前夜，我仍不知道自己要做些什么，甚至对自己的驾船技术也没有底。父亲发病几日便撒手人寰，所以还不至于为父亲看病抓药导致身无分文，那夜我摸着钱粮辗转反侧，浅浅睡去。

第二天我起了一个大早，心不在焉地检查钱粮是否备齐，船体各部位是否牢固，觉得没有什么问题，便撑篙起航。那天天气格外好，我不忍向岸上看去，快速划船，把上私塾的那条路远远甩在身后。船离苏州越近，我越紧张焦虑，一瞬间我甚至想回到杭州的学堂里去，只要能脚踏实地，哪怕听着同学们不切实际的梦想而感到尴尬也好，但是我咬了咬牙，继续往前驶去。

船到苏州，立刻被淹没在人群里，我拿好包袱站在岸边无所事事。梦想成真的一刻，内心寂寞无比，我迈开步伐，准备在这座城市里迷路。钱和干粮像是马上要花光了似的，我开始盘算自己适合做点什么工作来供给路上所需，正想着，瞥见路边有个说书摊，便挤过去听书了。

听书的目的本来是为了放松，暂时忘掉自己的困难处境。可是今天并不凑巧，说书人正在讲一段庸俗不堪的传奇故事，说的是某大侠拿着一把剑从长安出发周游全国，转了一圈后又回到长安，期间行侠仗义，俘获众多少女芳心，好不快活。最可气的是，他只要把手伸进口袋中就能掏出银子，每到一地必喝最好的酒，吃最好的菜。传奇故事毕竟是传奇，大侠们不必担心自己的生计，只要为天下百姓操心就好。

而我比不了大侠，一定要在钱花光之前去找一份工作，如若迫不得已，就只能把船卖掉，改走陆路。正当我想得出神，说书人已经结束了他的庸俗故事，向听众讨钱了。我把手伸向包袱，发现它已经被人划破，钱粮不翼而飞，我回头怒视，身后人早已散了，哪里还有贼的影子。

我躲开了说书人的目光离开摊位，在大街正中央胡乱翻着包袱，企图找到一点东西。所幸在最里面翻出一点桂花糕来，我吃着这最后一点存粮，倍感屈辱。

桂花糕安抚不了我的心情，我失落无比，心跳逐渐加速。人在紧张的时候就容易头脑发热，我身无分文，漫无目的地在城里转悠，对每一个路过的人都没有好眼色。十八年来苏州给我的好印象彻底破灭，这里的每一条街道，每一座建筑再也不属于我。我转到一家酒楼前，把心一横，去他的吧，就在这里大吃一顿，大不了吃完就在这里打工，挣足了钱再离开这里，我还年轻，我有的是时间。

酒楼里嘈杂无比，目力所及，只剩一张空桌。我坐下来，把包袱的损坏处挡住，不让伙计看见，点了几个肉菜，加上一壶酒，努力让自己有说书人嘴里的大侠的感觉。

我自斟自饮，盘算着有没有偷偷溜掉的可能性，可惜座位离门口太远。我强装镇定，埋头吃菜，突然有了一种把余生交代在这里的悲壮。这时桌子上传来清脆的一声响，我抬起头来，一个公子哥打扮的人把剑放在桌子上，指了指我对面的座位："这里有人吗？"我摇了摇头，他径直在我对面坐下，胳膊向前一伸，葱白色的手打了个响指召唤小二："把这里最好的酒菜给本公子端上来。"

小二上了几个菜和一壶酒，那公子摇摇头："这一壶太小气，换一大坛来。"他看了我一眼又补充道："再拿两个大碗。"酒上来后，这位公子费力地捧起酒坛倒满两个碗，端起自己的，示意我与他一饮而尽，真是有趣，我想着，拿起碗来碰了碰他的碗沿，自顾自地喝着酒。

酒被我喝得一滴不剩，再看对面那位，他的碗几乎没有动过，公子咳嗽着，赶快喝了杯茶，不住地扇着风，似乎是从未喝过酒，只抿了一口便不胜酒力。公子扇了一阵，自觉失态，便笑了笑试图缓解尴尬，他拿起筷子，指着刚上的一盘熟切牛肉说："这家的酒一点都不好喝，我们吃肉吧。"

他夹起一片牛肉，身体前倾，另一只手护住胸口，矜持地吃了一点，他试图一口吞掉一片牛肉，但嘴的容量有限，一次只能吃一小口。这样的场景十分好笑，我疑惑地问："你一个姑娘家为什么带剑出来，还要来这喝酒吃肉，上了一壶酒你不要，非要一坛酒呢？”

对面的公子一听这话差点掉了筷子，他怒目圆睁，连话都说不利索：“你……你称呼我什么？”我笑着说：“才喝了一口酒就说不清楚话了，谁能相信你不是姑娘家？”他涨红了脸道：“才不是你说的那样呢……”，他试图辩解，但并没有什么可以辩解的东西，从面相、皮肤、声音、动作以及对待喝酒吃肉的方式上看，坐在我对面的是个姑娘无疑了。

她小声道：“可在说书人讲的故事里，女扮男装是从来不会有人发现的啊。”这戳到了我的痛处，我没好气地说：“所以那才是故事，你见过有谁不用工作，就可以随便从兜里掏出金银，吃最好的菜，喝最好的酒吗？”她神秘地一笑：“说不定我真见过，不说这个了，给我讲讲你的故事吧。”

我的人生到目前只有薄薄的一页纸，只有对别人讲述自己的故事时，才会猛然醒悟，扪心自问，自己过去都做了些什么？读过多少书，在这里已经派不上用场了。

我只讲了大概半柱香的时间，对面姑娘的嘴一直没有停过，熟切牛肉只剩下了半盘，她费力地把满口的食物咽下去，惊呼：“这么说，你过去一直住在船上，而且现在你家里只有你一个人了？”我点点头补充道：“而且离开了学堂，无意考取什么功名，此生最大的梦想就是来苏州，现在梦想实现了，我可以走一步看一步了。”她打量了我几眼：“看样子你一个人生活得还不错吗，好酒好菜点了这么多。”这回换我语塞了，她压低了声音，试探着问：“你该不会是来这里白吃白喝的吧？”

见我不说话，手一直捂着包袱，她笑着说：“实话告诉你，我就是你刚才说的那种人，不用工作，就可以吃最好的菜，喝最好的酒。因为这酒楼就是我家开的。顺便说一句，我们家不缺洗碗和打杂的，你这种情况只能被送到官府去。”

祸不单行，我放下酒碗，在酒精和那姑娘话语的双重作用下，红着脸不说话。她又说道：“不过如果你答应我去你的船上看看再开船带我转一圈，这顿饭我就给你免了。”

我的眼睛里放出光彩，这种要求既奇怪又简单，但是除了答应没有别的办法。她看我答应了，掏出钱来放在桌子上，我们走了出去。

起身的时候我问：“既然这酒楼是你家开的，为什么没人认出来你？”她回答道：“因为我女扮男装了，你以为谁都像你那么自作聪明。”

当我在苏州前往长安的路上时，我才逐渐明白那女子的用意，说到底这都是有钱人的娱乐，让我带她坐船，又邀请我这样一个十八年没怎么下过船的人到千里之外的关中去，只是因为她有钱没地方花，有精力无处发泄而已。我和她出了酒楼，来到码头，带她参观了船舱，里面还有残留的死鱼味道，我接受着她新奇的目光，让她坐在船头，我撑着篙，航行在风平浪静的运河上，看着她脱掉靴子，双脚伸到水里，船头传来银铃般的笑声，这声音和周围的景色十分相配。

她回过头，带着愉悦的神情说道：“好好划你的船，要敢有什么非分之想，我的剑可是不长眼睛的。”说着抓起剑晃了晃。

我确信她只是吓唬我，因为她连酒坛都捧得吃力，但我还是要答应道：“日落之前就回到出发的地方。”

她把身子侧过来，沉醉于河岸的景色与拂面的微风，或许她从未坐过运河上的船，或许她坐过的是只能待在船舱里的游船，不管怎样，这是她未曾享受过的快乐时光。她转过头来说：“你是我见到的唯一一个不去考功名的男人，很有趣，接下来你打算去做什么？”

“既然来苏州的梦想已经实现了，剩下的日子不管做什么我都满意。”

“你想和我去长安吗？”

我将船调头问道：“长安，为什么要去长安？”

“因为我没有去过啊，据说长安有许多我没吃过的东西，许多我没去过的地方，以及许多……长相奇怪的人。”

如今的我无牵无挂，这让去任何地方都有了可能。我和她同生江南，同往长安，我答应了下来，不论是塞北或江南的人们，都会愿意把握住一个珍贵的时机，去了解一个繁华城市的内涵。她见我答应，补充说：“从苏州渡江到扬州，北上到汴州，经洛阳到长安，但是我要先行一步，我在长安等你来。”

船靠岸边，她拿出一些银子：“这些就算路费，它足够你到长安了。”然后她似乎想起来了什么似的：“你就叫我小鸿雁吧。”

小鸿雁就是我所理解的那种活在说书人故事中的人。这种感觉是全方位的，从思想、言谈举止到阔绰的出手，现在就连她的名字也极其不真实。一个虚无缥缈的女子，化解了我在酒楼的尴尬，现在又指给我去长安的路，让我有了方向，世界上似乎没有比这更大的惊喜了。

我在春天时从苏州出发，一路平淡无奇。当我来到长安东南的曲江池①时，正是盛夏，游人不多，远比不过三月三上巳节时临水祓禊②的盛大气氛。在池边远望长安南郊的樊川③，达

①曲江池：唐代著名风景区，位于长安东南，因水流曲折得名。

②祓禊：古代汉族民俗，每年于春季上巳日在水边举行祭礼，洗濯去垢，消除不祥。

③樊川：长安南郊的著名风景区，唐时此地寺庙及达官贵人的宅院众多。

官贵人的别墅鳞次栉比，他们躲在屋内乘凉，不愿迈出屋门一步。曲江池旁有波斯酒馆，用那些文人的话来说，叫胡姬酒肆。我坐在这里看荷花繁盛，桌上摆一坛女儿红、一碟山药糕、一盘鹅脯。从长安出来的人和即将进入长安的人在这里交汇，波斯人说着流利的中文，其中甚至夹杂了一些关中方言。我明白了小鸿雁所说的，长安果真有许多长相奇怪的人。我一人独饮，要了两副碗筷，我愈发思念起小鸿雁来。

长安近在眼前，小鸿雁就在砖瓦城墙背后的某个角落里，也许强咽了一口她不喜欢的酒，也许在和莫名其妙的人搭着讪，甚至她可能根本不在这里，让我去长安，只是为了让我拥有方向感。

这么多年和父亲在船上，见识到不少人情冷暖，所以对于希望和惊喜，我是不太信的，我慢慢走进长安去感受这座城市，小鸿雁不会每天都跑到城门口等我来，或许她已经不认得我了。

未进长安，就已听闻东西二市的名气之大。两市东西向、南北向各长六百步。东市多奢侈品，锦绣彩帛十分容易令人审美疲劳。西市五行方位属金，故又称金市，这是几天以来我在坊中闲逛听到的说法，不过即便抛开方位因素，西市也能担当起金市的名号。来到长安的第四天，我终于赶在开市时领略西市风采。

西市多胡商，开市而作，闭市而息。胡人们的精力几乎都挥霍在讨价还价上，其余时间就躲在自己的侨居小屋里叙旧，难以在街上见到他们的身影，生活简单到极致。不过他们的存在却丰富了长安人的生活，长安的达官贵人们偏爱波斯大食珠宝，有时在东市或其他坊里购得珠宝，去找西市的胡人鉴定师来估价，若是淘到真宝贝便满心欢喜，若是被告知多瑕疵，他们在技术高超的胡人鉴定师面前也不好发作，只得悻悻而去。同样是贵族，长安人的生活让苏杭人难以望其项背。

逛西市的人里有一大半都是来看西域人的，在波斯邸看看新鲜，走的时候顺便买一些香料药物。当我在波斯邸门口的人群中穿过，打算去拜访专门卖穿钱绳的商人时，感到有人用什么东西碰到了我，像是剑的形状，一个熟悉的声音在身后响起："你终于来了。"

那声音的来源不是别人，正是小鸿雁，我回过头来着实吃了一惊，剑依然是那把剑，只是她不再是公子哥装束，而是化身成即使在长安贵族中间也无法嗅到苏州味道的大方女子了。

我们相视一笑，笑容里带有一种难言的默契。她冲我挥挥手，我跟着她走进又一家酒馆。我们坐下来，点上大侠们吃的那种酒菜，两人对饮一杯。这么多天不见，她的拿剑手法和喝酒姿势已熟练了起来，酒量也长进不少，愈加把自己隐匿在说书人的故事中了。酒杯是透明的，放大了每个人的心事，她说：

"我已在这里呆了七天，每天点一样的酒，一样的菜，还摆了两副碗筷。从苏州到长安，你还在这里和我喝酒，不是很有趣么？"

"真巧，我在曲江池时也要摆两副碗筷，要是所有的长安人都像咱们一样有趣，我把长安作为行走四方的第一站也算值得。"

"你说我有趣，难道是因为我带了一把不符合身份的剑，连续七天点同样的酒菜，坐在同样的位置上，还要多摆一副碗筷？"

"长安城里，找不到第二个这些特点都具有的人，不过还不止这些。你杀过人没有？”

“太平盛世，为什么要杀人，有人可杀，也是衙门的事。”

“带剑本为了杀人，无人可杀却一直带剑，有趣。”

两人笑了几声，兴致渐浓，已近黄昏，人们为太平天下饮尽杯中的酒。小鸿雁环顾四周说道：

“酒菜、市场和傀儡戏的确容易勾住人们的心，但一座真正能被人们爱上的城市不仅仅能够提供这些，更重要的是，它改变了一把剑的宿命，让剑不是为了杀人而带。可惜人们只看到了表面的繁华，并不为拔不出的剑而欣喜。”

这话虽然让我如云里雾里，但听得顺耳，顺耳到让我暂时忘了今后的生计问题。小鸿雁的剑就那么躺在桌上，也许快要生锈了。

脚下的道路纷繁杂乱，尘世间，人们南来北往，各走各路。你再也不会找到一个等你七天，喝一样的酒，吃一样菜的人。即使车马的喧嚣使这座城市繁华到一种不真实的地步，无数人对它的梦想不断地破灭，但每天夜里，斟一碗女儿红，就掉进长安中了。长安，对帝王是文治武功，对我们是恍然如梦。

小鸿雁放下酒碗，露出她那潮红的脸，突然说：“我就埋在长安好了。”

我走到酒馆门口去探清风的回音，回首望见羁旅的天涯。

## 鸿胪李

沿朱雀大街一路向北便到了朱雀门，普通百姓永远无法企及朱雀门以北的长安，但这样的遗憾对鸿胪李来说并不存在。

皇帝久居深宫，市民每天三点一线，胡商的生活更是乏味，而鸿胪李的活动范围要远远超过前三者。他可以跑到安远门迎接来自西方的使团和商队，也可以在各公馆里筹备迎接外国使节的事宜，或者在皇城内看帝国的中枢如何运转，不知不觉间，整个长安已走过大半。这一切都因为他是来自长安鸿胪寺的典客令。

鸿胪寺，皇城朱雀门内西侧负责帝国对外事务的机构，虽然肥差不多，但一直被人看作是政府中最风光的部门之一，大唐国力强盛，八方来朝，对外机构的职能也就随之凸显。

鸿胪李便是鸿胪寺中负责各国使者朝贡、宴享、送迎的众多典客令之一，关于鸿胪李的姓名，在政府人员登记册中一定是有的，只不过在我和小鸿雁面前，他一直以鸿胪李自称，与小鸿雁这种大侠般虚无缥缈的名字不同，鸿胪李这个名字则表达出对自己所在机构的归属感。

我一直相信，若是诗意盎然，便无需笔墨的点缀。坐拥长安的繁华，身着绫罗绸缎在名利场中觥筹交错。门外，盘桓错节的老树根在捡拾着一座城池遗留下来的荒芜。

趁我在酒馆门口的当儿，鸿胪李进了大堂，我吹足了风回来，发现桌子上摆了三副碗筷。鸿胪李一身官府打扮，坐在我对面的座位上，疲惫之色尽显，旁边是小鸿雁。

我走过去坐下，小鸿雁依次为三人倒酒，她丝毫没有惊讶于鸿胪李的来临。我对面那人扶着额头说："我鸿胪李办累了公事，现在只想找个地方喝酒。"我笑道："我若状告官府人员扰民安生，你又该当如何？"

"桌上已经摆着两副碗筷，听口音你们又是外地游人，再摆一副又有何妨？"

小鸿雁问："只是你身在鸿胪寺，和外国使者的应酬必不可少，又何必出来单独找地方喝酒？”

鸿胪李补充道：“外国使者只是少数，主要还是吃官府的饭，喝官府的酒。”

小鸿雁说：“你真应该换掉这身衣服，整个长安，出了皇城，不会再有第二个人如此装束。”

鸿胪李笑笑，拿起小鸿雁的剑掂量一番，道：“你也应该丢掉这把剑，长安不需要大侠，这里的禁军们可不会在意你是谁，他们只在意你是否拿着剑。”

我说：“即使拿着剑也无需拔出，杀人是衙门的事。”

只有在粉饰的天下，衙门才会显露出它积蓄的威严。酒肆中，人们谈起家长里短，喝几杯酒，吃上几口关中菜，便不想再过问政事国事。长安的人们已经构建了一个新的世界，衙门的守卫不经意间，发现自己守着破败的建筑，周围已尽是烟花柳巷。

天色尚早，有大把的时间供小鸿雁去讲这七天的故事，她对不同的坊里如数家珍，尤其对大慈恩寺①以南，通善坊内的杏园喜爱无比。我听得目瞪口呆，鸿胪李只是颔首微笑。见小鸿雁讲故事讲到了口干舌燥的程度，鸿胪李又让店家拿上一坛酒，开始滔滔不绝地谈起鸿胪寺发生的大事小事。我和小鸿雁都不约而同地闭上嘴，静静地听他回忆外国使臣品尝中国菜时露出的惊讶神情，诸如八仙盘、五生盘、凤凰胎这些我们闻所未闻的菜名在鸿胪李的讲述中成了家常便饭。然而他话锋一转，开始讽刺起鸿胪寺长官以及他的同僚们，时不时还会说几句波

---

①大慈恩寺：唐太宗贞观二十二年（公元648年），太子李治为了追念母亲文德皇后长孙氏创建的。是当时唐长安城内最著名、最宏丽的佛寺，位于今陕西省西安市南，迄今已有1350余年。

斯语助兴。但讽刺归讽刺，他还是以鸿胪李自称，远远不到因为官府内的勾心斗角就放弃自己名号的程度。

看样子这些话都是鸿胪李平时说不出口的，他想炫耀，但周围都是见过这些世面的人；他想讽刺，但周围都是他想讽刺的人。

于是他就在办完公事后漫无目的地闲逛着，偶然找到一家酒馆，发现了我和小鸿雁，坐下来，便开始口无遮拦。这样的口无遮拦，比我年少时在私塾听到的那些话要更加亲切和真实几分。只有在我走出私塾时才发觉，活着便是去享受惊喜和偶然，去认识各种奇怪的人。我看了看旁边的小鸿雁，她沉迷在鸿胪李的故事中，她比我先懂得这些道理。

从此，我开始喜欢上了酒馆，我在苏州的酒馆里遇见了小鸿雁，在长安的酒馆里遇见了鸿胪李，谁能知道下一次喝酒我又能遇见什么有趣的人。

鸿胪李一直说到黄昏，除去在宴会上的客套之外，他似乎从来没有哪一天说过这么多话，不知何时他自觉失态，便微微一笑，闭口不谈，端着酒碗的手放了下来，甩了甩酸痛的胳膊，再拿起酒碗一饮而尽。

鸿胪李又坐了一会儿便走了，结了酒钱便起身离去，没有问我和小鸿雁任何问题，包括我们的名字。小鸿雁还没来得及自我介绍，鸿胪李就已经走到门口，回头说："我们应该不会再见面了。"他略带醉意，说完便消失在暮色中，留下我和小鸿雁在桌前发呆。

我愣了一会儿，道："所以你看，不是一路的人也可以产生很有趣的交集。"小鸿雁骄傲地问："所以我建议你来长安是不是很高明？"

## 花雨情

花雨情不姓花，这只是作为花魁，人们对她的雅致而产生的感慨。

长安城有诸多可以使人流连忘返的人与物，比如升平坊的胡饼，延寿坊的金银珠玉，还有平康坊的花雨情。

快乐的人群背后终归会有寂寞的身影，而最珍贵的，莫过于在繁华长安中的寂寞。

有人会疑惑，若是一个女子达到花魁的程度，一定是不会寂寞的，每天晚上弹上几曲，便会引来一些公子，要么写下扇面相赠，要么直接抛下一个给她赎身的许诺。

对花雨情而言，所谓花魁只不过是一个名号，这种称呼本身就给人无限的距离感。花雨情流落在平康坊，本就没有什么戏剧性可言。原本家境殷实的她，后来家道中落，父亲病重，被迫卖身，父亲去世，存钱赎身，再熟悉不过的戏码。不过达到了花魁的级别，赎身与否已经无法由他自己决定。于是花雨情很迷茫，由迷茫而衍生出寂寞。

从皇城到东市的广大区域，几乎无人不知平康坊入北门向东的三曲之地，不过对于初到长安的外乡人来说，这里便是一个众人皆知的秘密了。

鸿胪李从我们的生活里消失后，小鸿雁和我都比以往多喝了几碗酒。第二日我在客栈里睡到了正午，刚醒过神来，店家敲门告知，有一位公子找我，我疑惑地走出房门，来到楼梯口，小鸿雁正在大堂里等着，换上了那身我们在苏州初见的装束。

我边下楼边说：“长安人真是眼拙，为什么都称呼你为公子……”我盯着小鸿雁看，突然不说话了，只觉别扭无比。

小鸿雁问："怎么了？"

"你的剑呢？"

"我把它放在随从那了，你不是说杀人是衙门的事吗？况且这里是天子脚下，不比苏州，还是不要带剑上街为好。"

"这么说你不是一个人来的？"

"我又不是什么女侠，既不会拳脚功夫，又不会使剑，这么长的路途自己怎么能应付得来？走，今天咱们去一个好玩的地方。"

我和她出了门："去哪里？"

小鸿雁神秘一笑："去一个能行侠仗义的地方。"

一进平康坊，胭脂气便扑面而来，有人说每一坊都有每一坊的独特气息，看来有些许道理。向东走去，拐进一个新世界，还未来得及适应眼前的景色，鸨母就已经上来迎客了。小鸿雁摆摆手，示意我跟着她往下走去，一边说道："两个人多无聊，鸿胪寺的那位已经找不到了，不如找这里的花魁来陪我们喝喝酒，顺便听听曲。"

我不安地问："你的随从知道你来这里吗？"

小鸿雁说："放心，需要他们出现的时候他们会出现的。"

我们在平康坊三曲内转了半天，小鸿雁问了各种人此地的花魁是谁，但得到的答案是一样的，鸨母略带骄傲地说她的名字叫花雨情，其他青楼女子略带妒意地说她的名字叫花雨情。

目标已明确，我们来到花雨情所在的楼中。下午客人不多，鸨母对我们二人自是十分热情，听到我们报上花雨情的名字，她为难地说："想让花雨情迎客，先要回答她一个问题。"她把我们引上楼去，花雨情的房间门上贴着一张纸条，分不清上面写的是诗句还是对联，看起来是要我们对上下句才肯开门。

我在心中暗暗叹气，花魁的架子就是大，小鸿雁也略微不悦，她对鸨母说："你先下去吧，给我们一点时间考虑。"

没想到的是，待鸨母下楼后，小鸿雁环顾四下无人，当即推开了房门，不只把我，也把屋内整理头饰的女子吓了一跳。

那女子想必便是花雨情，可花魁自然是见过大场面的，她立刻恢复了平静。小鸿雁带我进了屋，拿过茶壶，翻过三个茶杯，自顾自地倒起茶来，对花雨情说："我和兄弟慕名而来找你喝酒听曲，可惜我们肚子里没有文墨来答上你的题，你这里也没有酒。"

花雨情继续整理着头饰说道："那些纸条不是我写的，他们只不过是找一些书来抄上几句话，自己也不知道是什么意思，只是要让我看起来有些情调。"

我们顿觉扫兴，但转念一想，世上哪有那么多完美的故事，哪座青楼会准许它的女子主动去玩什么文字游戏。小鸿雁拿出钱放在桌上，说："那给我们弹一曲吧。"

花雨情原本对有人推开她房门十分反感，可看见了桌上的钱，便不说一句废话，拿过琵琶问我们想听什么曲子。这变成了一种本能反应。她不缺钱，也不缺爱慕她的公子，连她自己都不知道缺的是什么，她只是喜欢看别人慕名而来的样子。

小鸿雁看着我，我本是船夫之子，不通音律，只好让花雨情弹上两三曲拿手曲目。

花雨情拨弄琴弦，一曲终了，刚好是小鸿雁一盏茶的工夫。小鸿雁倒上第二杯茶，嘴里啧啧称赞，也不知道称赞的是茶还是曲。花雨情呆呆地望着窗外。

在花雨情准备弹第二首曲子的时候，楼下的鸨母寻琵琶声而上，见门口的纸条无人作答，顿时大怒，推门闯了进来，刚想高呼有人来砸场子，就瞥见了桌上的银子，硬生生地把后半句话给咽了回去。

花雨情捧着琵琶问：“妈妈有什么事吗？”

鸨母换了一张笑脸说道：“花雨情快好生伺候两位公子，我再派人换一壶好茶上来。”

新茶很快端上来了，茶香氤氲开来，正好配花雨情的琵琶声。两曲终了，三曲终了，花雨情望着我们，柔情满满。小鸿雁半开玩笑地说道：“我来为你赎身，你以后跟着我好不好？”

花雨情想了想，摇头回绝。这样的话她听得多了，头两次她或许还会心动，现在这样的话在她心里泛不起一点波澜。

话又说回来，在长安这个纸醉金迷追名逐利的世界，若留在平康坊内，花雨情还是无数男人争相拜于裙下的花魁，出了平康坊，她只是一个有着不光彩过去的市井女子，花雨情就在这样的矛盾中老去。

小鸿雁要我和她离开，无数人在花雨情的生活中来了又走，她只是站起身来致意，丝毫没有挽留我们的意思。走出楼去，我问小鸿雁：“这就是你说的行侠仗义的地方吗？”

小鸿雁苦笑了几声，笑声里似乎包含着有钱花不出去的尴尬。她嗔怪道：“这和书里说得完全不一样。算了，你以后有什么安排？”

我摸摸口袋，路费还有结余，衣食无忧的日子让我不想考虑未来。还没等我说话，小鸿雁说：“我在长安已经呆了有些时日了，明天我会让随从带我离开这里。”

小鸿雁故意不说她要去哪里，看来我们的缘分到此为止。我不想追问，于是笑了笑说：“那么我们就此别过。”

我们各自转身离去，再也不见。小鸿雁也许继续把自己打扮地像个大侠，在别处做自认为豪爽的事情。她可能已经资助了另一个穷小子，让他陪自己去下一个遥远的地方；鸿胪李也许继续活在天子脚下，在每场宴会里陪着假笑，下班后在全长安找能听自己讲故事的人；花雨情也许继续在平康坊里，一边拨弄着琵琶，一边思考着生活的意义。我突然有一种冲动，立刻回到苏州卖掉我的船，向旧的生活彻底告别，所以我要去喝酒，期盼在酒馆里遇到一个有趣的长安姑娘，问她想不想和我到苏州去。

# 荒谬

贝尔纳黛特不自主地战栗起来，这是葡萄酒浇在身上的本能反应，淡红色的液体在她身体的各个部位聚集，汇聚成一股股细流，顺着身体流到木桌上。这使她又痒又尴尬，脸色似乎要和酒的颜色融为一体似的。葡萄酒的密度像是变得无限大，把她压在桌上动弹不得。

阿尔诺盯着平躺在桌上、被他剥光的贝尔纳黛特，双目圆睁，呼吸急促，心中的成就感和征服欲瞬间膨胀爆炸，几乎要将他炸得粉身碎骨。他晃晃葡萄酒罐子，发现里面还有些许残留，不由得想出了一个侮辱面前女人的好方法。于是阿尔诺拎着罐子，对准贝尔纳黛特一横一竖浇了两道，在她的胸口上留下了一个“十”字。

液体在她的肌肤上扩散，酒气被带到整个房间，那一刻葡萄酒不是耶稣之血，而是某种刺激情欲的工具。炉火噼啪作响，掩盖住了两人的呼吸声。阿尔诺坐到桌子上来，双手撑住桌面，俯下身来，靠近贝尔纳黛特说道：“现在这个十字是淡红色的，如果你不听话，它迟早会变成黄色的，到那时我也没有办法帮你。”

贝尔纳黛特支吾一会儿，闭上眼睛表示妥协。阿尔诺见状便俯下身去开始吸吮了，从脸、锁骨、胸口到腹部、下体和大腿，阿尔诺一路向下，把所及之处的葡萄酒全部吸吮干净。

贝尔纳黛特的双臂被打开，摆出在十字架上受刑的姿势，她的腋下也没能躲过阿尔诺的攻击。贝尔纳黛特已经听不到炉火的燃烧声和阿尔诺的吸吮声，她觉得自己像被点燃了，从头烧到脚般，欲火焚身。不过她突然清醒了过来，因为她发现自己的姿势和心理状态，像极了几天前在山坡空地上，当着全村人的面，被活活烧死的丈夫。丈夫的死去是那样猝不及防，她还没来得及遵照这个村子的传统，在亡故者的脸上洒上水寄托哀思，贝尔纳黛特不由得流下泪来。

火刑的那天是普拉德村的居民们难以忘记的日子，而对于阿尔诺来说，却是再合适不过的猎艳时刻，全村女人排成几排，仿佛在接受他一人的检阅。那一天来了好几个大人物，有帕米埃主教雅克·富尼埃[①]、宗教裁判所[②]长官、还有富瓦伯爵手下的领地法官。阿尔诺作为教士，站在普拉德的本堂神甫身边，眼睛不断地扫视着前方的人群。

中间的刑场已经建好，无非就是挖了一个深坑而已。几个人把钉在十字架上的贝尔纳黛特的丈夫抬了出来，立在坑里，把土填平，柴火与干草堆放在受刑人脚下，他们给他淋上油，拿好火把等待着命令。

贝尔纳黛特在几十步之外看着自己的丈夫，在他的衣服上印有黄十字的图案。关于黄十字，不同的人有不同的解读：宗教裁判所长官说，这是给纯洁派[③]教众的惩罚；教士说，这是异端的标志；村民们私下说，印上这个，就是催命的意思。自从帕米埃主教在埃荣开始大彻查后，该地区包括普拉德在内的几个村子都不能幸免，纯洁派顿时成了众矢之的，一时间闹得人心惶惶。

在主教和法官看来，今天无疑是对村民们最好的震慑机会，让他们知道宗教裁判所并不是整日里和村民打哈哈的酒囊饭袋，雅克·富尼埃本人更不是只会喊铲除异端口号的蠢货。可惜的是，村民的反应让他们失望了。除了贝尔纳黛特等少数

---

①雅克·富尼埃（约公元1280年—公元1342年）：即教皇本尼狄克十二世（公元1334年—公元1342年），阿维尼翁的第三代教皇。

②宗教裁判所：中世纪及近代初期的天主教司法机关，负责审判、监禁并处死异端分子。

③纯洁派：起源于德国的天主教派别，后在欧洲大陆广泛传播，被罗马教廷定为异端。

人之外，那些虔诚的天主教徒都在看戏，搬个板凳坐过来，两个人互相捉虱子，甚至有胆子大一点的还在问本堂神甫为什么还不开始烧。

本堂神甫看了一眼帕米埃主教，在得到后者的默许后，他示意教士们点火。他们点燃了柴火和草，火苗快速向上窜，贝尔纳黛特看着丈夫从脚开始逐渐被火焰吞噬，害怕地闭上了眼睛。其他人嘻嘻哈哈的，因为难得见到这样的景致。他们迫不及待地在自己的人生阅历中添上一笔，以后那些牧民们转场到加泰罗尼亚放牧时就可以和其他人一边吹牛一边用手比划着说："我们村里那个旅店老板被烧死时离我就这么近。"

贝尔纳黛特想冲上去救下丈夫，也想去教训那些嬉笑的人们，但一步也迈不出。她眉眼低垂，来自四面八方的笑声、掌声和吃东西的声音淹没了丈夫的叫喊声，也在最大限度地刺激着她的神经，嘲笑着她的无能。像是一张彩色画上只有最中间的一块是灰白的，这是一个多么拙劣的画家才会出现的失误。

阿尔诺把所有人的表情都看在眼里，他的目光最后落在了贝尔纳黛特身上。早在以征收什一税[①]的名义对普拉德村进行排查时，阿尔诺就看遍了全村女人。然后，他慢慢精简猎物的名单，最后只剩下贝尔纳黛特一人。而偏偏贝尔纳黛特和丈夫在村子里经营的是旅店生意，家中人员来往频繁，便于接近，阿尔诺瞬间便觉得这个女人简直是上帝赐给她的礼物。

就连阿尔诺自己也承认，普拉德村里有没有异端分子他一点也不关心，他不会和其他教士一样，认为异端天理不容，那

①什一税：源起于旧约时代，这种捐税是欧洲基督教会要求信徒要按照教会当局的规定或法律的要求，捐纳本人收入的十分之一供宗教事业之用。

样无异于自取其辱。不过他也不会放过任何一个占便宜的机会，他在阿克斯累太姆生活的时候习惯了骑马和骑骡子，离开家后他就得习惯骑女人了。贝尔纳黛特每天打理旅店生意时那晃动的胸脯和屁股不停地在向阿尔诺炫耀，他非得拿下她不可。

旅店是每一个村子里人员最复杂的地方，转场放牧的牧民、穿梭于各地的商队、皮条客、满脑子淫秽诗篇的吟游诗人和纯洁派教徒都汇聚于此，还有像阿尔诺一样的教会探子。纯洁派教徒在离开时故意留下一些宣传册子，贝尔纳黛特夫妻起初不在意，但久而久之，他们也开始指着村里一些孕妇的肚子说："小心不要让猪狗的邪恶灵魂跑进去了。"

这不是个别现象，但因为贝尔纳黛特的存在，阿尔诺只盯着这家旅店看。一个正常人如果和其他人犯了相同的错误，当他被抓到时会不服气地说为什么只抓我一个，而贝尔纳黛特的丈夫在被几个教士告知要把他投到山顶关押异端的城堡里时，他异常平静，转过身告诉妻子："保存好我的头发和指甲，离开地窖时要把门关好。"

这个男人的平淡反应让阿尔诺至今心有余悸，火刑结束的那天晚上，当阿尔诺在旅馆厨房的木桌上咬住贝尔纳黛特沾满葡萄酒的乳头时，他竟然害怕女人的丈夫会冲进来杀了他，不由得松开嘴，下桌确认门窗是否关好。贝尔纳黛特活动活动胳膊，半嘲笑地说："看来你刚看到我时就已经犯了淫邪罪了，现在要向上帝悔罪吗？"阿尔诺摇摇头说："上帝告诉我只能爱你一个。"他走了过来，把贝尔纳黛特抱进卧室。

当白天贝尔纳黛特的丈夫断气的那一刻，雅克·富尼埃就点点头，在领地法官和宗教裁判所的人的陪同下离开了。训话和威胁此时没有了什么意义，普拉德村村民的忠心不用怀疑，这是天主教的胜利，也是他雅克·富尼埃本人的政绩，至于被烧焦的尸首，就交给别人去处理吧。几个村民上来拿走了没有烧完的柴火，又有人过来处理了尸体，贝尔纳黛特在恍惚间，似乎还听到了别人在抱怨这场刑罚为何如此之短。教士、本堂神甫和村民们把十字架留下的坑围起来，他们不说话，只是发呆。坑边被火烧过的痕迹黑得发亮。

生活还得继续，贝尔纳黛特一个人回到旅馆。这里的人比以往少了太多，她打开面包炉清点了贮藏在里面的鱼干，又把厨房里悬挂的火腿罩上护罩，以防附近野猫偷食。她回到卧室拿出储物盒，那里有丈夫的头发和指甲，还有他从别人家买的婴儿脐带，丈夫一直带着它作为护身符，被抓走时他自知已无法回来，把它留给了贝尔纳黛特。

庭院、草地、十几只牲畜，加上这所旅馆，就是丈夫留给自己的全部遗产了，她先要面对孤立的境地活下去，然后才能考虑不让家业散掉的问题。贝尔纳黛特从卧室出来准备打扫客房，发现旅馆里进来了三个人，他们在柜台前坐下，拿出随身的面包来吃，其中一人吟诵道：

人生本是荒谬，
世界一团虚无，
灵魂飘飞远走，
尴尬依然留存。

贝尔纳黛特听后赶紧把握在手中的脐带藏进衣兜里，丈夫好像和这伙人说好了一样，他把脐带让自己拿着，再派人过来吟诗讽刺自己。贝尔纳黛特想，都化成灰了还来拿她开玩笑，他真是个玩世不恭的家伙。

另一个家伙吃完了面包，肆无忌惮地打量着老板娘的身材，也伸长脖子吟道：

旅馆老板被火烧，
所幸寡妇屁股翘，
吟游诗人途径此，
大醉一场来撩骚。

那家伙不住地吹口哨，贝尔纳黛特羞红了脸，只得躲到柜台后，不给男人们看自己的屁股。

让贝尔纳黛特没想到的是，阿尔诺从门口进来了。阿尔诺是和诗人们一起到的，不过他呆在门外没有进来，第一首似乎有点哲理的诗让他产生了兴致，打算接着在门口再听一会，第二个粗鄙的家伙念完诗之后阿尔诺怒不可遏，大步流星走进来，瞪着诗人们。他的教士装扮起到了一定威慑作用，三个人收敛了一些，有面包的继续吃面包，没有的搓着手，找一些不痛不痒的话题和同伴聊起来。

贝尔纳黛特被阿尔诺拉到厨房，他进来的一瞬间，她就认出了这个教士，正是他一连几日鬼鬼祟祟地呆在旅店内，带人来抓她丈夫，又在刚才看着他被烧死。阿尔诺说："希望刚才没有让你受惊。"

贝尔纳黛特略带鄙夷地说："这三个人该不会是受您之托来羞辱我，然后您再来替我解围好看我出丑的吧？"

"他们和我没有关系，我只是来借此表达一下自己对你的爱慕之情。"

女人平静地说："我不会骂你，好让你抓住我反对教会的把柄。"

"之所以把你带到这里，"阿尔诺转过头指着前面的木桌说，"晚上在这里等我，等我进来了你就脱光衣服躺在桌子上，当然你也可以拒绝，只要你愿意等我上报宗教裁判所后遭到和你丈夫一样的下场就行，异端份子肆无忌惮的时代过去了，邻村已经处决了二十来人，你要想清楚。”

贝尔纳黛特不是傻女人：“所以你当初在这住了这么多天的目的不是抓什么异端份子，只是想让我丈夫消失是吗？”

“你想怎么理解都行。”阿尔诺吻上了贝尔纳黛特的耳朵，牙齿滑过她的耳垂。

来到卧室，女人身上的酒味立刻充盈了整个屋子。阿尔诺把贝尔纳黛特扔在床上，先拿出一根绳子在她脖子上绕了一圈，垂到腹部，绳子的一端系着个草包。贝尔纳黛特知道阿尔诺给她系上这一被当地居民视为避孕工具的草包的目的，他要弄在里面了。

屋内烛火闪动的频率远远低于人影起伏的频率，整个过程中贝尔纳黛特一只手死死攥住草包，等到阿尔诺喘着粗气表示一切都结束时仍不肯撒手。阿尔诺从她的身上下来，试图把草包拿回来，他挠她的腋下，抓住她的手腕，掰她的手指，但都没有得逞。阿尔诺一怒之下拽住绳子的另一端，绳子便死死勒住贝尔纳黛特的脖子。

情急之下，贝尔纳黛特只得用两只手握住缠在脖子上的绳子往外拉，阿尔诺顺势把草包夺过来说：“神草不能放在你这里，否则你就可以肆无忌惮地和别的男人上床了。”一边说着，一只手在贝尔纳黛特的敏感处游走。

贝尔纳黛特干咳不止，她叹了口气坐起来，来不及揉脖子，就捧着阿尔诺的脑袋为他捉虱子，几只虱子就足够俘获他的心。这时屋外飞来一个东西打在了百叶窗上，吓了两人一跳，应该是窗外有人拿石子在偷袭他们，那人在窗外吟道：

矛盾与生俱来，

不如脱光去爱。

说完他便消失在黑夜中，阿尔诺勃然大怒，贝尔纳黛特则一脸平静。两人都熟悉这个声音，正是今天来到店里的其中一个混蛋诗人，不同的是，阿尔诺当时在门外，并不知道这个声音到底是谁发出来的，否则他非要冲进他们的屋内把那人打一顿不可，阿尔诺摸着贝尔纳黛特的乳房的同时，脑子里已经想象出了那个满嘴跑火车的诗人跪地求饶的画面。

而贝尔纳黛特知道那人是谁，正是那个把什么“荒谬”、“虚无”挂在嘴边的家伙，这个假正经的家伙出现在这干什么？如果是那个拿自己屁股开玩笑的家伙还说得通，贝尔纳黛特思索着，还要做出享受爱抚的表情来。

清晨的阳光照射进屋子，贝尔纳黛特睁开眼睛，四周无人，阿尔诺已先行离开。她起床后的第一件事就是在卧室里确认阿尔诺走前是否留下了东西，她原以为会发现一小块羊皮，上面写着今天晚上他来了之后应该摆出什么样的姿势来迎接他，结果什么也没有找到。贝尔纳黛特内心不免空落，可转念一想：操心这个干什么，自己也不识字。

来到前台，迎接贝尔纳黛特的是一张令她十分尴尬的脸，这比把脐带藏到衣兜里还要尴尬数倍，那张脸上的两片嘴唇动了几下，告诉她“诗人雷蒙向您道一声早安”。贝尔纳黛特刚敷衍一声，雷蒙的两个同伴就来了，他们看着贝尔纳黛特，异口同声地嚷道：“老板娘的胸部比昨天整整大了一圈！”

贝尔纳黛特羞得再次躲到柜台后面，但柜台的高度有限，藏得住屁股却藏不了胸部，她无用的反抗让两人哈哈大笑起来。

雷蒙走到柜台前问：“夫人昨晚睡眠如何？”

贝尔纳黛特生气却不好说破，心想一定是假正经的雷蒙把昨夜发生的事告诉了那两个粗俗的家伙，男人都是一路货色，她突然开始讨厌起男人来了。

雷蒙读懂了贝尔纳黛特的神情和心理，低声为自己辩解道：“我自己睡一间，那两人睡一间。他们是我在加泰罗尼亚认识的同性恋，只会拿女人开开玩笑来消遣，吟游诗人是不会告诉别人自己晚上要去哪的。”

贝尔纳黛特抬眼望去，那两人面对面坐在桌前，时不时向对方露出笑意，她赶快把眼神收回来，问雷蒙：“那你昨晚是什么意思？”

“偶然撞见而进行的即兴创作，夫人，至于扔石头我很抱歉，希望没有损坏您的窗子，一个人生来就是荒谬且矛盾的，一些怪异的举动有时更能证明他还活着。”

话音未落，那对恋人就坐不住了，其中一个拿起葡萄酒往对方头上倒去，然后坐在桌子上开始大声唱歌，另一个双臂高举，念念有词。就把这酒当作对自己的致敬，贝尔纳黛特想，然后对雷蒙说：“或许你说的有道理。”

这首歌行将结束之时，从门外闪进一个人，贝尔纳黛特刚要招呼，那人却先喊出了雷蒙的名字，雷蒙刚要转头，恋人中念念有词的那位揩了一下脸上的酒，嚷道：“加泰罗尼亚的皮埃尔！住在山上窝棚的时候三天两头要拉着我们去山下妓院。”

皮埃尔脸红了，白了两人一眼，雷蒙笑着问：“马上要入冬了，你怎么反而跑山上来了？”

皮埃尔回答说：“想在牲畜转场之前找点零活干干，比如囤积粮食、收割麦子什么的，总之脑子要灵活，让赚钱的路子广一点，能在这里遇见不辞而别的你真是太巧了。”皮埃尔又黑着脸对着那两人说道："还有你们。"

皮埃尔办理完入住手续后大家便都回归到各自的生活中去，四位房客分别不约而同地出门游荡。每遇见一个人，皮埃尔都会问有没有活让他干，恋人们会赠予对方几句诗，而雷蒙会找各种话题和人交流，天气、教会以及烤面包的诀窍，无所不包。用他自己的话来讲，诗人必须要从别人的生活中汲取无限的灵感。

留在旅馆中的贝尔纳黛特继续打扫没有打扫完的房间，这些人的插科打诨只能带来一时的轻松，笑声过后，只剩她一人。在这样的情形下，她不能不想到阿尔诺，清晨醒来时，她竟感觉到下体有一股热流似乎要涌出，这就是阿尔诺留给她的东西，比丈夫留给自己的全部更加让贝尔纳黛特感受地真切。

还在胡思乱想着阿尔诺今晚会不会来的贝尔纳黛特又迎来了一位不速之客，这个人没有入住的意思，反而带给了她一个不幸的消息。贝尔纳黛特认识他，这是山下贝洛太太的管家。管家来这里是通知她，从今年冬天开始，贝尔纳黛特不能再以入股的方式把羊交给贝洛太太家帮忙转场放牧了。

"除了入股的方式，也没有其他的方式了，您家里的两匹马和十二只母山羊今年只能由您自行处理了。"管家说道。

贝尔纳黛特焦急地问："贝洛太太现在是否方便？我想登门拜访说明情况，希望她能解释一下其中的原因。"

管家回答道："太太去做弥撒[①]了，您现在连做弥撒的日子都已经忘记了，还需要登门去听她的解释吗？"

---

①弥撒：天主教为纪念耶稣牺牲而进行的宗教仪式，不同派别和不同历史时期其仪式流程都有不同，其中圣餐为各派别的共有圣事，圣餐礼的主要材料基本为无酵饼和葡萄汁，分别称圣体、圣血。

管家走后，贝尔纳黛特觉得没有任何一个时刻比现在更想哭，她来到厨房，从揉面箱中找出了那半块无酵饼。丈夫生前最后一次去做弥撒，领完圣体后只是象征性地吃了一口，把剩下的半块揣在怀里，回家后便把耶稣的身体扔在了这里。

贝尔纳黛特含泪嚼碎了这半块无酵饼，又翻出葡萄酒一醉方休，让圣血充满她邪恶的胃肠。

恢复人们的信仰，为自己的前程铺路，这是雅克·富尼埃存在的意义。昨天在山上出席了火刑仪式，今天来到山下的教堂主持弥撒，随行的神职人员已经为他制定好了未来一周的时间表。他忙碌而又快乐，他期待看到做弥撒时，那些富商和贵族们的虔诚的神情。

在普拉德教堂为例行的弥撒仪式做准备时，他一个人在山下漫步，走在重新天主教化的居民区中，他仿佛化身成一位攻城拔寨的将军，眼下就是他收复的城池，就像是重新掌控了罗马东方的奥古斯都[①]皇帝一样。

高高在上的帕米埃主教准备一鼓作气清除盘踞多年的异端势力，但不是所有宗教系统内部成员都有如此雄心壮志。拿阿尔诺来说，他出生在阿克斯累太姆，该地拥有方圆几百里之内最大的集市，平日负责供给周围地区的葡萄酒，它甚至成了某些教徒心中的圣地。在这样宗教氛围下长大的阿尔诺自然逃脱不了宗教带给他的束缚，他后来辗转多地，最后来到普拉德本堂神甫手下当职。他的人生哲学很简单，走一步看一步，天主教大行其道时镇压异端，如果有朝一日形势不对再开溜，肯闯荡的人到哪都会有饭吃。

①奥古斯都（公元前 63 年—公元 14 年）：即屋大维，罗马帝国开国君主。

阿尔诺不想预测未来，他对这场宗教纷争没有什么话语权。如果说在镇压运动开始前阿尔诺是一个浑浑噩噩度日，看见肥肉就想吃，看见女人屁股就想摸的形象的话，与贝尔纳黛特相遇却使他性情大变，他确信自己无可救药地爱上了这个女人，这也就解释了为什么在贝尔纳黛特斥责他时他并没有丝毫愧疚，反而坚定地将她抱上了床，他发自内心地感谢这场纷争。

教堂的钟响了，阿尔诺和雅克·富尼埃分别整整仪容，向教堂赶去。

教堂位于山下富人区的中央，顶端的钟楼不仅为了报时，也用于提醒人们弥撒时间已到。那是异端的丧钟，也是信徒眼中神圣无比的东西。不管贫富差距如何，进到教堂来，众生平等，唯有信仰最为高贵。

过了大门，在门口一眼便能看到位于教堂内层靠近东墙的祭台。左右两侧各有一长廊，左侧长廊的尽头是储物室，普拉德的村民们若是自家空间不够，可以将谷物、啤酒等存至教堂的储物室。当然，最基本的前提是只能由天主教徒使用。向右侧的长廊走去，就到了告解室。每当忏悔进行的时候，仁慈的神父安然落座，另一间屋里，忏悔者在跪阶上诉说罪孽，神父微微颔首，悔罪的声音就从帘幕背后传来。

从长廊回来进入大堂，里面一片空旷，没有椅子，只有几个人提前到场等待弥撒开始。青年人肃立着，两三个老人聚在一起小声讨论。七盏圣体灯燃烧着，这是教堂内少有的灯光。上了三层台阶来到祭台前，祭台上摆着两个大小不一的圣杯，杯身是金色的，小的盛圣血，大的装圣体。祭台旁准备好了一盆水，用作弥撒前后的祭礼。

今天的弥撒由雅克·富尼埃亲自主持，各个阶层的人们悉数出席，天主教的权威是时候重新确立并深深扎根了。弥撒开始前他走到祭台旁用水清洗手指，除了几个行动不便的老人坐在临时座位上，包括神职人员在内的所有人都恭敬地站着，这让雅克·富尼埃感受到了众星捧月般的待遇，深感跋涉了前半生后终于迈向正轨。

圣乐响起代表着进堂式的开始，神圣的弥撒正式拉开帷幕。雅克·富尼埃的白衣罩在外袍上，所有的配饰都穿戴整齐，那几个老人在搀扶下颤颤巍巍地站起身来，目送着大主教来到台前。

阿尔诺已经快站不住了，也许是昨夜他体力消耗过大，但仪式才刚刚开始，他就在心里暗暗叫苦。在人群中，他一眼就发现了站在第一排的贝洛太太，她正用着少女崇拜英雄的眼光看着雅克·富尼埃，后者在她眼中已经同救世主无异了。

之所以贝洛太太如此吸引阿尔诺的眼球，完全是因为贝尔纳黛特的缘故，他对贝尔纳黛特的感情已经到了看到她的合作者时内心也会悸动一番的程度。

圣乐停了，雅克·富尼埃开始致候词：“因父，及子，及圣神之名。”所有信众齐说：“亚孟。”

“愿天父的慈爱，基督的盛宠，圣神的恩赐，与你们同在。”

“也与你的心灵同在。”

雅克·富尼埃之后说了什么，阿尔诺几乎都没有听到，只能看到主教的嘴一张一合，下面的信众们不停地附和着。阿尔诺的头上虚汗直流，两腿一软，差点跪在地上，他赶紧抓住旁边一个教士的胳膊，把那人吓了一跳。

旁边的教士关切地询问阿尔诺的状况，他的眼前一团模糊，台上的人逐渐看不清了。

雅克·富尼埃的一句“领基督圣体”把阿尔诺拉回了现实，烦琐的仪式行将结束，现在进行的是最神圣的圣体圣事。

信众们齐说：“亚孟。”

“领基督圣血。”

“亚孟。”

雅克·富尼埃先领圣体圣血，然后让信众们领圣体，圣血只有少数信众才有资格享有。分发完毕，来到了礼成式，主教说道：“愿主与你们同在。”

“也与你的心灵同在。”

他又说：“愿全能的天主，圣父、圣子、圣神降福于你们。”

“亚孟。”

最后道：“弥撒礼成。”

“感谢天主。”

雅克·富尼埃走到祭台旁用水清洗拇指和食指，洗掉圣体和圣血残留下的微粒，不让它们在自己的手上受到玷污。

一些年轻人离开了，全程一直端坐着的老人继续讨论起来，教堂不仅是做圣事的地方，也是整个村落的社交中心。此时此刻，雅克·富尼埃正被几户富有家庭的主人们包围着，叽叽喳喳地讨论着什么。阿尔诺的视力不自觉地又恢复了，眼前的人变得清晰起来，因为他又在雅克·富尼埃身边一眼认出了贝洛太太。

阿尔诺身边的人不知道什么时候都走光了，他的体力稍稍恢复了一些。“新任务，阿尔诺。”他身后响起了一个声音，一只手搭上了他的肩膀，力道之大差点让阿尔诺坐到地上。

阿尔诺回过头来，出现的是普拉德本堂神甫的脸。

“什么任务？”

“鉴于你在普拉德铲除异端的优异表现，教会决定派你去邻村继续调查异端分子，明早就出发。”本堂神甫憨厚的脸上多了一丝狡黠的笑容。

普拉德是一座即将被攻下的城池，后续工作就交给其他人去完成。阿尔诺只能与他在这座村子立下的所谓功劳说再见，这样的待遇让他无可奈何。

本堂神甫假意地安慰了阿尔诺一番，说出来的话连他自己都不信，本堂神甫看着阿尔诺迷离的眼睛问：“昨晚你没有睡好吗？”阿尔诺点点头，本堂神甫说：“我能理解为大主教效力不是件容易差事，你回去好好休息，明早出发。”

他只得答应下来，向门口走去，雅克·富尼埃主教还没有应付完热情的信众们，不停地点头向他们致意。

在经过他们时，阿尔诺听到贝洛太太骄傲地对主教说：“蒙您的恩赐使我幡然醒悟，我已同山上的异教徒断绝了经济往来，您应该有印象，那个叫贝尔纳黛特的女人，不久前您刚刚主持烧死了她的异端丈夫。”雅克·富尼埃微笑着说：“您的行为让我十分感动，仁慈的上帝保佑您。”

阿尔诺在他们身边呆了几秒钟，为了不引起怀疑，他强拖着自己的身躯走出教堂，步履沉重，把贝洛太太的邀功声音重重地甩在身后。黄昏的阳光倾泻在他脸上，阿尔诺觉得自己才是这个教堂里最大的罪人，他想快速回到贝尔纳黛特身边，即使不和她解释清楚，仅仅见她一面也是好的。

阿尔诺比任何人都想留在村里，但教会之命他无法违抗。在山下弥撒进行的时候，贝尔纳黛特正在家里的厨房寻求一醉，她将压在酒缸上的石头费力搬下来，拿掉木板，酒气四散开来，比昨天晚上还要浓烈几分。贝尔纳黛特翻出厨房中最大的木勺，酒缸中的酒昨晚被阿尔诺挥霍无度，所剩已经不多，贝尔纳黛特一只手扶住缸沿，将半个身子都探了进去，才勉强舀到一勺，她立刻一饮而尽，把勺子甩到一边，步伐凌乱，随后的事她就不知道了。直至黄昏已过，夜色降临，房客归来之时，贝尔纳黛特才缓缓动了动手指，睁开双眼，发现自己躺在厨房的木桌上，不自觉地摆出了和昨天相同的姿势。

贝尔纳黛特头痛欲裂，清醒过后不得不面对残酷的现实，她整理整理衣衫，不过那块石头她无论如何也搬不动了。

旅店的大堂里，雷蒙在闭眼深思，剩下的三人聊得热火朝天，他们用不同的方式缓着解疲惫。对于旅人来说，过早回到睡觉的地方去是耻辱，是在浪费生命，这不是过日子，而是找到存在的方式。贝尔纳黛特微醺地走了出来，诗人们不会放过任何一个开老板娘玩笑的机会，但贝尔纳黛特已经没有心情和力气去回应了。她站在柜台前，只盯着皮埃尔看，让诗人们自讨没趣。

贝尔纳黛特盯了皮埃尔看了一会儿，张口问：“你是个牧民对不对？”

“半个牧民，现在谁还能指望着一个职业赚钱呢？”

“你如果不希望我只指望着这个旅馆，就帮我一个忙，帮我把家里的两匹马和十二只母山羊在入冬时带到盆地牧场去好吗？”

他知道老板娘在这件事上肯定会有求于自己，皮埃尔眨了眨眼睛说：“给我五锂，保证您的牲畜安然无恙。”

贝尔纳黛特生气道：“你干脆要我家的草场好了，这笔钱都快能把这些牲畜买来了。”

皮埃尔耸耸肩说：“这样才能表示我没有拐跑你家牲畜的

意思呀。为了表示我的诚心，给你减去一锂，不过你要让我免费在这里住宿。”

诗人笑骂道：“这个无耻的家伙。”然后继续聊着各自的见闻。贝尔纳黛特无奈地答应，来到柜台后，退掉皮埃尔今晚的房费，又拿出四锂，说：“事先说好，你明天早上就出发，不要在这里等牲畜们冻死。”

皮埃尔害怕失去这笔钱财，于是答应下来，写好证明，来到后院为每一只牲畜做好标记便去休息，好为明天的路程攒下体力。

贝尔纳黛特也不再理会诗人们，回到卧室早早睡下，回想两天内发生的种种，她的心里是复杂的，悲痛、慰藉、爽快、失落，再到现在的如释重负，她很快又进入了梦乡。

贝尔纳黛特做了这样一个梦，梦见她被人扼住了喉咙，那人的脸看不清楚，他的手愈发用力，贝尔纳黛特一下子从床上醒了过来，发现她身上真骑着一个人，她觉得脖子冰凉，伸手一摸，鼻子一酸，那正是阿尔诺的避孕草包。

她想说点什么，但嘴被阿尔诺一把捂住，他不知道什么时候已经脱光了，另一只手费力地撕扯着贝尔纳黛特的衣服。贝尔纳黛特挣扎了一会儿就安静了下来，阿尔诺吻上了她的嘴唇，双手活动的频率更快了。

两个人的眼神里，都包含着许多难以表达的东西。贝尔纳黛特一面在心里咒骂着压在她身上的男人，他严重地干扰了她的生活。但同时，贝尔纳黛特还配合地伸出舌头，帮助阿尔诺找到她衣扣的位置，她自己根本无法解释这一系列的反应，只能理解成本能，理解成失去丈夫的女人面对另一个男人进攻时的沦陷，哪怕这个男人把丈夫钉上了十字架。

这场进攻如暴风骤雨般，来得快，去得也快，敌人还未投降就鸣金收兵。显然，阿尔诺在为自己即将离开普拉德村纠结万分，心不在焉。他把绳子解下来，愧疚地看着面前的女人，他躺倒在贝尔纳黛特身边，不住地叹气。

贝尔纳黛特的酒还没有醒，她瞥见屋里的百叶窗已经破了，阿尔诺就是从这里进来的吧，晚风从破洞里吹进来，贝尔纳黛特差点吐在了床上。她侧过身来搂住阿尔诺，只听见后者说："我明天就要离开这里了，但是我有空就会回来。"

他没敢告诉贝尔纳黛特自己要去接着完成铲除异端的工作，贝尔纳黛特没有对他的后半句话表示出多大的兴趣，只是冷淡地回应了一声，两人陷入了沉寂。

贝尔纳黛特伸手在阿尔诺身上摸索着，趁其不备把草包拿了回来，笑着说："既然你不在这，我就不能让你拿着它去找别的女人。"阿尔诺就躺在那里，他已无力起身，任由贝尔纳黛特胡作非为。

风来得似乎更急了，刚才的进攻使贝尔纳黛特感觉胃里像翻江倒海一样，她滚下床去，跪在地上呕吐不止，吐着吐着就流下泪来。"你最好再也别回来。"贝尔纳黛特说着，没有回头。

在皮埃尔离开三天后，那对同性恋人也重新出发，按照诗人的惯例，没有告诉别人自己打算去哪。实际上他们自己也说不清，他们只能在半路上，遇到一个岔路口再做决定。

雷蒙和这两人在普拉德的重逢纯属偶然，他们在加泰罗尼亚认识——正是皮埃尔前往的地方，来自四面八方的牧民们为诗人的创作提供了无限可能，诗人们很快便爱上了这里。

同一类人关注的事物总有许多共同点，牧民们所讨论的话题永远离不开产羔、挤奶、男欢女爱这些庸俗的东西。雷蒙想写一些天主教与纯洁派斗争的诗句，但无法如愿，于是他离开了加泰罗尼亚，来到了普拉德，却发现这里的人们对宗教纷争闭口不谈。送走了三个人后，他又在村里漫无目的地逛了几天，发觉大家都热衷于听教士布道，以及参观来到这里的女修道士，偶尔发现几个身着黄十字的人，他们也是闭口不言，匆匆走过，然后消失在人们的视野中，仿佛早就被村子抛弃了一样。就在雷蒙深感失望准备离开时，他发现贝尔纳黛特似乎怀孕了。

贝尔纳黛特上街时总会遇上一些俗到家的妇人，她们搬出凳子坐在外面，一边晒着冬日的阳光，一边高声讨论异端分子和不贞洁的女人们，以至于贝尔纳黛特经过时总感觉自己正在谣言的风口浪尖之上。当她看到自己日益隆起的腹部，她彻底慌乱了，想用力砸向自己的肚子却没有勇气。每天旅馆里人来人往，贝尔纳黛特不可能隐瞒怀孕的事实，一些村里人对这个遗腹子表示同情，但她很清楚这是怎么回事，丈夫在受刑前很久就把性交看成是唯恐避之不及的罪恶。

贝尔纳黛特挺着肚子在卧室里翻出最后一晚从阿尔诺手中夺下的草包，羞愤到了极点。她撕扯着草包，直至把它撕成碎片。她想找到那个混蛋男人，但直到现在，阿尔诺既没有兑现会回来的承诺，又让她怀了孕，她突然明白原来天下真有比丈夫被烧死更残酷的事。

贝尔纳黛特觉得昏暗无比，与之相反，失去人生方向的雷蒙好像找到了新乐趣，他努力地推算着贝尔纳黛特怀孕的日子，凭借作为一个吟游诗人积累素材时锻炼出来的超常记忆力，他算出这个日子就是在贝尔纳黛特丈夫被烧死前后，但是前还是后，他也不好确定。

有些话即使不说出来，也决不会成为秘密。该来的迟早会来的。当贝尔纳黛特被宗教裁判所带走时，她才切身体会到了其中的道理。在关押异端的城堡里，她毫不掩饰地说出了阿尔诺的名字，这让宗教裁判所法官大为发火，他要赶在帕米埃主教知道前把阿尔诺抓住。

抓捕进行地异常顺利，当宗教裁判所告诉阿尔诺他犯了淫邪罪，还导致女人怀孕时，他差点没昏过去，他的第一反应是贝尔纳黛特趁着他不在勾引了别的男人。

“那个女人说，她发现自己怀孕时也是愤怒无比。就和你现在一样。”宗教裁判所的人告诉阿尔诺。阿尔诺不敢相信，直到进了城堡，他仍抱有侥幸心理，可两个人被关在不同的房间，无法当面对质。一连几天阿尔诺没有见到一个人，自己像是已经被定了罪，宗教裁判所连审判都懒得进行。

让普拉德的村民高兴的日子又来到了。不久前处死贝尔纳黛特丈夫的火刑场现在仍留有痕迹，几个教士挖好了第二个坑，把绑在十字架上的贝尔纳黛特抬了出来，她看到了已经被立好的阿尔诺，他的两个手掌各钉进去了一根钉子，血已经凝固了。

究竟是谁告的密成为了永远的迷，可能是房客，可能是妇人，也可能是某个维持正义的好人。不过对于贝尔纳黛特已经不重要，她想好好讽刺一下阿尔诺那包所谓的神草，但是对于将死之人讽刺已经失去了意义。她不会忘记帕米埃主教那张暴怒的脸和其他神职人员惋惜的表情。这场火刑的主题是处死不忠诚的天主教徒，贝尔纳黛特抬眼一看，一切和上次别无二致，人群依然嬉笑，像在参加一场盛大的庆典，只是这次，她听到阿尔诺说道：“你最美的时候，也是这个姿势。”

贝尔纳黛特差点笑了出来，只是在这个庄重的场合她忍住了。雷蒙躲在人群最后，点火的一瞬间他起身转过头去。他等不到皮埃尔赶着马和羊回来了，因为他不知道怎么和皮埃尔解释发生的一切。场内叫喊声和柴草的燃烧声此起彼伏，雷蒙必须要离开。这个村庄给他带来了什么？一个软弱的妇人、一个荒唐的教士、一个庸俗的牧民，以及一对有趣的恋人，不论素材是好是坏，是合理还是荒谬，是不虚此行还是遗憾万分，普拉德的故事已到此结束。

# 狂欢舞会

金红色的狮子被绣在旗上，慵懒地卧着，在圣马可湾蓝绿色海水的映衬下显得格外鲜亮。波河[①]安静地从阿尔卑斯山区流淌出来，蕴含其中的泥沙带来沼泽和潟湖[②]，潟湖是鳗鱼和盐的故乡，是取之不尽的宝藏，威尼斯人祖先的财富就从此而来。

狮子从甲板上站起，欢快地爬到旗杆顶部，迎风舒展，睥睨港湾。一群水手装好了货物，在向圣母和圣马可祈祷，这是威尼斯人出海前的必修功课。祈祷完毕，向勾人魂魄的妓女或是他们日思夜想的人们道别，驶向亚得里亚海[③]，在布拉风[④]的引领下飘然南去。那艘船走远了，桅杆渐渐缩短，开始和太阳比赛，看谁先消失在地平线下。一个姑娘兀自跪在岸边，口中念念有词，久久不愿起来。

港口的另一侧，一队商船缓缓地靠了岸，它们可能来自雅典，可能来自安条克，或者载着来自中国和印度的香料。岸边的妇女、老人和孩童焦急地搜寻从船上下来的熟悉身影，只要看到了亲人归来，他们就喜极而泣。不知道在海上漂泊了多久的年轻水手，刚上岸就瘫坐在地上，抚摸着陆地，气喘吁吁。

船长不耐烦地催促他们过来卸货，想到完成任务结算工钱后就可以寻欢作乐，水手们立刻站起身来，回到船上继续干活，一股热流流过小腹，搬货物的手都有些哆嗦了。

船长五十多岁，头发灰白，一条腿是瘸的，走起路来还要借用拐杖。那条残腿不是和海盗搏斗受的伤，据老船员们透露，

---

①波河：意大利最大的河流，发源于意大利和法国交界处，注入亚得里亚海。

②潟（xì）湖：被沙嘴、沙坝或珊瑚分割而与外海相分离的局部海水水域。

③亚得里亚海：地中海海湾，位于意大利与巴尔干半岛之间。

④布拉风：一种从山地或高原经过低矮隘道向下倾落的寒冷暴风，常发生于黑海、亚得里亚海。

船长年轻时，一次航行到希腊，在当地勾搭上了一名少妇，办完事后他一边穿衣服，一边和那女人竟然讲起天主教来，最后索性一屁股坐下来，表示如果女人不改信天主教他就不走。争执中女人的丈夫回了家，船长情急之下从窗户跳了出去，没有被抓到，但摔断了一条腿。

所有货物上岸后由商家清点，确认无误后结算工钱。水手们拿到自己应得的那份后，向船长打声招呼，就被早早等在他们身边的姑娘们拉走了。船长无比羡慕这些年轻人，但腿断之后他收敛了许多，只打算找一家酒馆喝酒。

每一个靠岸的水手都无比珍惜在陆上的短暂时光，把精力拼命发泄在酒桌和女人身上。因为上了船后他们有的是时间休养生息，也可能上了船后就再也回不到陆地了，今朝有酒今朝醉才符合他们的信条。

该出发的人已趁着黄昏出发，祷告的人还依依不舍地望向那看不到头的海另一侧。天快黑了，她们重新走回到石子铺的路面上，路过宏伟的哥特式建筑，沿着运河返回家中。那些带有伊斯兰元素的宫殿像是在向水手的家人们示威，在威尼斯的繁华夜里矗立着，让人们进行着一场又一场的狂欢舞会。

威尼斯是一座怪异的城市，一座狂躁不安的城市，所有的小岛都被桥梁连接起来，让威尼斯人通行无阻地去任意的地方狂欢、舞蹈。踩在石头路上，两边掠过石头的建筑，一切都是石制的。它区别于木头的速朽，象征着生命的永恒，那是威尼斯人对自己城市最崇高的祝愿。

过了威尼斯的双柱，不远处便是圣马可大教堂①，毗邻着

①圣马可大教堂：位于威尼斯市中心的圣马可广场上，始建于公元 829 年，曾是中世纪欧洲最大的教堂。

执政官宫殿。教堂与普通的石头建筑大不相同，威尼斯人在上面倾尽了他们的所有想象力，大理石、雕像、马赛克画，任何素材——自己的或者抢来的，都是他们创作的不竭源泉。

拥有这样的教堂，威尼斯人很难克制住自己不向全世界炫耀的冲动。同时，他们也大方地承认，华丽的圣马可大教堂的外衣，披在了一百多年前君士坦丁堡的血与泪之上。从被撒拉森①海盗窥伺的襁褓中成长起来的威尼斯，如今成了地中海当之无愧的女王，她把玩着掌上明珠似的教堂，在意大利半岛的东北角颐指气使。

海湾迎回了一艘去往黎凡特②的商船，岸上的女人们喋喋不休："那种荒无人烟的地方有什么可去的？"嘴上这么说，心里却盘算着丈夫或情人会带给自己什么东西。

水手们一旦看见了自己的女人，疲惫便一扫而空，冲上前去，拦腰抱起，忘情亲吻。海湾变成了爱意泛滥的场所。没有人去管还在船上的来自黎凡特的奴隶，他们被缚住双手，眼巴巴地看着一对对男女互诉爱意，只能咽了咽口水。

一个女人趁人不注意登上船去，她来寻找自己的未婚夫，可船上只有奴隶，连船长都在岸上向妻子展示自己这次出海淘回来的宝贝。她又下了船，打算向水手们打听未婚夫的下落，但是目力所及，所有的水手都在紧紧拥抱着怀里的人，眼睛闭着，嘴被堵住，根本看不见她，也听不到她的任何话语。

女人好不容易发现了一个眼睛睁着的水手，她走过去说："请问你知道船上一个叫恩佐的水手到哪里去了吗？"

---

①撒拉森：狭义上指中世纪期间横行于地中海的阿拉伯人海盗。

②黎凡特：一个模糊的地理概念，大致指地中海东岸，阿拉伯沙漠以北，美索不达米亚平原以西，托罗斯山脉以南的广大区域。

女人的声音很小，她的话马上被水手高亢的嗓音盖过："你看，梅蒂奇，这是我从黎凡特带回来的。"

被叫做梅蒂奇的姑娘手里握着一块不大不小的宝石，不敢直视面前水手的眼睛，她低着头，艰难地纠结着，要接受宝石，就得把自己送出去。梅蒂奇在不断地想，我和它究竟谁的价值更高？

女人又小声地问了一遍，水手显然对在这种场合被人打扰感到气愤无比，他转过身朝女人大吼道："你说的那个恩佐在黎凡特病死了，我亲自把他的骨灰倒进了海里，可不可以不要缠着我了！"

女人呆住了，喃喃自语，没人听清她说了什么，她的眼睛黯淡无光。水手还在焦急地等待梅蒂奇的答案，梅蒂奇却不想再纠结下去了，她摇摇头说："安东里奥，没想到你对陌生人是这种态度，咱们还是不要继续交往了。"她有点于心不忍地把宝石塞回了安东里奥的手中，头也不回地走了。

如果放在几年前，安东里奥肯定会将宝石狠狠地摔在地上出气，甚至还会打面前的女人一巴掌解恨，但是这些年的航海经历告诉他，发脾气之类的暴力行为只会让事情更严重。安东里奥把宝石放回兜里，过路的几个水手向他打趣道："怎么样，梅蒂奇答应了没有？"

"我们彻底结束了。"安东里奥愤恨地说。

"真不走运，老兄，我们带你喝酒去。"一个水手揽过安东里奥的肩膀。

远方传来了船长的一声暴喝："你们几个还不赶快把奴隶们带下船去！"他的妻子在一旁捂着嘴不住地笑。水手们狼狈地回到船上，船长搂着妻子，点起一支烟。岸上的所有人都忙碌了起来，除了那失去了未婚夫的女人，她还在默默立着，一动不动。

威尼斯人一年只有两次机会能见到他们的执政官，那个身着白鼬皮衣，头戴尖角帽的小老头只在升天节①和狂欢节②露面，其余时刻便把自己隐藏在执政官宫殿内，注视着圣马可广场上觅食的鸽子跳来跳去。

执政官在升天节上的祷告是他一年中最出彩的时刻。他站在华美的船上，引导商船队在潟湖湖口进行仪式性的航行，祈祷耶稣降福，明年好运。执政官的服装与船完美契合，让人感觉如梦似幻。

而到了狂欢节，不管执政官如何绞尽脑汁地搭配自己的服装，都会被人群淹没。他登上宫殿的露台，向参加狂欢的人们挥手致意，那些华丽的面具在日光下耀眼璀璨。每当这时，执政官就会想起恩里克·丹多洛③，那个一百多岁的前执政官如今正长眠于君士坦丁堡的圣索非亚大教堂④中，当年他凭一己之力把十字军玩弄于鼓掌之间，让他们攻陷了君士坦丁堡，财富大多流入了威尼斯人的口袋，圣马可大教堂便是他卓著功勋的象征。

可惜他是盲人，只能通过触感和他人的赞誉去了解他的战利品，恩里克·丹多洛在其职业生涯的顶峰，从未享受过与他的子民共度狂欢节的乐趣。

---

①升天节：处于复活节和圣神降临节之间，复活节 40 天后的星期四是耶稣升天节。

②狂欢节：基督教四旬斋前饮宴和狂欢的节日，主要的特色为化妆舞会、彩车游行、假面具和宴会。

③恩里克·丹多洛（约公元 1107 年—公元 1205 年）：威尼斯执政官，第四次十字军东征的主要组织者之一，死后葬于圣索非亚大教堂。

④圣索非亚大教堂：位于今土耳其伊斯坦布尔的宗教建筑，始建于公元 325 年，原为基督教宫廷教堂，公元 1453 年拜占庭帝国灭亡后被改为清真寺。

和恩里克·丹多洛相比，现任执政官显得平庸而又幸运。他走到威尼斯人的中间，被面具与狂欢节服饰包围。他尽力辨认每一种面具的设计灵感，它们可能来自戏剧，来自小丑，来自宗教，来自猫狗。面具是威尼斯人的庇护所，走在狂欢节的街上，你不会认出对面戴着面具的人是贫是富，是美是丑，是品德高尚还是恶贯满盈。面具是城市赋予威尼斯人的浮华的外表，掩盖了他们的罪孽。执政官开心地笑起来，把圣马可广场留给人民，让他们肆意地挥霍时光。

狂欢节期间所有在港的商船都没有出海任务，游荡在外的水手们也归心似箭，错过这一天对他们来说都是巨大的损失。自从港口一别后，安东里奥和梅蒂奇彻底断了联系，那女人像人间蒸发了一样，再也不见踪影。同船的水手们不断怂恿他到梅蒂奇的家中去试图挽回，安东里奥不敢对他们说，梅蒂奇只是他在上一个狂欢节认识的女子，自己对她本就一无所知。

回想起上一个狂欢节，安东里奥至今仍觉得有些不可思议，他就在每个人都戴着面具的状态下产生了对梅蒂奇的好感，两人走到没有人经过的小巷，一同摘下面具，安东里奥惊叹于对方面具下的那张脸，当即对梅蒂奇说，等我下次出海回来，我会有大把时间和你交往。梅蒂奇不由自主地点点头。

这次航海归来，安东里奥原本想要和她发生一段充满悬念的故事，可谁知在港口杀出一个陌生的女人来，打破了他的全部幻想。

在家准备狂欢节面具时，安东里奥却记恨不起来那个女人，女人的未婚夫恩佐是和他同一批上船的船员，那个男人总是习惯叼着烟斗，向水手们炫耀他的未婚妻。他没有诗人的特质，可还想竭力把未婚妻描绘成远超过其他女人的形象，在安东里奥看来，她和别的女人没有区别。

恩佐是安东里奥见过的思想最为简单的人，只想趁着年轻努力赚钱，给未婚妻更好的未来，威尼斯城里所有属于男人的娱乐都与他无关。在水手们谈论女人和酒馆时，恩佐只是坐在一边，手里攥着未婚妻给的信物，听着他们的谈话，时不时地露出不自然的笑容，这样的表现被同船的其他人讥讽为懦弱，他也只是笑笑就过去了。

每到一地，除了坚定不移要对未婚妻保持忠贞的恩佐，其余的水手们都上岸寻欢作乐。就连瘸腿船长也看不下去了，若不是他行动不便，他一定再去勾引几个有夫之妇，去她们家里布道，那要比在海上和海盗们玩追逐游戏要刺激百倍。船长拍了拍恩佐的肩膀，示意带他去找乐子，恩佐摇摇头："船长，这次航行结束后，我就要结婚了。"

"你的意思是今后再也不与他们这些人为伍了吗？"船长指着两个刚找完女人回到船上的水手说。恩佐赶快摆摆手："我不是这个意思……"船长哈哈大笑，不想再逗他了。

这个善良男人的命运终止于黎凡特。那个悲伤的夜晚过后，在众船员围着恩佐的尸体做祷告，准备火化时，安东里奥还心痛地说，如果自己强行把恩佐拉下船，惨剧就不会发生了。凶手已跑得无影无踪，船长盯着恩佐被盗贼刺中的几处伤口说："以后每天晚上都要安排人在船上看守，另外，对外说恩佐是病死的吧。"

几个小时前，在他的弥留之际，恩佐请求将他的遗体火化，把骨灰直接洒到海里。同伴问："为什么不交给你的未婚妻？"

他断断续续地说："她还年轻……没有结婚……我不想让我的骨灰成为她的负担……"

大家陷入了良久的沉默，在得到船长的许诺后，恩佐就咽了气，每个人都或多或少地挤出了几滴眼泪。

喜怒哀乐，冷暖自知，船员们可以为恩佐而哭，陷入暂时的悲痛中。当商船扬帆起航，他的骨灰被洒入地中海后，大家都松了一口气，像是和一个陌生人做了永别。随后他们的生活照旧，继续喝酒，找女人，说下流笑话，只是少了恩佐，讲起笑话时少了一丝乐趣。

安东里奥摆弄着他那张只遮住半脸的面具，心不在焉，他绝不是有意朝恩佐的未婚妻大喊大叫，可事到如今，后悔也只是给自己徒增烦恼。安东里奥戴上面具，走出家门，几个同船的水手已等候他多时。

安东里奥看见三四个戴着面具，身着夸张服装的人在门口等他，一时被吓住了，无法辨认他们都是谁，直到他们开口说话。这便是面具的魅力所在，以一个全新的自我去面对众多全新的个体，那一定会发生全新的故事。

遮住全脸的面具说起话来十分不便，一个水手把面具摘下来喘了几口气，看到周围没有人露出真面目，他就做了一个难受的表情，又把面具戴上了。安东里奥得意地笑了几声，带着大家向圣马可广场走去。

他们赶到时，看到的是执政官被人群围住，争相和大家握手致意的画面。鸽子们在人缝中蹦蹦跳跳地找食吃，一块鸽食被人不小心踢开了，它们也不恼，赶快去寻找下一个目标。

安东里奥捅了捅同伴，他们就知道是什么意思了。狂欢节是属于水手的猎艳时刻，多年来已成为一种习惯，甚至形成了一套自己独有的关于男欢女爱的哲学。轻浮的女人不甘寂寞，每一年都换上新的面具，全身包裹着，在过往的男人身上有意无意地蹭着，让涂好的化妆品的香气四散开来。

其他水手们通常的猎艳方式是这样的，直接把自己扎进女人堆里装作若无其事地等待她们的暗示。多年以来，他们早已养成了察言观色的能力，从最细微的动作就能看出是否有戏。而安东里奥一向不屑这种做法，他耻于等待女人投送怀抱，而是主动追求他心仪的对象。他的方式既吃力不讨好，也容易招致其他水手的嘲笑，但安东里奥从未动摇过他的想法，就连船长听说此事后都忍不住赞叹："船上的这些个年轻人里，还是安东里奥和我的想法最符合。"

同伴看着还在东张西望的安东里奥，幸灾乐祸地说："小心点，梅蒂奇正在某个角落看着你呢。"安东里奥回头怒视他们，同伴嬉笑着散开，钻进不同的女人堆里去了。

执政官好不容易摆脱了热情的群众，逃回了执政官宫殿的露台上，才获得了一丝喘息的机会。他自觉地躲进小楼，把舞台交还给人民。偌大的广场上，安东里奥还在漫无目的地搜寻。果然，在看不到脸的情况下，每个女人看起来都差不多，安东里奥觉得他的纠结和慎重没有什么作用。

从站姿和舞姿上，还是可以隐约想象出一些女人的容貌的。安东里奥尝试走近一个看似端庄的女子，做出一个手势，想与她共舞一曲。女子很大方地把手伸过去，让安东里奥握住，此时的音乐恰到好处，他们在圣马可广场上舞蹈，旋转，不一会儿就转了出去。

他们一抬头才发现已来到了圣马可双柱的下方，两个人全程都没有说话。安东里奥优雅地向女子行了一个礼，准备摘下面具作自我介绍，没想到他的手刚放到面具上，就被女子一把按住了。

“让你陪着走了这么远真是不好意思，耽误你的时间了，再见。”

那女子往广场的方向走去，谁知道她之前已经被不同的男人带到这里多少次。

当晚在酒馆，安东里奥讲完了他的经历，几个水手立刻笑倒在酒桌上。他们的腿本来就已经很软，站不住了。有一个家伙没坐稳，连人带凳子摔倒在地，也没能阻止住他的笑声。

安东里奥敲着桌子说：“差不多就得了，还笑得还没完没了了。”一个水手捂着肚子，好不容易才缓了过来，戏谑道：“怎么样，明天要不要跟着我们走？”

安东里奥当即拒绝了，他不能为肉体上的一时快感而妥协，背叛自己的准则。他说：“还有两周时间，我可是一点都不着急，倒是你们，可别弄得最后没有力气，连船都上不去。”

“那你可饶了我吧，我现在就有点走不动道了。”桌上又是一阵哄笑，安东里奥的脸上有点挂不住了。

直到狂欢节开始以后，阿比盖尔的心情才稍稍缓解了几分。那天晚上是她永远不想回忆的时刻。阿比盖尔不记得自己是怎么从港口走回家的，她听见潮水拍打港口的声音，仍然不愿意相信恩佐就那么葬身海底。

哪怕他们把骨灰拿回来，给她留一个念想，也是好的。可这样小小的愿望都得不到满足，她痛恨船员们的绝情。没有人知道她独自一人站在海湾上想的是什么，她只是在家中才意识到，拥有健康身体的恩佐，毫无征兆地病死在黎凡特，实属蹊跷。她在北部一个昏暗的小酒馆里找到了船长，那时他正搂着一个女人，和行吟诗人比酒，大声说笑。阿比盖尔走上前说：“我是水手恩佐的未婚妻。”

船长立刻反应了过来，说：“不用说了，我什么都明白。”他推开怀里的女人，拖着那条瘸腿，把阿比盖尔带到角落里，先发制人，把准备好的那套说辞一股脑地抛给阿比盖尔，不给后者任何提问的时间。

最后船长痛心地说：“我对恩佐的突然离世深表同情，但这也是没有办法的事，一切都得向前看不是吗？”

阿比盖尔木然地附和着，在这场交锋里，她已然完全败了。

船长回到了女人的怀抱里，阿比盖尔走出酒馆，嘈杂的声音逐渐减弱，听不见了。她下一个想到的是那个叫安东里奥的水手，而自己又对他一无所知，船长会透露他的信息吗？阿比盖尔不敢回到酒馆里，她害怕再看到船长那张虚情假意的脸。

临近狂欢节的那几天，阿比盖尔的家中陆续来了好几批人，恩佐的母亲抱着她大哭一场，悲痛之余还要安慰她：“年纪轻轻，不要耽误自己。”阿比盖尔翻出上一个狂欢节，她和恩佐一见倾心时的穿的那套衣服，不免哭得更伤心了。

狂欢节的氛围冲淡了阿比盖尔的悲伤情绪，恩佐在她身体和心灵上留下的痕迹也渐渐被抹平。她又重新成为了一个流浪在人群中，渴望爱情突然降临的女人，她不想在男人身上蹭来蹭去以获得慰藉，如火的内心被矜持的外表重重掩盖。

近两百多年来，狂欢节的主题一变再变，纪念抵抗入侵成功，纪念攻陷了君士坦丁堡，纪念过去一年海上贸易的成功……即使到了没有大事发生的年份，这一传统也延续了下来。人们只是单纯地狂欢，饮酒，谈情说爱和性交。戴上面具在大街上乱窜是威尼斯人的专属，在这两周的时间里，不知有多少人达到了欢愉的顶点。

然而一周多过去了，阿比盖尔的生活依然波澜不惊。此刻她多么渴望一个男人能站出来，像一年前一样，打破她生活的平静。她跟在游荡的人群身后浑浑噩噩地走着，孑然一身，这样的生活哪有一点狂欢节的影子？庆幸的是没有人能看到她脸上那扭曲的表情。

与此同时，安东里奥在水手们的怂恿下快要疯掉了。他自己也很疑惑，为什么每天晚上都要来同一家酒馆，听同伴们污秽不堪的语言来刺激自己的耳朵？一个水手——正是连人带椅子摔倒在地上的那位，指着安东里奥的裤裆说："你和我说实话，这东西自从咱们靠岸以来是不是还没露出来过？"大家欢快地笑了起来，连船长都忍俊不禁。

安东里奥懒得和这些人争辩，他也找不出话来反驳。

第十天的时候，终于有人从背后拍了阿比盖尔的肩膀，那只手是粗大有力的男人的手，她感到全身一阵痉挛，起了不少鸡皮疙瘩。回过头，一个戴着只遮住半脸的面具的男人说："我可以邀请你共舞一曲吗？"

那不正是她半个月前日思夜想都要找到的安东里奥？她忘不了他的身形，嗓音，以及面具下面那张曾经朝她大吼大叫、告诉她恩佐死讯的嘴。阿比盖尔曾经想象过无数个两人见面的情景，在最让她满意的一个场景里，安东里奥瑟瑟发抖，向她解释和道歉，她稍有不悦，就动手打了对方一耳光。

现在她可想不出理由对这个比她高半头的满脸殷勤的男人出手，更何况对方还不知道她是谁。在被挑逗出的情欲的激发之下，哪怕就是他把自己的未婚夫推进海里，阿比盖尔也会答应他的请求的。

安东里奥对这个踟蹰在人群中的女子很感兴趣，在同伴们再次混迹在女人堆里的时候，他朝这个女子伸出了手。他得到了她的手和腰肢，一切都很自然，他们在广场之上，钟楼之下，鸽子之中翩翩起舞。此时此刻，阿比盖尔的心情十分复杂，对于恩佐，她有无数个疑问想让面前的男人解答，可对方却用高超的舞技使她神魂颠倒，不能自已，转了几圈，就把想问的问题全忘掉了。

安东里奥牵着阿比盖尔的手，从执政官宫殿向圣马可湾走去，这是他的固定路线。他们来到了双柱下，面朝着和那只带翼的狮子相同的方向。海风吹来，阿比盖尔还是没有拒绝的意思，安东里奥知道可以进一步发展，带着她朝和狮子相反的方向继续走下去。

海边不是戴面具的鬼怪们在狂欢节里用来集会的场所。这里人影稀疏，一眼看去，无数座桥连接着被无限分割的陆地。两人就那么上桥，下桥，走到累了，安东里奥摆摆手，一艘贡多拉[①]就从幽深的小巷里钻了出来。

安东里奥先迈进去，再把女人扶到自己身边，两人刚坐定，站在贡多拉尾部的船夫说："一个人要坐在船头，要不然划船不稳。"

安东里奥很不情愿地站了起来，故意趔趄了一下。贡多拉摇摇晃晃地，河水不停地拍打着船身，把船夫都吓了一跳。他坐下来，看见对面的人正捂着嘴，发出银铃般的笑声。

"我是个水手。"安东里奥轻松地说，"这种小浪在我面前根本不值一提。"

贡多拉已经驶出了小巷，来到了更宽广的水域。阿比盖尔故意压低声音问："你喜欢干水手这一行吗？"

①贡多拉：威尼斯特有的尖头小舟，是威尼斯人的代步工具。

话题被引入他擅长的方向，安东里奥非常兴奋，他说："当然，我很享受四海为家的感觉。"

"做水手很危险吧？"

"不过和得到的乐趣相比算不了什么。"

贡多拉穿过了几个桥洞，安东里奥主动和桥上的人打招呼，他们礼貌而优雅地回应着。阿比盖尔问道："我倒是听说你们水手只喜欢两件事，喝酒和女人。"

"那到不全是，我的船上也有洁身自好的人。算了，说说我自己，除了这两件事，我还喜欢搜集各种新奇的东西，比如上次我们在黎凡特的时候……"

阿比盖尔打断了他："我倒是对那个洁身自好的人很感兴趣。"

"……他总是和我们这些喜欢玩乐的人格格不入，他说他有未婚妻，要对她保持忠贞。这样的陈词滥调我听得太多了，但他确实是个尽职尽责的好人，可惜好人不长命，他没能和我们一起从黎凡特回来。"

在听到"未婚妻"时，阿比盖尔明显受到了极大地震动，她得装作若无其事的样子，让安东里奥说出所有的秘密。

"他是死在了那里吗？"

安东里奥点点头，苦笑着说："船长还要我们承认他是病死的。"他现在太想找一个陌生人吐露心声了。

"这么说不是病死的咯？"

"他那么健壮，怎么说病死就病死呢。那天晚上除了他以外的所有人都到岸上找乐子去了，他主动留下看船，抓住了几个偷偷溜到船上的盗贼。那些人气急败坏，捅了他几刀后就跑了。等到我们回来，他倒在血泊中，已经无法抢救了。"

阿比盖尔声音有些颤抖地说："做水手，看来真不是件容易的事，那人叫什么名字？"

安东里奥没有对女人连珠炮似的疑问产生怀疑，他叹了口气说："恩佐。"

阿比盖尔突然从贡多拉上站了起来，一时没站稳，差点掉进河里。船夫叫了一声让她坐下，贡多拉又拐进了一个小巷。

安东里奥把女人扶住，让她重新坐到座位上，说："你这么激动干什么？恩佐是我见过的最能为别人着想的人了，他临死前反复嘱托我们不要把他的骨灰带回来给他的未婚妻，怕增加她的负担。"

阿比盖尔呆住了，她本以为自己已掌握了整件事的来龙去脉，可安东里奥的这一席话还是令她猝不及防。

贡多拉越行越远，沿着大运河一路向北，来到了里亚尔托大桥。百年以来，不论威尼斯诞生了多少新桥，这里作为贸易中心的地位从未被撼动。桥上熙熙攘攘，人群往返于两岸的商家和娱乐场所。在他们的注视下，阿比盖尔不好发作，几滴眼泪顺着她的脸颊，从面具下方流出来。

安东里奥把流到脖颈的眼泪擦去，关切地询问她的情况，阿比盖尔说："没什么，只是为这样的人感动罢了。"

"的确如此。"

过了里亚尔托桥，安东里奥让船夫靠边停船，付了船费，把女人扶上岸去。阿比盖尔被那些真相重击后，两条小腿依然发软，安东里奥顺势把她揽在怀里，带进岸边的酒馆坐定。阿比盖尔全程都没有反抗，面对端上来的酒，也是一饮而尽。

安东里奥忽然想起来了什么："还没有向你自我介绍，我叫……"

“安东里奥，是吧？”她把酒杯放下，盯着他说。眼神里明显带有一丝挑衅的意味，声音也恢复了正常，不再刻意压低了。

他十分确信自己听过这个声音，但是见过的人太多，分不太清。一个对自己来说是陌生人的女子叫出了他的名字，让他疑惑万分。

他说：“我应该见过你，你是……”

“我叫阿比盖尔。”她摘下了自己的面具，露出了一张在忧郁中略夹杂愤怒的脸，泪痕还没有擦干净。

这谜底终于揭晓了，安东里奥的第一个反应不是惊恐或尴尬，而是失落。他想：这个女人一定是没戏了，晚上不知道还要受多少嘲笑。

他试探着问：“你恨我吗？”

“恨你的什么？”

“恨我的玩忽职守，让他死于非命。”

“他的死不是你的错，如果你当时留下，只是增加一条人命而已。”

“在下船前我本应该坚持劝他……”

“说实话，我倒是很庆幸他坚持了自我。”阿比盖尔恢复了情绪。

安东里奥知道自己不用为此辩解了，他说：“如果你不介意的话，愿意和我喝完这杯酒吗？”

阿比盖尔拿起酒杯，点的酒一会儿就喝完了，安东里奥想要知道恩佐留下的痕迹是否比泪痕更容易擦干。走出门去，安东里奥故意不说话，作势要向前走，他的手突然被阿比盖尔攥住了。

那是一种超越了千言万语的表达方式，两人无需多言便心领神会，阿比盖尔早已看不出哭过的迹象，重新戴上面具，歪着头看他。安东里奥从未感受过如此的默契，从威尼斯的梅蒂奇，到他在世界各地见过的女人们，通通没有。

酒馆的旁边便是旅馆，本是为喝醉酒的游人提供便利的休息之地，现在则是两人深入了解彼此的最佳选择。也不知道是谁把谁拖进了房间，反正此时两人的脑海里只有一个想法，就是做爱。

他们同步甩掉了自己的面具，随手一扔，差点撞在一起磕坏掉。然后拉扯着对方的衣服，互相引导着，像教几岁的孩子学走路一样，让面前的人脱光自己。安东里奥嘟哝着："你这套衣服怎么这么难脱……"嘴直接被阿比盖尔捂上，示意他不要打破这心有灵犀的沉默时刻。

他把注意力都集中在双手上，用力过猛，把她胸前的布扯开了一个不大不小的口子，阿比盖尔很是享受衣服被撕扯开的声音，她的指甲狠狠嵌入安东里奥的后背。

安东里奥进入以后，忍不住调笑道："恩佐很忠贞，可他的未婚妻却没有。"阿比盖尔上气不接下气地说："那是……在认识他之前……"她的话语很快被淹没在肉体撞击的巨大声响中。

像他们这种世俗的男女，没有什么矛盾是做一次爱不能解决的，即使阿比盖尔的肚皮上落满了他十几天来的积蓄，安东里奥也不顾一切地把她搂在怀中。她像猫一样温顺地卧着，手指不老实地在安东里奥的胸膛和后背上游走。

傍晚在酒馆里，船长不敢直视阿比盖尔的眼睛，反倒是后者红光满面地，头靠在安东里奥的肩上，向他不断发起眼神上的攻势。船长能看出来发生了什么，他只是觉得有些不可思议。

其他的水手不认识阿比盖尔，他们看到安东里奥找的女人如此大方地一起来喝酒，一时间有些尴尬。许久，都只是各自为战，沉默不语，那些水手们的心里，都有一种常规模式被打破后的失落感，所以顿觉无趣，低头喝酒。

安东里奥觉得今天清净了许多，那只搂住阿比盖尔的腰的手一通乱抓，让女人捂着嘴咯咯直笑，脸涨得通红。酒会很快结束了，船长说："这两天大家好好在家休息，三天后我们就要出海了。"

大家应了一声，各自回家，安东里奥才意识到狂欢节已接近尾声，刚刚相识就要马上出海，这是唯一美中不足的地方。他在心里默默盘算，以自己的身体而言，三天时间还能和她做几次爱。阿比盖尔抱住他说："这三天我可要一直看着你。"

他说没问题，突然，安东里奥想起来了什么，从怀里掏出一样东西。阿比盖尔笑吟吟地说："这东西我还记得，黎凡特的宝石。"

"所以，黎凡特的宝石终于找到它的主人了。"

接下来的三天，在其他水手百无聊赖的养精蓄锐时，安东里奥和阿比盖尔却陷入了一种癫狂的状态。除了性，再也没有什么能让他们提起兴趣的东西，他们尝试了不同的花样和不同的地方，好几次差点让阿比盖尔的家里人发现，那种屏息躲避追查的感觉刺激无比。

终于，在船长带领水手们向圣马可祈祷准备出海时，阿比盖尔出现在了威尼斯湾，静静地等待仪式完毕。安东里奥对她说："等我这次出海回来，我就让你的家人接受我。"不知怎地，阿比盖尔竟有些不安，因为这样的话，她在一年前听过一次，结局是什么，她不愿再回忆。

她没有显露出任何担忧的神情，和其他送行的人一样，给水手们鼓励和祝福，目送他们上船，在船长的呼喊声下扬帆起航，回到亚得里亚海。

如果安东里奥知道在他走后威尼斯发生了什么的话，他不知自己是该庆幸还是遗憾。他最后关于威尼斯的记忆是空旷的，当商船靠岸时，水手们看不到迎接他们的亲友，目力所及，数只驳船孤零零地在岸边系着，有人不停在往上面搬运尸体，一艘装满了，就用布掩盖住浓烈的尸臭，在船夫的驾驶下，离开海岸。刚着陆的水手得到的解释是，城中瘟疫横行，不得不把尸体运到无人岛上填埋。

安东里奥魂不守舍地把货物卸下来，不顾劝阻，向圣马可广场的方向跑去，半路上差点和人撞了个满怀。

那人没有责怪安东里奥，接着向前跑去。在他的身后，两个人一边追着一边哀嚎："医生，求求您看看我的病吧！"

被称作医生的人回过头大喊："我不是医生，求求你们不要来找我了！"他还在跑着，闪进一栋小楼里，再也不出来了。

那两个被剥夺了最后希望的人跪在地上，抱着双臂瑟瑟发抖。安东里奥一个箭步地冲上去，他们都额头滚烫，想要伸手抱住安东里奥的腿，也没有了力气。

安东里奥的身后传来了愤怒的叫喊声，几个水手冲了过来，船长拖着那条残腿落在后面，大声疾呼让安东里奥退后。船长费力挤上前来，把安东里奥拉到身边，气喘吁吁地说："这不是普通的病，运尸体的人说，威尼斯城差不多五分之一的人都死掉了，感染者正在不断增加。你们听好了，现在谁都不许和感染者接触，每个人都给我在城里找补给品，收集够了咱们就开船离开威尼斯。"

“可是阿比盖尔还在城里！”安东里奥几乎把每一个词都对船长吼了出来。

“你说恩佐的那个未婚妻啊，你这小子不会对她动了真感情了吧？”

安东里奥用沉默不语表示承认，他红着脸，十分愤怒。船长指着跪在地上的两人说：“我奉劝你不要为了女人做蠢事，后果你也看到了，被感染的人基本就是死。”

那两人被船长宣判了死刑，绝望地抬了抬眼皮，就瘫在地上，再也不动了。

“相信我，不会有蠢事发生的，我只想确认一下她是否还活着。”

船长不停地摇头，他最不愿意看到的事，就是自己的船员死于非命。其他水手不停奉劝安东里奥那不值当。可他这次心意已决，谁都无法改变。

五月的微风拂过街道，把疾病的味道吹来吹去，在街上多停留一分，就多一分危险。船长说：“你好自为之。”带着几个水手立刻消失了。

这场被称为“黑死病”①的恐怖狂潮，自两年前开始席卷欧洲大陆，威尼斯城承受不住瘟疫的狂攻，终于在狂欢节后不久陷落了。

这场疾病从东欧兴起，中欧、意大利半岛，很快都被死亡的阴影所笼罩。在不久的将来，西欧和大不列颠岛也将无法幸免于难。

关于“黑死病”在欧洲大陆上广为传播的原因，欧洲人众

---

①黑死病：即鼠疫，是鼠疫杆菌借鼠蚤传播为主的烈性传染病。表现为发热、严重毒血症症状、淋巴结肿大、肺炎、出血倾向等，在世界历史上曾有多次大流行。

说纷纭。他们愿意相信的说法是：自己生来罪孽深重，所以上帝降下了他的惩罚。

在威尼斯人开始成批倒下之后，执政官才发觉必须采取一些强制性措施来应对危机。最重要的事就是清除城内的死尸，不管死者和自己的关系如何，幸存的市民也必须把他们放到街道上等待回收。一个应对疾病的委员会建立了起来，为了确认不再有传染源，还专门挨家挨户检查。不过那最多只能降低传播速度，威尼斯的人口仍然在一天天减少。

几个幸存者虔诚地去教堂做弥撒，祈求上帝的宽恕，然而教堂里静悄悄的。他们在基督像面前跪下，却闻到一股恶臭，那是无人认领的尸体散发出的独特味道，他们登上台去，那些神父和教士已死去多时了。幸存者们咬咬牙，把尸体抬出去，一边高声咒骂。原来黑死病不是什么上帝的惩罚，因为他最忠实的信徒们也都倒下了。

如果说一个人不怕死的话，很大程度上是因为他还没见过死亡。世俗到极致的安东里奥一个人在未来得及清理的尸体旁走过，跌跌撞撞，像行尸走肉般。他害怕得不得了，可现在回到船上，又会沦为笑柄，他就当是为了躲避戏谑而去寻找阿比盖尔吧。

安东里奥从双柱一路跑进圣马可广场，回收尸体的分队时不时地迎面赶来，还不忘提醒他注意自我保护。安东里奥点头答应，他不敢开口，生怕吞进带有病毒的飞沫。广场上再也没有了闲逛的人，几只死鸽子躺在那里，没有人腾出时间处理它们。向执政官宫殿的露台看去，大门紧闭，栏杆上落了一些灰尘，执政官在封闭的空间里发号施令，已经很久没有来到露台检阅他的人民了。

他天真地认为，只要顺着他们初见那天的线路一路找下去，就能见到阿比盖尔。于是他离开圣马可广场，回到海湾，向西走去。跨过几座桥，沿岸的还是装尸体的驳船，远方几艘空船正在靠岸。一个病人躺在岸边，呼吸急促，他像是看到了上帝伸出了双手在抚摸他。美梦还没做完，他就被两个搬运工抛到船上去了。

目睹了这一幕的安东里奥愤怒地向搬运工抗议："这人明明还没死，为什么不试着抢救？"对方觉得他少见多怪，动手去搬另一具尸体，和他解释道："即使没死也救不活了，留着他只会更容易让其他人感染。"

他们直接把下一具尸体抛到刚才那人身上，第二具、第三具……他不被砸死，也被闷死了。安东里奥捂着口鼻，接着向西跑去。他被尸体绊倒了，摔破了膝盖，忍着疼痛爬起来继续奔跑。那些富人的建筑，有的破败没落，有的戒备森严，总之都让人无法接近。

安东里奥又跑了一会儿，前面就没有路了，代之以河道。他跳入水中向前游，不远处有一艘无人认领的贡多拉。他爬了上去，船尾处还横着船夫的尸体，已经快腐烂了。安东里奥没有多想，直接把尸体推进河里，拿过船桨，驶进小巷。

他发现抛尸入河的绝不仅仅只有他一个。一条不长的小巷里，安东里奥的船桨不止一次碰到异物，定睛一看，是漂浮着死人的胳膊或脑袋，安东里奥忍不住吐在了水里。

出了巷子，碰到异物的情况少了一些，安东里奥向里亚尔托桥的方向划去，然而航行并不顺利，又有数艘船迎面驶来，它们清一色的挂着黑旗，蒙着黑布，把上游的死者运送到威尼斯湾。

安东里奥哭笑不得，一路走来，自己一直在和这座城市背道而驰，在找阿比盖尔的过程中，还要忍受他人的不解和呵斥。前方隐约地出现了里亚尔托桥，贡多拉的终点到了。

船长的商船离运送尸体的驳船非常近，腐烂的气息直冲水手们的鼻腔，让他们喘不过气来。船长命人把船拖远一点，省得像从死人堆里爬出来一样。随后赶来报告的水手们说，连水里都泡着死人，想找吃的基本不可能，没有一家商店在营业，食物都被囤积起来，断不会出售。

船长焦急万分，安东里奥一个人跑进了城，待在这里的人又得不到补给，困在这里无异于自杀。一波未平，一波又起，甲板上传来了吵闹声，越来越大，船长不想再有任何东西刺激他的耳膜了。

“你们在干什么！”还未到达甲板，船长就吼了起来。甲板上，七八个人围着一个慌张而又虚弱的水手，快要把他逼到跳海，他们手里都拿着武器，在紧张对峙着。

“他发烧了，船长。”船长还没开口，有人提前做了通报。水手们向发烧的人不停呼喊：“要么跳下去，要么离开这，要么我们把你杀死！”他不甘示弱，拿着木棒，喋喋不休，还没有放弃求生的希望。船长大喊：“所有人都安静！”他们齐刷刷地盯着船长看。

“原则上说，我不会放弃船上的任何一个水手，而你们刚才竟然说要杀死他。”船长扶着额头说，他上前走了两步，站在离发烧水手最近的位置上，船长的每一个动作都能决定他们的生死。

“你不用跳下去，他们也不会杀你，但是你要和大家保持距离，我不能看到有第二个人生病。”这是船长能对他提出的最好待遇。

船上的危机看似被解决了，可外部的危机依然使人头皮发麻。海湾上，一个运尸工对船长说："你们还算幸运，有几艘去黑海的商船，本来早就应该返回威尼斯了，但是，"他摊摊手，"一点消息都没有。"

"毫无疑问，走在半路上人就死净了。"船长无奈地说。

贡多拉停在了桥下，一股阴风穿过桥洞，让安东里奥打了个寒战。他快速地摆脱了污浊不堪的运河，第一反应就是去阿比盖尔的家。如果她在家里的某个角落瑟瑟发抖，他就会毫不犹豫地抱起她，用贡多拉将她运到商船上，逃出威尼斯。他走在路上，不自觉地想起阿比盖尔牵着他的手，一路小跑，躲进家中的那天。安东里奥加快脚步，害怕被人发现，实际上街上一个人都没有。

安东里奥沿着道边走，手摸着墙壁，一路摸索着来到了阿比盖尔家。门是紧闭着的，在外呼喊也无人回应，安东里奥向后退两步，一脚踹开了门。

他期待的事没有发生，屋里和屋外没有区别，都是空无一人。安东里奥来到阿比盖尔的房间，不禁鼻子一酸。就在几个月前，他们还趁家里没人时在她的房间疯狂做爱，听到有人回来了，阿比盖尔让他披上衣服躲在床下，自己隔着门应付盘问。蒙混过她的家人后，安东里奥从床底探出头来，和阿比盖尔相视微笑。

安东里奥下意识地朝床底看了看，空空如也。打开衣柜，她的狂欢节服装和面具就从里面滚了出来，很难想象阿比盖尔是以一种怎样的匆忙姿态离开的。衣服被团成一团，他把它在床上铺平，按着褶皱，却怎么也按不回它曾经的美丽样子。

他拿着阿比盖尔的面具，在屋子里走了走，地上还有点点血迹，一直延伸到门外。安东里奥忽然闻到了一丝尸体的味道。他循着气味走过去，发现味道来自地板下，一具尸体被几块松动的地板掩盖。他轻轻掀起一块，所幸死者不是阿比盖尔，而是一个和她年龄相仿的男人，应该是当时在门外关切询问她情况的哥哥吧。安东里奥突然像发了疯一样，拼命用能看到的全部东西砸向尸体周围的地板。手磨出了血，那具尸体周边的环境渐渐显露了，只有他一人。

安东里奥坐在地上，满身大汗，口干舌燥，下船以来他还没有喝过一口水。他知道此地不应久留，回到街上，把门轻轻关好。整条里亚尔托桥附近仍一片寂静，一切都还是安东里奥的自娱自乐。水手们每晚混迹的那家酒馆，已经十分破败了，无数次航行与中转，使他在这里留下了许多回忆。

可现在不是回忆的时候，安东里奥远远躲开了酒馆，从里亚尔托桥向北走。不远处是德意志人的聚居区，一些穿着囚服的人在街上帮忙搬运尸体，清理街道，他们是刑期未满的囚徒，因为人口锐减，不得不让他们出来呼吸自由的污浊空气。

一个囚徒惊讶地看着安东里奥说："竟然有一个没穿囚服的活人。"周围的几人放下了工作，像是看动物一样，盯着安东里奥看。

"先不说这个，请问里亚尔托桥沿岸也是你们负责清理的吗？"安东里奥问。

"是啊，我们被放出来后那一片的人都已经死绝了，放尸体的地方不够，只能放上一层尸体，盖上一层土，再放上一层尸体……"

"你是说一个都不剩吗？"安东里奥抓着他的肩膀。

那个囚徒说："我可以确定。"

他松了手，两只胳膊无力地垂了下来，囚徒说："如果那里有你的亲人的话，我表示很抱歉。"

安东里奥突然笑了起来，摆摆手说："朋友你想多了，我是漂泊四海的水手，怎么会在这里有亲人呢？"

"那你拿的这个，看样子也不是你的面具。"另一个囚徒指着安东里奥手里的面具说，他在离开阿比盖尔家时，只带走了这一样东西。

他十分痛恨总是有人问出令他尴尬的问题，只能回答一句："这是我的战利品。"哈哈大笑着，跑远了。

入夜的圣马可湾愈加沉寂，运尸工们疲惫地进入梦乡，祈祷着明天能够安然无恙。商船在被困于圣马可湾一个白天后，迎来了第一个黑夜，补给快耗尽了，船长在船上辗转反侧，难以入睡。

突然一声惨叫传来，把他从床上惊醒，声音又来自甲板，甲板是混乱的源头，令船长烦恼不已。他走出舱门，发现那个发烧的水手倒了下去，裹着毯子，一条伤痕准确地落在他脖子的动脉上，已经断了气，而凶器却怎么都找不到了。尸体旁边围着一群水手，手背在身后，全都是一副无所谓的样子。

船长已经没有力气去愤怒，在弹尽粮绝的时候，他不会去纠结是谁违抗了他的命令。他挥挥手，水手们就抬起死者丢到海里，所有人都坐在甲板上喘着粗气。

一个年轻的水手站了起来，指着前方的陆地喊道："你们看那是谁？"

大家点起两支火把，顺着他手指的方向看去。皎洁的月光下，一个人在海湾上独自起舞，他伸出双臂，摆出双人舞的姿势，装作有舞伴的样子，一圈接一圈地转着。

“那是什么人？”船长问，他的眼睛有点花了。

“那人戴着面具，看不太清。”

水手们觉得无趣，又坐了下来，闭上眼睛节省体力。此时此刻，圣马可湾上的男人还在舞蹈，享受着狂欢，漆黑的威尼斯，是专属于他一个人的盛大舞台。他跳着，转着，终于，在某个没有人注意到的时刻，永远地倒了下去。

# 悲歌西去

天地间苍茫一片，博斯普鲁斯海峡西部的一隅，残阳如血。

一队奥斯曼①骑兵飞驰而过，马蹄溅起滚滚烟尘，使沿途的农民为之侧目。他们从阿马西亚而来，护送着一个最重要的人，往帝国首都埃迪尔内②赶去。

马背上有一个十一岁的男孩，身着和其他重骑兵相同款式的铠甲，在最优秀骑手的保护下策马狂奔。他时不时地发出孩子独有的尖叫声，但脸上少了几分同龄人的童稚之气。

骑兵队奉皇帝之命，必须在日落前赶到都城。太阳在不断下坠，远方的地平线上出现了模糊的城墙，骑兵们不免松了一口气，稍稍放慢了步伐。

埃迪尔内的守城士兵在浓烟中一眼认出了领头骑兵的铠甲，高呼着打开城门。骑兵队在城门口勒住马，队长把男孩扶下马来，领着他穿过厚厚的城墙。男孩阔别了这里近十年之久，返回首都的旅行让他有些飘飘然。在他不到两岁离开埃迪尔内时，只是个普通的三皇子，现在他成了整个帝国唯一的希望。

此刻在皇宫，奥斯曼帝国最至高无上的统治者——穆拉德二世③已经把小儿子何时才到的事问了几十遍，直到侍卫来报皇子已经抵达时，他的眉头才稍稍舒展。

他今年四十多岁，可看起来比实际年龄大十几岁，这是在外领兵杀伐，风吹日晒的结果，像是把战功都刻在了脸上一样。他带领这个国家从帖木儿大帝④的席卷中走了出来，重新成为让西方胆寒的存在。早在二十年前，他的大军已兵临埃迪尔内

①奥斯曼：土耳其人建立的帝国，在 15 世纪—19 世纪的地中海地区产生了重要影响。

②埃迪尔内：位于今土耳其西部，埃迪尔内省省会，历史上曾为奥斯曼土耳其帝国首都。

③穆拉德二世（公元 1403 年—公元 1451 年）：奥斯曼土耳其苏丹（公元 1421 年—公元 1451 年），在其统治时期奥斯曼土耳其的国力逐渐复兴。

④帖木儿大帝（公元 1336 年—公元 1405 年）：帖木儿帝国的创立者，曾于 1399 年西征土耳其，在 1402 年的安卡拉战役上大获全胜。

东部的君士坦丁堡城下，距离毁灭这个千年帝国只有一步之遥，那时是何等的意气风发。现在，穆拉德二世想，这个夙愿只能交给下一代完成了。

在征战的岁月里，他只想着为国家多扩张一寸土地，对子嗣的问题漠不关心。但现在一个人孤零零地坐在皇宫里，穆拉德二世不得不开始考虑这个问题，尤其是在他的三个儿子只剩下了一个的时候。

六年前，帝国未来的继承人艾哈迈德在阿马西亚总督的任上病逝。不久前，穆拉德二世的二儿子阿里离奇地暴病身亡，阿马西亚变成了皇子们的坟墓。现状驱使他必须把小儿子接到身边，给他最好的、可以使他成长为合格的帝国接班人的资源。

穆拉德二世依然坐立不安。殿前一阵骚动，皇子已经来到，马上要拜见他十年未见的父王。身着耀眼铠甲的男孩此刻已经换上了便装，那是由在阿马西亚所见不到的、从热那亚人手中购得的材料制成的，男孩在骑兵的护卫下走进宫殿，看着坐在王座上的那个男人，他一时间惊愕地说不出话来。

对男孩来说，穆拉德二世是他最熟悉的陌生人。他离开这里时还太小，没来得及在他的脑海中留下关于父王最初的印象。他不记得自己出生在哪座建筑内，不记得父王长什么样子，一切都是新的，他得从头适应。穆拉德二世看着男孩，激动的心情难以平复，想立刻冲上前去抱住他唯一的儿子，但碍于皇帝的身份，他只是向男孩伸出了双臂。

骑兵队长轻轻拍了拍男孩的肩膀，示意他走上前去。这几十步男孩走得异常地慢，皇帝的双臂就一直举着，胳膊酸得难受。男孩终于来到了他的面前，穆拉德二世把儿子抱上膝头，像是在端详整个国家最珍贵的艺术品一样，过了很久他才缓缓开口："你叫什么名字来着？"男孩怯生生地说："我叫穆罕默德，父王。"穆罕默德，那是伟大的伊斯兰先知的名字。穆拉德二世这才想起，在这个孩子降生的前几天，他的手里无时无刻不捧着《古兰经》，他本人是最虔诚的穆斯林，就给男孩命名为穆罕默德，他希望儿子把虔诚的传统延续下去。

他不知道的是，穆罕默德在阿马西亚一直以顽劣著称，长这么大以来，从来没有正儿八经地翻开过《古兰经》读上几页，因为当时他的头顶上有两个会承担帝国一切责任的哥哥。如果他们还在，穆罕默德可以继续无忧无虑地玩下去，做一个再普通不过的皇亲国戚，混吃等死，这个国家的所有忧愁和荣耀都与他无关。

在阿马西亚的时候，穆罕默德已经听到了一些关于继承王位的风声，此刻坐在父王的膝上，虽然懵懂，也大概知道他回到埃迪尔内的目的，他要彻底同旧日的生活方式决裂了。

穆拉德二世把穆罕默德放了下来，命令道："哈利勒，为我的儿子找这个国家最优秀的学者，我要让他接受最好的教育。"接旨的人是奥斯曼帝国的大维齐[①]。作为首席大臣，哈利勒从来都不遗余力地执行皇帝的命令，穆罕默德被带了下去，这场父子相见很快就结束了，还有大量的东西等待着穆罕默德去熟悉。望着儿子远去的背影，穆拉德二世悬着的心终于放下，与此同时，他的脑海里涌现出了一个大胆的想法。

从埃迪尔内出发向东南方向行进，不过一百多英里便到了马尔马拉海。连通马尔马拉海与黑海的博斯普鲁斯海峡由于其特殊的地理位置，自古以来都被看作是必争之地。在十五世纪

①大维齐：即首相。

中叶，海峡的重要性因为一座苟延残喘的城市而以一种不可思议的速度提升。

那里是君士坦丁堡，君士坦丁大帝[①]一手缔造的城市，传承千年的拜占庭帝国的首都和最后的据点，一座丝毫不落后于罗马的艺术文化宝库。拜占庭人经历了第四次十字军东征[②]的洗劫和拉丁帝国[③]傀儡政权的蹂躏，在两百年前重新夺回了这里。不过他们施展浑身解数,也恢复不了君士坦丁堡往日的生机。

伯罗奔尼撒半岛在一点一点陷落，达达尼尔海峡早已不属于他们。绝大部分希腊的东西都被土耳其化，奥斯曼人从东西两个方向快速进逼，像是掐住了一个将死之人的喉咙，但是这最后一股劲，似乎怎么都用不上了。直到穆罕默德正式登基成为穆罕默德二世[④]，已经不知道有多少代苏丹觊觎过马尔马拉海北岸的这片广袤土地。两个国家的恩恩怨怨，什么时候才能有一个了结？从葡萄牙到黑海，半个欧亚大陆都在期待着问题的答案。

又是新的一天，埃迪尔内的穆罕默德昨晚做了一个美梦，已经早早起床准备接受成为帝国新君的训练了。马尔马拉海十分平静，几只海鸥飞过修道院和君士坦丁广场，在圣索非亚大教堂的圆顶上空盘旋。

教堂是整座城市内最能保存君士坦丁时代气息的建筑，其

①君士坦丁大帝（公元 272 年—公元 337 年）：即君士坦丁一世，罗马帝国皇帝，君士坦丁王朝开国皇帝。

②第四次十字军东征（公元 1202 年—公元 1204 年）：由时任教皇英诺森三世发动。本意是想进攻埃及，结果因为复杂的国际形势和十字军内部纠纷转而进攻东罗马，1204 年十字军攻陷君士坦丁堡，并在城中大肆劫掠。

③拉丁帝国：由十字军攻陷君士坦丁堡后建立的罗马天主教国家。

④穆罕默德二世（公元 1432 年—公元 1481 年）：奥斯曼帝国苏丹，奥斯曼历史上最伟大的君主之一，在位期间攻灭拜占庭帝国，为奥斯曼的辉煌奠定坚实基础。

余的街道、民居甚至宫殿，大多都已年久失修了。海是静谧的海，但城市却压抑得可怕。

拜占庭皇帝约翰八世[①]吃过早饭便开始处理政务，除了爱琴海附近的零星城镇，他所能控制的疆域只剩这一座城市了。这样的国家没有多少政事需要他处理，过了中午便无事可做，没有人比他更空虚无助。

他没有子嗣，只有几个无能的兄弟，十一年前他倾尽所有力量抵御住了苏丹穆拉德二世对君士坦丁堡的围攻。在帝国喘息期间，他亲自走访欧洲各国寻求援助，一如四十多年前他的父亲所做的一样。他满怀希望而来，却败兴而归。

他的父亲，前任皇帝曼努埃尔二世，在这个世纪刚开年时就让法国人和英国人亲眼见识到了拜占庭最高统治者的尊贵。不过也只是让他们见识而已，曼努埃尔二世没有从他们手中带走一兵一卒。

近半个世纪以来，国家几乎没有一点改变。对于一个存在了千年的国家来说，想要恢复，不论是二十年还是四十年都太短。约翰八世不情愿承认现实，但是他所能做的，不过是尽力不让自己成为末代皇帝而已。

君士坦丁堡的人口已经少到不能再少，剩下的居民大多是最忠诚的东正教徒。他们很清楚这座城市目前在奥斯曼土耳其的夹缝中艰难求生，但也始终对西方诸国放心不下。在东正教徒的眼中，罗马教皇麾下的十字军甚至比奥斯曼人还要邪恶几分，约翰八世和罗马教廷的谈判就在群众的巨大反对声中被迫

①约翰八世（公元 1390 年—公元 1448 年）：拜占庭皇帝，曼努埃尔二世的长子，公元 1421 年被任命为共同在位者，公元 1425 年父亲去世后成为拜占庭唯一皇帝。

停止了。

今天天气正好，烦闷无比的约翰八世选择走出宫去放松心情。他换上一身便装，挑选了几名精锐卫士，沿着君士坦丁堡的城墙一直走下去。

卫士们奉皇帝之命，刻意与他保持一定距离，给约翰八世充足的思考和缅怀的空间。一路上零星遇见一些居民，没有人认出皇帝陛下，他们就这样走到了城墙下，向北前进。

约翰八世只有在亲自抚摸君士坦丁堡高耸的城墙时，才会感受到一丝安慰。他一路摸着城墙向北走，每一块砖瓦在他的手下似乎都有了灵魂。正是它们筑起了这座近乎坚不可摧的城市，一千多年来，它只被十字军攻破过一次。

现在，十字军东征这场旷日持久的闹剧已接近落幕，君士坦丁堡从巨大的苦难中挺了过来。即使身陷包围，这坚实的城墙也令土耳其人无可奈何，十年，二十年，甚至五十年，君士坦丁堡也耗得起，约翰八世突然有点不把奥斯曼放在眼里了。

他登上城楼继续向北，不知不觉间，已经能看到博斯普鲁斯海峡南口西侧的金角湾①。这个深水港是君士坦丁堡赖以生存的命脉。金角湾北侧是热那亚人的城市加拉塔，几百年来，每当起战事时，拜占庭人都会用铁链封锁住金角湾的狭窄入口，以分担守城压力。铁链的一端连接在加拉塔的城楼上，只要金角湾是安全的，城市和国家的希望就在。

约翰八世在城墙上面向金角湾伫立良久，侍卫们走上前来说道："陛下……"皇帝摆摆手，视线依然没有离开前方。在

①金角湾：位于博斯普鲁斯海峡南口西岸，从马尔马拉海伸入欧洲大陆，长约 7 公里。曾是土耳其伊斯坦布尔港口的主要部分。

对岸的加拉塔，有的热那亚人准备出海，有的已经返航，繁荣的景象同皇帝脚下的城市形成了鲜明对比。约翰八世不禁忧从中来，进而悲喜交加。

“啪！”

埃迪尔内的皇宫里，趴在书上睡着的穆罕默德感觉脑后挨了一巴掌，他一下子惊醒，下意识地擦了擦嘴角的口水。他的老师正手拿体罚用的棍棒站在旁边，似笑非笑地看着他。这个叫艾哈迈德·古拉尼的库尔德人，是奥斯曼土耳其境内数一数二的顶尖学者，受大维齐哈利勒帕夏之邀来做王子的家庭教师。

古拉尼是那种既刻板又严苛的传统老头，只要他的身份是教师，不管面对的学生是不是皇子，他都有理由使用各种手段让学生完成自己制定的学习目标。穆拉德二世对古拉尼的教学思想甚是满意，他确信只有这样才能培养出优秀的帝国继承人。

穆罕默德非常不满意父亲放任对自己自流的态度。自打回到埃迪尔内后，穆罕默德从来都没有正视过眼前的古怪老头，在他看来，老头手里的棍子只是摆设而已。古拉尼努力控制好自己的情绪，尽量用温和的声音问：“今天的《古兰经》学习了没有？”

穆罕默德做了一个鬼脸来回应，随即放声大笑，他那玩世不恭的态度彻底激怒了古拉尼。穆罕默德刚笑了几声，棍子就落了下来，如暴雨般落在他的胳膊上、腿上和后背上。

这顿打很快就结束了，古拉尼站在那里，不怒自威。这一次，疼得呲牙裂嘴的皇子终于开始正视他的家庭教师，翻开书本，努力学习了。

就在这样严厉的学习环境中，穆罕默德度过了他的十二岁生日。除了系统地学习《古兰经》外，穆罕默德在其他学科上也都取得了长足的进步。古拉尼在教学成果汇报上丝毫不吝惜对穆罕默德的溢美之词，穆拉德二世乐得合不拢嘴，面对学习天赋如此之高的儿子，他知道自己的计划很快就可以实施。

看似平静的帝国暗流涌动，奥斯曼人面临的威胁远远没有消除。在穆罕默德飞速提升自身知识水平的同时，距奥斯曼不远的匈牙利，一支十字军正在组建，准备向奥斯曼发动新一轮东征；帝国南部的卡拉曼，一些土库曼人也不甘寂寞，妄图兴风作浪一番。作为苏丹，穆拉德二世就像修补匠一样，哪个地方破了个洞，他就需要及时出现。

穆拉德二世派出使节前往匈牙利签订了和约，把匈牙利人东征的企图扼杀在摇篮里。在出兵南征之前，他还要了却自己的一桩心事。这一天穆罕默德照例早起，这是他承认古拉尼威信后养成的习惯，不过今天他等到的不是古拉尼，而是苏丹的几名侍卫。他们告知穆罕默德，苏丹要见他。穆罕默德走在路上，心中忐忑不安，他想不出被父亲召见的理由。

大殿内，穆拉德二世安详地端坐在最高处，包括哈利勒在内的大臣悉数到齐。这样隆重的阵势，穆罕默德被吓得不轻。

穆拉德二世和蔼地说："今天把诸位叫来是有一件重要事情宣布，我决定即日起把王位传给穆罕默德。"

下面发出一阵惊呼，穆罕默德不敢相信自己的耳朵。他知道自己是帝国唯一的继承人，成为新苏丹不过是时间问题，他只是没有想到一切会来得如此之快。

只有大维齐哈利勒不动声色，看来穆拉德二世的传位决定一定事先和他商量过。穆拉德二世摆摆手，安抚大家的情绪，说："我自知年事已高，在平定南方叛乱后，我就会将王位传给穆罕默德。"所谓年事已高，只是穆拉德二世的幌子而已，他不过是想让年幼的穆罕默德尽早即位，适应苏丹这个位置。

苏丹和哈利勒在这个问题上达成了一致，其他大臣没有反对的理由，十二岁的穆罕默德就在一片赞誉声中成为这个国家名义上的苏丹了。权力的交接进行地高效而迅速，穆罕默德即位的第二天，穆拉德二世便率兵渡过海峡，前往安纳托利亚平叛，大维齐哈利勒留在欧洲辅佐新君。

然而接下来一系列的连锁反应是老苏丹没有料到的。先是穆罕默德与哈利勒的关系出现了裂痕，穆罕默德讨厌这个老头子的频繁说教，到最后甚至公然把一个来自波斯的异教徒召进宫中听他传教，并默许他发展信徒。哈利勒只得耐下性子来和新苏丹讲道理，把那个异教徒抓出来烧死。在老苏丹的大军进入安纳托利亚不久后，从欧洲传来了匈牙利人撕毁和约，新的十字军已经渡过了多瑙河的消息，而埃迪尔内方面并没有做出什么有效的回应。老苏丹勃然大怒，他派人同卡拉曼进行和谈，随后立刻率大军杀回欧洲。

祸不单行，一支威尼斯舰队横亘在达达尼尔海峡上，试图切断奥斯曼军队返回欧洲的路。然而现在不是和威尼斯人算账的时候，穆拉德二世转而求助热那亚，把六万大军顺利送回欧洲，北上至黑海沿岸的瓦尔纳，准备和十字军决一死战。

在埃迪尔内，穆罕默德即位以来所树立的威信正被一点点消磨，每一个市民都在夸赞老苏丹的英勇。尽管造币厂新制作出来的是印有穆罕默德头像的货币。1444 年末，奥斯曼军和十字军进行了一场决定东欧未来命运的较量，战报被传令兵以最快速度送回了埃迪尔内城。

大获全胜！整个首都一片沸腾，老苏丹的威望再次达到了顶峰。皇宫外是欢乐的海洋，而皇宫内有两个人忧愁无比。

穆罕默德理解父亲为巩固他皇位做出的努力，但前方的战役打得再怎么漂亮，也和他没有关系。作为皇帝，还要让父亲帮自己率军作战，这不符合他的野心。

大维齐哈利勒则是在担忧这个国家，他搞不懂穆拉德二世的心思，既然老苏丹老当益壮，只要亲自率军就可以威慑西方，为什么还要把国家交给一个十二岁的孩子，害得他操心无比。

哈利勒表面上对穆罕默德客客气气，心里并不服气，一个在学习上很有天赋的小毛孩子，面对治国也是一窍不通，他下定决心要和老苏丹商讨帝国的未来了。

两个骄傲的人，彼此是很难相容的。在黑海旁击溃对手后，穆拉德二世没有在首都停留，而是直接回到了安纳托利亚。在听闻儿子登基以来的种种乖谬之举后，他仍然选择无条件地给予儿子自由。然而穆罕默德和哈利勒之间的关系，却是一天比一天紧张了。

埃迪尔内城的人们在胜利的喜悦中来到了1445年，十三岁的穆罕默德也想在新年为国家注入新的活力。在召集众大臣议事时，他第一次宣布了自己一直以来所期望完成的目标：攻下君士坦丁堡。

出乎穆罕默德意料的是，大臣们没有表现出多少兴趣，台下一片寂静。哈利勒知道后面有无数双眼睛在盯着自己，如果自己不发话，他们就一直闭嘴。他只好上前一步说："陛下，臣以为暂时不要攻打君士坦丁堡为好。"大维齐开了个头，其他大臣们就知道该如何说话，于是纷纷表达了不进攻君士坦丁堡的意见。

穆罕默德强忍住没有发作。自打记事起，先代苏丹们力图夺取君士坦丁堡的故事他不知道听了多少遍，冥冥中他意识到，那座城池一定会在自己这一代人手中被拿下。从穆罕默德回到埃迪尔内后，他终于有机会完成先辈们未曾实现的梦想。

整整两年，这个秘密一直藏在他心底，今天是穆罕默德认为的可以一吐心声的时机，却被一盆冷水当头浇下。

哈利勒滔滔不绝地讲起不建议进攻的理由，事实上如果他支持穆罕默德，也可以讲出数量相同的理由来说明正应在此刻攻打君士坦丁堡。大臣们都附和着，一字一句把穆罕默德年幼的野心击得粉碎。气急败坏的穆罕默德无法忍下去，他径直离开了议事厅，留下了尴尬的大臣们。没有人知道这是他埋藏了两年的梦想，他们只是把这种行为单纯地解读为小孩子耍脾气。

穆罕默德躺在专属于皇帝的大床上，闭上眼睛脑中就会出现哈利勒那张令他厌恶的脸。他坐起来，想：既然这个糟老头子多次阻挠自己的计划，为什么不让他卷铺盖回家呢？可一想到附和的大臣们，他就知道这绝非易事。穆罕默德暗中发誓，一定要让老头子滚蛋。

与此同时，哈利勒心中产生了和穆罕默德正好相反的想法，他想换掉小皇帝，把老苏丹从安纳托利亚迎回来。只是单纯地想进攻君士坦丁堡还不足以成为罪状，老谋深算的大维齐在等待穆罕默德的自我膨胀。

哈利勒的废黜计划从第二年开始。过去的一年，无论是官员、士兵和平民，都不约而同地产生了对穆罕默德的厌恶情绪，他们经常把两年前的那场大战搬出来，以此来缅怀老苏丹统治下的时代。

大维齐的使者来到了安纳托利亚，向穆拉德二世上交了一份足以断送掉穆罕默德未来的报告。老苏丹翻着报告，时隔一年，儿子不但没有什么进步，反而越来越任性，他下定决心重掌帝国。促使他回到埃迪尔内的原因还有一个，就是穆拉德二世又有一个儿子出世了，多一个儿子对他来说就意味着在未来多了一点选择的余地。

还没等穆罕默德反应过来，穆拉德二世就回到首都完成了权力的交接。这一年多来，他只是心里憎恨着哈利勒，没有实质性的行动，等到父亲宣布将他废黜并流放到小亚细亚的马尼萨时，一切都晚了。

穆罕默德在泪水中整理好行装，当年奔腾呼啸而来，如今黯然失落离去，小亚细亚半岛，是足以将他野心消磨殆尽的地狱。

穆罕默德被流放的三年，正是他幼弟茁壮成长的三年。在马尼萨，穆罕默德听说了父亲为了培养幼弟付出的努力，嫉恨无比。他们之间没有手足情谊，他们只是争夺王位的敌人。

让他感到欣慰的是，父亲没有把他遗忘。几个月前的科索沃战役，穆拉德二世特意把穆罕默德征召回前线，他的表现让父亲甚是满意，但仍不足以成为使他回到埃迪尔内的理由。

公元1448年年末，君士坦丁堡的一声震动刺激了奥斯曼人的神经，拜占庭皇帝约翰八世驾崩了。这个可怜的男人生不逢时，一生都活在忧愁当中，唯一让他感到高兴的就是没有成为亡国之君，被钉在拜占庭的耻辱柱上。约翰八世有五个弟弟，已有两个早殁于他，在皇太后的支持下，君士坦丁堡一致同意应由约翰八世最年长的弟弟君士坦丁继承帝位。

一封类似申请书的东西被送到埃迪尔内皇宫，形势所迫，如果穆拉德二世拒绝批准，君士坦丁就做不了拜占庭人的皇帝。

在得到穆拉德二世的批复时，君士坦丁本人正在他的封地，伯罗奔尼撒半岛的米斯特拉斯。他想启程赶往首都，却得知帝国高官正携带者王冠向此处赶来。君士坦丁无意间创造了一个历史，成为了有史以来第一位不在君士坦丁堡加冕的拜占庭皇帝。

君士坦丁堡因此传出了一些流言，说缺少了圣索非亚大教堂的庇佑，这位新皇帝的未来昏暗无比。君士坦丁，就在首都流言四起的境遇下正式登基称帝，史称君士坦丁十一世[①]。

此时此刻，穆罕默德在马尼萨度日如年。

虽然国家的大事小事都和他没有关系，但他比在帝位时还要勤奋几分。他在身体、学识、治国经验等各方面不停磨练自己，穆罕默德确信他还会重返帝位。君士坦丁堡的权力更迭被穆罕默德视为国家空虚的表现，他希望埃迪尔内不要有什么动作，自己的梦想决不能让父亲来实现。他就像被囚于笼中的发情野兽，穆拉德二世健康的身体就是他的牢笼。这个牢笼终于在穆罕默德思过的第五年，彻底破碎了。

公元 1451 年，一个自称是大维齐哈利勒特使的人来到了马尼萨，向穆罕默德通报了苏丹穆拉德二世驾崩的消息，并邀请他回埃迪尔内即位。这一举动令穆罕默德十分受用，他突然觉得老头子没有那么讨厌了。

马尼萨是穆罕默德再也不想回到的地方，他只带了几名亲信轻装上阵，渡过达达尼尔海峡，一路北上，往埃迪尔内赶去。这一次没有侍卫和他同骑一匹马，穆罕默德感到了莫名的畅快。

埃迪尔内的全体官员都在城外列队迎接新苏丹，穆罕默德踏着铺好的地毯走进城去，不可避免地扫视到那些他讨厌的人。在小亚细亚思过的五年，他得到的最大进步便是成熟。不管怎么说，这些人依然是帝国的中枢，不可不用。

---

①君士坦丁十一世（公元 1404 年—公元 1453 年）：拜占庭帝国末代皇帝，曼努埃尔二世第八子，约翰八世之弟。

自大维齐哈利勒以下，所有曾经反对穆罕默德、支持穆拉德二世复位的大臣们，几乎都哆嗦着走进宫去，参加新苏丹的第一次议事。从城门口到皇宫的路上，人们聚集在道旁，穆罕默德一辈子都没有听过如此多的赞誉。

穆罕默德，不，他已经成为了奥斯曼的新苏丹，穆罕默德二世。他没有刁难帝国的老臣们，他像什么都没发生过一样，和大家谈笑风生。可面对心头之患，他就必须心狠手辣了。

议事结束后，穆罕默德二世回到了后宫，在侍卫指引下来到了幼弟的房间。

侍从们对苏丹的突然来到有些不知所措，穆罕默德二世屏退众人，拉开帘幕，一个五岁的男孩正在浴缸里嬉水。

这是两兄弟的第一次相见，也是最后一次，男孩刚抬起头来看自己的哥哥，脑袋就被穆罕默德二世狠狠地按入水中。

穆罕默德二世的两只手死死按着幼弟，身上和脸上都溅满了水，男孩没一会儿就不动了。溺死幼弟后，穆罕默德二世擦擦脸上的水，下了两道命令，把幼弟的生母逐出宫去，召哈利勒进宫单独议事。哈利勒接到苏丹的命令时刚在家中吃完晚饭，他有一种再也回不来的预感，于是一一和家人告别，妻子和孩子们哭着目送他离开。

穆罕默德二世故意让哈利勒在议事厅等待了很久才出现，这是新苏丹从心理上击垮对手的方式。他高高在上，俯视着哈利勒，开口问："您还记得六年前发生的那件事吗？"

哈利勒对这些时间不太敏感，他以为穆罕默德二世说的是自己将老苏丹请回埃迪尔内的事，害怕新苏丹因此怀恨在心。

哈利勒战战兢兢地回答："臣记得。"穆罕默德二世接着说："六年前我说过，帝国的目标就是攻占君士坦丁堡，那个时候不知道有多少人反对这项计划，现在时机已经成熟了，我把你召来的目的就是让你对起兵一事表态。”

哈利勒冷汗直流，原来这几年穆罕默德二世心头念念不忘的不是他，而是君士坦丁堡。进而自嘲地想，自己算什么，和那座城市比起来，渺小到不能再渺小。

君士坦丁十一世对新苏丹没有了解，他也丝毫不知道后者的野心。自即位以来，他最关心的事不是治国理政，而是给自己促成一门亲事。拜占庭王后的名头虽然响亮，可到了十五世纪，它的吸引力已经大大下降了。

拜占庭皇帝先是在特拉布宗[①]碰了一鼻子灰，后来又听从手下建议，向穆拉德二世的遗孀求婚，结果被直截了当地拒绝。最后他退而取其次，迎娶了一位塞尔维亚公主，婚礼的气氛冲淡了一丝君士坦丁堡的压抑。

穆罕默德二世留任哈利勒等几位帕夏的消息传遍了西方诸国，他们认为这是新苏丹在向帝国旧势力妥协，并不看好这个二十一岁的年轻人的治国才能。然而最起码的礼数还是要尽到，威尼斯和匈牙利等国的使团纷至沓来，埃迪尔内短时间内成了全欧洲最繁忙的城市。

自从登基以来，穆罕默德二世所做的，不过是同包括拜占庭在内的各国修缮关系，平定几场国内的叛乱，把所有对他王位有威胁的人通通除掉。他还没来得及做和君士坦丁堡有关的任何事，最大的成就不过是让大维齐哈利勒彻底站在了支持战争的立场上。

---

①特拉布宗：即特拉布宗帝国，是公元 1204 年由拜占庭帝国分裂出的三个帝国之一，公元 1461 年被奥斯曼土耳其消灭。

公元 1451 年的秋天，穆罕默德二世策马离开埃迪尔内，前往博斯普鲁斯海峡沿岸勘察地形，这是他征服计划的第一步。不论是穆拉德还是前任苏丹巴耶济德，凡是希望征服君士坦丁堡的统治者，无一不吃过海峡的亏。穆罕默德二世决心切断拜占庭人的生命之源。

他令帝国最优秀的专家学者勘测地形地势。返回首都后，他先是命令军队出动，清除博斯普鲁斯海峡最狭窄处沿岸的所有建筑，包括教堂与修道院。接着在全城范围内征召劳动力，静静等待 1452 年春天的到来。

春天，一支由工人组成的大部队护送着无数建材从埃迪尔内出发，在军队事先规划好的区域安营扎寨。苏丹要在这里建造一座城堡，以便掌握海峡的控制权。

每名工人承担的工作量近乎严苛。在帝国的其他角落里，奥斯曼的战舰正在一艘接一艘下水，如果城堡不建成，它们将没有用武之地。君士坦丁十一世眼睁睁看着教堂被捣毁，希腊人被杀死，他自己对此却无能为力。拜占庭发出了警告，苏丹依旧我行我素，不予理会。

城堡建成于公元 1452 年夏，被命名为如梅利堡垒，土耳其语意为“割喉之刃”。堡垒上的三门重炮，会对每一艘不接受帝国检查的往来船只进行炮击，苏丹满意地欣赏着他的杰作，回到首都，开始酝酿攻城的下一步计划。

在穆罕默德二世准备大规模建造炮兵部队以应对攻城战时，一份来自如梅利堡垒的战报送到了他的手里。他们俘虏了一艘不听话的威尼斯商船，经过盘问，船上的货物准备运往君士坦丁堡。

与此同时，威尼斯的使节也赶到埃迪尔内交涉。苏丹明白，如果这次对威尼斯人手软，所有人都会藐视堡垒存在的价值。于是他冷酷地打发走了使节，命令没收船只，将所有船员斩首示众，对船长施以残忍的穿刺刑罚。

来自君士坦丁堡的求救信号愈发地绝望，随着如梅利堡垒的竣工，拜占庭首都内联合派与反对派的争斗暂时画上了句号。君士坦丁十一世致信罗马教皇，表示赞成教会联合。

十二月的圣索非亚大教堂，是被君士坦丁堡人唾弃不已的地方，那些陌生的，天主教的礼拜仪式让希腊人咬牙切齿。在东西教会联合仪式进行的时候，不知道有多少人发誓此生再不进圣索非亚大教堂做礼拜。自皇帝以下的官员们咬着牙参加了礼拜仪式，他们希望用牺牲信仰的方式换取来自西方的援兵。

这一切都被穆罕默德二世看在眼里，那些小丑的把戏对他构不成威胁，对教会联合的担忧不断传入他的耳中，苏丹丝毫不为所动。两个月后，他神秘地把帝国重臣们叫到埃迪尔内郊外，宣布要向他们展示一件真主赐予奥斯曼的礼物。为了这次展示，苏丹动用了大量的人力和畜力，一个庞然大物被放置在平原上。大臣们走近发现，是一尊近三十英尺长的巨炮。苏丹说：“乌尔班，把握住这个机会，不要让我们失望。”

哈利勒帕夏还记得这个来自匈牙利的投机分子，在如梅利堡垒紧张施工期间，乌尔班抛弃了昏庸的拜占庭皇帝，来到苏丹面前，宣称要为奥斯曼帝国建造当世威力最大的火炮。在听毕他的设计思路，看过设计图纸后，苏丹当即同意了此事，给予他薪水和助手，并在整个帝国的贸易范围内收集原料。青铜、硝石和硫磺被源源不断地运往首都，埃迪尔内变成了帝国最大的兵工厂。为了实现最终的理想，苏丹从未像现在一样求贤若渴。

乌尔班接到命令，命人装填弹药，准备试射。这尊令人望而生畏的火炮，一颗炮弹就超过了一千磅。四五个人费力地装填好弹药，点燃导火索，炮弹在不可思议的轰鸣声中飞出去，在看不见的地方爆炸，将众人吓得心惊胆战。

苏丹带大臣们前往查看被炮弹炸出的深坑，他心里盘算着，用它来对付君士坦丁堡正面的狄奥多西城墙已是绰绰有余。苏丹向众人宣布："我已决意向君士坦丁堡开战，即日起派工兵部队整修道路，以便把我的大军和火炮运抵君士坦丁堡城下。"

这一次，穆罕默德二世再也没听到任何反对的声音。

君士坦丁十一世经过威尼斯人的许可，在克里特岛招募了两百名雇佣军，但有限的兵力和长长的城墙比起来显得杯水车薪。在接受奥斯曼的宣战后，拜占庭的第一项对策就是向加拉塔的热那亚人请求封锁金角湾，尽管害怕苏丹不满，热那亚人还是同意了皇帝的请求，巨大的铁链一端被挂在加拉塔的城墙上，阻碍船只经过。君士坦丁堡的城墙有三分之一面对着金角湾，在确保奥斯曼舰队无法进入的前提下，这一段城墙便不用派兵驻守，极大地减轻了防守压力。

二月，在东西教会联合整整三个月后，君士坦丁堡终于迎来了一支像样的援军。讽刺的是，这支七百人的部队的统帅是一个自愿参战的热那亚人，名叫乔万尼。他率领士兵们修筑城墙，疏浚护城河，并帮助皇帝在大战一触即发前拼凑了一支七千人的守军，等待着奥斯曼的来临。

从宣战开始，穆罕默德二世花了两个月的时间招募士兵、整顿军备、修桥铺路，他要把所有的不利因素通通清除掉。炮兵、重骑兵、近卫军，以及来自巴尔干半岛的辅助部队已经全部集结完毕，其中不乏基督徒，加上给军队运送物资的挑夫，将近二十万人如黑云蔽日般向君士坦丁堡压来。

奥斯曼人一路通行无阻，他们在君士坦丁堡城下安营扎寨。几门巨炮还远远落在后面，正在没日没夜地向前线运来。与此同时，海军司令巴尔托古鲁率领的帝国舰队在马尔马拉海上耀武扬威，和如梅利堡垒一起，切断了君士坦丁堡的所有海上支援。物资还在源源不断地从埃迪尔内运往前线，这和孤立无援的君士坦丁堡形成了鲜明对比。四月初，君士坦丁堡的居民们在一座城门紧闭，护城河上的吊桥被拆毁的城市里度过了公元 1453 年的复活节。春意萌发，花团锦簇，君士坦丁十一世知道，这样的春天他也许再也看不到了。

苏丹把自己的指挥所设在君士坦丁堡对面的马尔特佩山上，被他的大军保护得十分严密，居高临下地俯视着他的猎物。在等待大炮运抵的过程中，苏丹还煞有介事地派使者对君士坦丁十一世劝降，许诺如果让出君士坦丁堡，可以让他回到封地米斯特拉斯继续做皇帝。穆罕默德二世没有指望收到效果，拜占庭皇帝当即拒绝了这一侮辱性的提议。

君士坦丁堡靠近马尔马拉海一侧的城墙下，遍布暗礁，不适合进行登陆作战。奥斯曼舰队的任务只是封锁，进攻的主要方向仍在陆墙。在苏丹的所有的地面部队依次进入攻击阵地后，后方的火炮也逐渐就位，除了那尊乌尔班大炮。

苏丹命令帝国军队先拿下君士坦丁堡城外的两座拜占庭要塞，舰队向马尔马拉海的王子群岛展开攻击，三场战斗同时开始。在火炮的支持下，奥斯曼人不费多大力气就大获全胜。穆罕默德二世下令将一百多名俘虏全部施以穿刺刑，把他们摆在君士坦丁堡城能看到的位置。

四月中旬，让奥斯曼将士望眼欲穿的乌尔班大炮终于抵达前线，稍作调整就立刻投入战斗，一发炮弹结结实实地打到君士坦丁堡的城墙上，它的威力让帝国的其他火炮都难以望其项背，苏丹甚至能听到从不远处的君士坦丁堡里传来的末日的哀嚎。苏丹特意在阵地的一角设置了一个临时兵工厂，专为乌尔班大炮服务。可囿于火炮的笨重，一天发射的炮弹数量有限，未能对城墙造成毁灭性的破坏。入夜时分，当奥斯曼士兵沉沉睡去，拜占庭的城防部队就在乔万尼的指挥下修补城墙。双方就这样展开了拉锯战。

苏丹指挥所正对着的那一段城墙，是他在经过实地勘测后认为的君士坦丁堡最薄弱的一环。按照苏丹的计划，先由大炮负责外围扫荡，击毁城墙，再由地面部队进攻，如果乌尔班大炮的角度调整到足够好，一炮命中拜占庭的皇宫也不是没有可能。

然而接下来的两件事，使战局产生了一些微妙的变化。乌尔班大炮的一颗炮弹就超过一千磅重，为了运输便利，炮兵部队只带了三天的弹药，其余部分由前沿阵地的临时兵工厂建造。攻城战进入第四天上午，在第一颗炮弹上膛点燃导火线后，弹药却直接在炮管里爆炸，周围的炮兵都不同程度地受了伤。

乌尔班大炮短时间都无法派上用场，苏丹手中只剩下几十门轻型火炮，威力大打折扣。穆罕默德二世并没有太生气，从向拜占庭宣战以来一切都进行地十分顺利，稍微遇上一点麻烦也可以理解，他一面命人仔细调查事故原因，一面苦思破敌之策。

在西方诸国都对君士坦丁堡视而不见时，热那亚人顶住了巨大压力，向拜占庭皇帝伸出援助之手。援助君士坦丁堡不只是贸易往来上的需要，更是和威尼斯明争暗斗的表现。在最危急的时刻，四艘热那亚商船满载着粮食与战略物资向君士坦丁堡驶去。

由于没有想到热那亚人仍会冒死前来援助，奥斯曼舰队事先没有在达达尼尔海峡设防。当热那亚商船出现在马尔马拉海上时，海军司令巴尔托古鲁大为惊恐，在他听说敌军只是四艘商船后，又放下心来，陆上正打得热闹，他的舰队无所事事，立功的机会终于来了。

传令官带来了苏丹的命令，要求他必须在热那亚船到达君士坦丁堡前将其全部截获。巴尔托古鲁一声令下，近一百艘战船出动，在君士坦丁堡的海墙附近设下包围圈，等着热那亚人来跳。苏丹特意来到了海军的指挥点，密切关注着战局的变化，这是他的新式海军参加的第一次正儿八经的海战。在君士坦丁堡的高处，也聚集了许多自发观战的市民，他们看到远方奥斯曼人密密麻麻的舰船和热那亚人的白底红十字旗，闭上眼睛不忍看下去，只能为即将到来的战斗祈祷。

热那亚商船在南风的帮助下一路向北，但在落入奥斯曼包围圈后，风不知怎么就停了下来，好在奥斯曼人的操控技术不高，未能对热那亚商船进行致命的打击。一部分热那亚水手用希腊火炮向每一艘靠近的奥斯曼舰船扫射，剩下的人在火力掩护下拼命向前划船。

君士坦丁堡城上，那些紧闭双眼的居民们久久没有听到奥斯曼方面的庆祝声音，他们紧张地缓缓睁开眼睛，看到在距海墙不远处，双方还在激烈地搏斗着。苏丹在海军的指挥所里悠闲地小憩，可很久都没有接到战胜的消息，一问才知道，他的几十艘战船在海战中并没有占到什么便宜。

苏丹愤怒地来到高台上，向他的海军将士大喊大叫。巴尔托古鲁已是焦头烂额，他的舰炮用于轰炸固定不动的要塞还绰绰有余，可面对移动的敌船，士兵们显然还没做好准备，不少人死于误伤。热那亚的水手们此时已经接近透支，只能凭借意志操控双手划桨。奥斯曼舰队调整节奏，准备发动下一轮进攻。

这时，海面上重新刮起了久违的南风，热那亚商船在上帝的指引下冲破了包围圈，向金角湾的方向驶去。君士坦丁堡的守军立刻打开铁链，苏丹目送着热那亚人回归了金角湾的怀抱。海面上的硝烟渐渐散去，一百多具奥斯曼士兵的尸体飘在海面上，穆罕默德二世第一场真刀真枪的海战就这样耻辱地失败了。

巴尔托古鲁被五花大绑着带到苏丹位于马尔特佩山上的大营里，他跪在苏丹面前一言不发。在海战的最关键时刻，他拼命指挥着士兵驾船靠上去，但不平静的海面让士兵无可奈何。他们引以为傲的火炮大打折扣，加上那股突如其来的南风。当所有因素都在和海军司令作对时，他也无力回天。

在苏丹看来，不管手下给自己找什么借口，敌方的四艘商船硬是在己方的围追堵截下突围已成事实。陆战逐渐进入白热化，他苦心经营的海军却在养尊处优，连这样的任务都无法完成，给观战的君士坦丁堡人留下笑柄，这让立志创造世界最大帝国的苏丹绝对无法接受。

“抬起头来，巴尔托古鲁。”苏丹面色阴沉地说。巴尔托古鲁不敢直视穆罕默德二世的眼睛，虽然他只有二十一岁，但他的锐利的眼神绝对和他的年龄不相符。还是苏丹亲自打破了沉默：“我不想听你的任何解释，你的罪行令真主蒙羞。来人！”从帐外走进几个膀大腰圆的侍卫。

“脱去他的盔甲，和那些拜占庭俘虏一样，把他穿到木桩上。”

巴尔托古鲁连跪都跪不稳了。攻占王子群岛时，他曾亲自监督手下对所有拜占庭俘虏施以穿刺刑，粗大的木桩由下至上，直接顶破俘虏们的胃肠，幸运的人当场死亡，未受致命伤的俘虏就只能在风吹日晒中慢慢死去，他们的惨叫至今仍在巴尔托古鲁耳畔回响，而他自己马上也要经受这种命运了。

海军的副将们纷纷跪在地上请求苏丹收回死刑的命令，几个德高望重的帕夏也在劝说苏丹，大战正在进行，贸然处死大将，对士气是不小的打击。虽然苏丹已经铁了心要杀掉巴尔托古鲁，群臣的轮番求情也让他心软。

苏丹想，罢了罢了，随他们去吧。他说："看在大家都在给你求情的份上，我饶你一命，即日起解除军职，没收所有财产，滚回老家去。"

穆罕默德二世让所有人都退下。海战的失利仍是其次，令他寄予厚望的陆战也没能占到便宜，缺少了乌尔班大炮的帝国陆军面对君士坦丁堡的千年城墙没有任何有效的办法。苏丹一个人在营帐里，忽然意识到了己方的不足。君士坦丁堡一共十几英里长的城墙，不算金角湾部分和马尔马拉海部分，奥斯曼军队正面面对的只有三分之一长而已，在如此狭窄的地域内，无法发挥出兵力上的绝对优势。相反，拜占庭却可以将守军集中，只要保证陆墙不失，君士坦丁堡就可以守住。

问题的关键点变成了如何分散守军的兵力。苏丹一拍脑门，决定兵出奇招，既然我的舰队无法逾越金角湾的铁链，为什么不可以在陆地上修一条道路，把舰船运进金角湾呢？

只要最大限度地发挥出自己的优势，战争的胜算就多一分。穆罕默德二世最不缺的就是人力。他命令炮兵部队加大火力，以迷惑守军。与此同时，一条通往源泉河谷的路正在快速修建，从源泉河谷出去便是金角湾。大量木材被运抵前线，用于制造运输滑轨，金属滑轮已经准备好，只差铺放。为了攻下君士坦丁堡，整个奥斯曼土耳其都被动员了起来。

迎入了热那亚商船后，整个君士坦丁堡都士气大振。君士坦丁十一世几乎把所有兵力都投放到陆墙上，并征召所有成年男性公民，定期参加修补城墙的工作。十三世纪初君士坦丁堡那次耻辱的陷落，是在马尔马拉海一侧崩溃的，而陆墙从未被攻破过，拜占庭皇帝似乎已经看到了奥斯曼军队垂头丧气败退的画面。

然而，金角湾一侧的侦察哨来报，发现大批土耳其船只出现在金角湾，数量足有七十艘。皇帝震惊无比，差点晕过去。苏丹的计策收到了奇效，在舰船不断运抵金角湾，港口得以巩固时，拜占庭、威尼斯和热那亚还在就出兵问题争执不休，他们匆忙组建了一支舰队迎战，却在狭窄的海湾内被奥斯曼轻松击溃，君士坦丁十一世不得不接受这个事实。金角湾连同加拉塔城墙上的铁链一起，沦陷了。

拿下金角湾成功地牵制了陆墙的一部分兵力。可进入五月份，奥斯曼依旧没有突破最后的防线，苏丹曾派兵挖地道进攻，但宣告失败。一方轰击城墙，一方修补城墙，在过去的一个月里，已成常态。

奥斯曼人有充足的物资，但没有战斗到底的决心，拜占庭人则恰恰相反。围城已经持续两个多月了，苏丹的大营里，反对这场战争的声音越来越大。苏丹每天听着这些比自己年长几十岁的老臣陈述利弊。前线的炮击并无起色，君士坦丁堡的暖春几乎将士兵们的斗志消磨殆尽。

似乎所有人都在告诉苏丹：放弃你的梦想吧，君士坦丁堡不是这一代人能攻下的。傍晚，苏丹到马尔特佩山脚下散步。

远方的君士坦丁堡，军民正在合力修补城墙，搬运石头的声音传到苏丹的营地。穆罕默德二世看着自己的将士，他们目光闲散，茫然地盯着君士坦丁堡，不知道何时才能结束这样的日子。

自马尔马拉海上的耻辱过后，苏丹的舰队加强了巡航力度，使外界无计可施。君士坦丁堡的情况不容乐观，虽然人们对于保卫千年古都热情满满，但热情没法当饭吃，来自热那亚的援助已经消耗殆尽。再这样耗下去，一旦雇佣兵的工资发不出来，后果是可怕的。一个多月以来，苏丹派人向君士坦丁十一世劝降了好几次，他为了拜占庭的尊严拒绝了，打发走使者以后，皇帝又对现在的局势无可奈何。

城里和城外的人全都在备受煎熬，战争又度过了漫长的二十天，双方的意志都已到达极限。苏丹不能任由局势走向失控的边缘，他无法拿全体将士的性命做赌注，去等待君士坦丁堡投降。他向全军宣布了总攻的时间，并许诺，重赏第一个冲进城的士兵，城破后，允许军队劫掠三日。

命令发布后，跌落到谷底的士气马上蹿升，苏丹惊讶地发现，全军的面貌有了极大的改观。帕夏们乖乖地闭上了反对的嘴，开始为总攻出谋划策，营帐里几乎听不到闲言碎语，士兵擦洗完他们的大炮、军刀和战马就去养精蓄锐。平时大大咧咧的人此刻也在幻想城破之后自己将得到的巨额财富，神情不由得严肃起来。

君士坦丁堡里，所有人已经知道了苏丹将要总攻的消息。总攻的前一天，奥斯曼的士兵全天斋戒，祈求真主将力量赐予自己。与此同时，圣索非亚大教堂正在进行着大战前的最后一场弥撒。

之前曾发誓再也不来此做弥撒的人事到如今也来到了教

堂。面对末日，他们还是割舍不掉对这里的情结。天气虽然不阴，但在大主教的眼里，眼前却是灰蒙蒙的一片。整个教堂里没有人说话，恢宏无比的教堂的穹顶，再也无法庇佑基督世界的人们。

他声音颤抖着主持完整个弥撒，用的还是天主教的习惯流程。到了这个时候，已经没有人质疑这个问题，面对来势汹汹的异教徒，他们都是上帝的子民。

大主教说："弥撒礼成，你们走吧。"气氛严肃，没有人选择离开。不知是谁小声啜泣了起来，愈演愈烈，最后所有的信徒都在痛哭，那是末日来临时的绝望，和对自己命运的担忧。城里和城外的人们都在向各自的神祈祷，在鲜血淋漓的战场上，总会有一个神倒下。

公元 1453 年 5 月 29 日的破晓，土耳其人吃了他们在城外的最后一餐，正式发起总攻。按照惯例，进攻由炮兵打响，只是今天的炮火异常猛烈，绝非过去的两个月所能及。前线将领呼喊着："把所有炮弹都给我打出去！进了城之后这些大炮还有什么用！"守军虽然做好了心理准备，但面对这样密集的进攻，抢修城墙的部队根本跟不上土耳其人的节奏。未经正规军事训练的平民们吓得不敢前进一步，热那亚人乔万尼也焦头烂额，前几日受伤的手指现在正隐隐作痛。

炮声突然沉寂了下来，守军猜测是对面的弹药已经用完了，立刻准备修补城墙。刹那间六万名攻城士兵发出了巨大的喊杀声，几乎要震破他们自己的耳膜。奥斯曼军队快速向城门口出击，金角湾和马尔马拉海上的帝国海军乘势向城墙开炮，使守军疲于奔命。乔万尼沉着冷静，指挥守军反击，那些从城楼上射出的少得可怜的箭，丝毫没有让苏丹的士兵退却。

炮兵指挥官指着城楼上的乔万尼，自作主张地说："谁能一炮打准，苏丹重重有赏。”顿时有七八门大炮瞄准了热那亚人的身体，乔万尼还在拼命给守军鼓劲，只听得几声炮响，他失去了知觉，热那亚人连同他身后的城池一起，彻底倒下了。

君士坦丁十一世全身披挂整齐，站在饱经风雨的狄奥多西城墙上。亲卫队百般请求带他撤退，皇帝义正言辞地拒绝了，从围城开始到现在，他放弃了许多苟延残喘的机会，他不差这最后一次。

乔万尼牺牲了，土耳其人攻破城池只是时间问题。皇帝拔出了剑，既然无法在君士坦丁堡加冕，就一定要在君士坦丁堡死去。主城门已经陷落，君士坦丁十一世默默地祈祷，率领他的卫队，向敌人发动最后的冲锋。

苏丹从马尔特佩山走下来亲自督战，他对军队的气势很是满意，日落时分，传令兵气喘吁吁地跑过来：“报告苏丹，君士坦丁堡已经被攻下了！”

穆罕默德二世不敢相信自己的耳朵，他顺着传令兵手指的方向看去，残破不堪的狄奥多西城墙溅满了血迹。君士坦丁堡的城楼上，他的士兵们降下了拜占庭、威尼斯和热那亚的旗帜，昔日的双头鹰不复存在，代之以奥斯曼土耳其的标志。

苏丹抑制不住自己的眼泪，这一日，他位居帝国历史的所有苏丹之上。他策马狂奔，进入城门，跨过无数拜占庭士兵尸首的一刻，穆罕默德二世才意识到自己的梦想实现了。欢呼声包围了他，先锋部队已经开始在城中劫掠，苏丹在护送下住进了君士坦丁十一世的皇宫。

君士坦丁堡的劫难开始了，城破后，所有走在大街上的拜占庭人几乎被屠戮殆尽，土耳其士兵挥刀向每一个看到的人砍去。一整条街的住房都房门大开，门口被插上了旗，这是已经抢劫完毕的标志。

穆罕默德二世把皇帝宫中模样俊俏的少男和少女都纳入自己的后宫，喜悦占据了他的头脑，令他彻夜难眠。直到第二日，他才想起询问末代皇帝的下落，早已等待多时的两名土耳其士兵向苏丹进献了君士坦丁十一世的人头，苏丹下令重赏两人，将人头放到殿前的广场上示众。

他骑着马走在染血的街道上，所有的尸体都还没来得及处理，苏丹低估了他手下的士兵，这座城市只需一天便可抢掠一空，士兵们在街上游荡，已无东西可抢，只好杀人泄愤。苏丹不想接收一座死人遍地的城市，他下令停止劫掠和杀戮，逐步恢复城市职能。

苏丹在指引下游览了君士坦丁堡内的著名遗迹，许多遗迹已遭到了土耳其人不同程度的破坏，这使穆罕默德二世略为恼怒。这场巡视的最后一站来到了圣索非亚大教堂，这里如今已成了奴隶们的临时住所。苏丹走进大门，将近一千名俘虏聚集于此，惊恐地盯着他。

苏丹从俘虏中走过，人们不自觉地给他让出一条道来，他站在做弥撒的台上，欣赏着俘虏们的面孔说：“你们的国家虽然不复存在，可为了使它重现生机，我需要你们的帮助，并向你们承诺，不会强令你们改变信仰。”

俘虏们如劫后余生般跪倒在地。城外，几艘受伤的威尼斯船已经冲破达达尼尔海峡，准备将君士坦丁堡城陷落的消息带到西方，穆罕默德二世不在意西方诸国的反应，他最后看到的，只是俘虏们激动的神情和对自己的跪拜，他端坐在自己一手夺取的城市里，犹如世界之王。

# 麦德林的回忆

一五五零年的夏天，我回到了卡斯蒂利亚[1]，登上伊比利亚半岛的一刻我一无所有，就像四十多年前那个抱着赌徒心理的年轻人前往圣多明哥[2]时一样。走之前我告诉妻子我不会离开太久，只想在遥远的故乡回忆往事。妻子是个不善言谈的印第安女人——即使她的西班牙语纯熟无比，她只是默默为我打点起行装。

妻子没有规定我回来的日期，她像什么都没有发生过一样，这使我既自由又不安。夫妻多年，我们的婚姻全部奉献给了这座殖民城市，父母双亡的孤儿、欠下无数烂账的赌鬼、受迫害者、诗人、技工……我见证了移民们把这个岛建设得越来越像西班牙，最大程度地降低对大洋那侧的思念之情。

现在我老了，老到每次睡觉就会做梦的程度。我的梦境主要由红色和黄色组成，红是鲜血的红，黄是黄金的黄，在红色与黄色交织的路上，一位老朋友缓缓向我走来，那可是这个世界上最大的赌徒。还没等和他说上话，我便从梦中惊醒，才意识到他已然去世好几年了。

我放下了圣多明哥的工作回西班牙，在塞维利亚港登陆，未作停歇，便向麦德林镇赶去，那是我和老友共同的家乡。自从穆斯林从半岛溃退以来，这个国家似乎每一年都有新的变化，不过小镇还是那个小镇，我甚至觉得离开家去冒险时走过的痕迹仍依稀可见。

这些年在圣多明哥，我越来越能从那些把自己的命运投向未知的人身上看到我当初的影子。走在麦德林的街道上，花半天时间找到自己的家，再花半天时间打扫破败的老房子和发呆。过路的人看着一个快六十岁的老人抚摸着一栋老房子的墙壁，

①卡斯蒂利亚：伊比利亚半岛中部卡斯蒂利亚地区的封建王国。
②圣多明哥：西班牙殖民地总督辖区所在地，今多美尼加首都。

最后在门口坐下来，摸出一张皱巴巴的羊皮纸来苦思冥想。这样的情景使他们感到莫名的伤感，配合着即将降临的黄昏，甚至有人落下泪来。

我从未像现在这样有如此强烈地冲动倾诉，尽管前半生把自己献给了这个国家的征服事业，献给了美洲、鲜血和黄金，和纸笔丝毫不沾边。但当那个叫科尔特斯[①]的好友从远方黄昏的暮色走来时，我知道在国家给他盖棺定论的基础上，我要写下自己和他的故事。

这个镇子的生活方式和我背井离乡之时并无多少变化，生活的更新速度远远不及西班牙扩张的速度。现在的妇人、儿童和农民还是四十年前的状态。我把思绪重新放到眼前这张空白的羊皮纸上，它很珍贵，所以必须谨慎地写下每一个字。我打算从在麦德林镇上初识科尔特斯写起，想了想，又觉得把逃出阿兹特克国王的王宫这一段放在最前面更合适。没有灵感的时刻终归痛苦，我深知以自己掌握的词汇和句法来完整准确地描写一个人或者表达自己的思想是一件多么困难的事。我收起纸笔，伴着暮色走在麦德林的街道上，清爽的夏风拂过，我陷入了一场漫长的回忆当中。

只有在需要讲故事的时候才会发觉人生的贫瘠。如果将我的前半生像流水账一样记录下来，那将是一个让许多西班牙人都嗤之以鼻的故事。具有冒险特质的人以做出别人意想不到的事为荣，所以我想写一座城市，它所在的国家对几乎所有西班牙人都显得神秘莫测，那是阿兹特克帝国[②]的首都，特诺奇提

①科尔特斯（公元1485年—公元1547年）：西班牙征服者，探险家。

②阿兹特克帝国：以阿兹特克人为主体，活跃于14世纪—16世纪的墨西哥古帝国，其阿兹特克文明与印加文明、玛雅文明并称为中南美三大文明。

特兰城。

在我主耶稣降生的第一千五百一十九年，我作为科尔特斯远征队的一员来到墨西哥内陆的特诺奇提特兰城下，目的只有一个：让无数的黄金撑起我们的野心。翻译玛瑞亚告诉我们，在北美土著民族的神话中，羽蛇神[①]自东方漂洋过海而来拯救世间。哥伦布等老一辈前人对此皆有证实，他们凭借原住民单纯的信仰取得了莫大的成功，现在我们面对的是未知的国家和繁华的城市，古老的传说是否适用于这神秘的文明，还是一个未知数。

违背古巴总督贝拉斯克斯之命出海，历经牺牲和长途跋涉，终于来到这座城下。科尔特斯深知，走到今天这一步，即使明知前方凶多吉少，也是非闯不可。从深入内陆的过程中我们得知，当地居民从未见过火器，科学技术是我们来到阿兹特克帝国内部的保障，也是我们同国王谈判的筹码。

我们的几千名印第安人同盟军等在城外，国王只允许西班牙人进入。仅仅一年前，我还只是个在古巴混吃等死的年轻人，现在，我和这三百人把整个西班牙甩在身后，即将完成强如伊莎贝拉女王都不能企及的成就。望着科尔特斯的背影，我甚至想，即使死在这里也值得。

我们在阿兹特克士兵的引导下进入城内。恕我愚钝，即使我搜肠刮肚，也想不出合适的，能用在特诺奇提特兰上的形容词来。还未等深入了解城市，我们便被直接带到王宫里面见国王，王宫外面是黄色和红色的世界，空气中似乎飘扬着鲜血的味道，这是我作为为国征伐的战士所形成的敏锐嗅觉，不过我

①羽蛇神：在中部美洲文明中普遍信奉的神祇，一般被描绘为一条长满羽毛的蛇形象。

还没有判断出鲜血的来源。

王宫里森严无比，高高坐于王位之上的国王头戴用无数奇怪而艳丽的羽毛装饰的王冠，手拿蛇形的权杖。这个被我们后来称作蒙特苏马二世[①]的人说着一些难懂的语言，一位侍从将它翻译成玛瑞亚能听懂的语言，玛瑞亚再翻译成西班牙语。时间久远，我已记不清那次谈话的内容，不过既然我记不住，想必没有什么值得大书特书的东西。阿兹特克的大臣们有的神色轻蔑、有的畏惧，他们的情绪能够最大程度地左右国王的情绪。

那次会面至少维持了双方短暂的和平，我们获得了几天在特诺奇提特兰城游览的时光，如果没有后面发生的一系列杀戮与牺牲，那几天将会是值得永远纪念的美妙旅程。我们在城市里自由活动，玛瑞亚忙于应付与帝国高层的交流，无法作为向导出门。我听不懂当地人的语言，当地人也听不懂西班牙语，但当我在工匠区目睹那些羽毛工匠的高超技艺并为之赞叹时，他们读懂了我的意思，并报之以会心的一笑，晃了晃还在手中挣扎的漂亮鹦鹉和蓝伞鸟。

一个中午，我和科尔特斯以闲逛为名查看城市的布局，我们又拜访了金匠、石匠和羽毛匠人们。离开工匠区，远望着城中央，巨型金字塔的光辉照耀着全城，那是塔上阿兹特克人的神像反射的光芒。特斯科科湖上，依稀可见农人们在水上田畦间忙碌的身影。科尔特斯突然问我："如果给你一个机会，你愿意现在就回圣多明哥或者西班牙吗？"

实话说，这样一个丝毫未开化的社会，我们的任何一个殖民城市都要比这里先进数倍。置身其中，水土不服，没法畅快

①蒙特苏马二世（约公元1475年—公元1520年）：阿兹特克帝国第九代君主。

地开口说话。况且并不是所有人对我们都友好，他们也意识到我们来者不善，早知黄金国如此，我便不该踏上科尔特斯的贼船。

今天的科尔特斯十分反常，和他认识这么多年，他从来没有问出过这种问题。他在困惑，在犹豫，面对一个如此庞大的国家无处下手，像是在一盘大菜面前不知道先吃哪部分一样。直到登上船后我才知道这次出海并未得到古巴总督的授权，气恼无比。从那时起，三百多人的命运就会在科尔特斯的每一道命令下改变，想到这里我不免为我的老友担忧。

他突然扭过头来大笑："我已经吃腻了我们从古巴带来的口粮，不如今天我们去原住民家里讨要一些饭吃吧。"

难得探险队队长今天有如此兴致，我没有拒绝的理由，我们摸摸全身，找出一些当地人从未见过的西班牙制品来，准备换一顿午餐，从我们深入内陆以来就一直在用这一招，美洲那些未开化的原住民难以抵挡西班牙工艺的诱惑，即使这些东西在西班牙是随处可见的小玩意。

我们在街上走着，哪里鲜血的味道少一些，食物的味道多一些，就在哪里停步敲门。一户人家为我们开了门，一对三四十岁的阿兹特克夫妇正在准备午饭，他们的女儿瞪大了眼睛，盯着站在门口的我们，那样子天真无邪，惹人怜爱。

科尔特斯拿出准备好的礼物，指了指灶台上的食物，又指了指自己的肚皮。那对夫妇端详了一会儿我们带来的东西，互相满意地点点头，邀请我们过来落座。男人将约摸三四岁的女儿抱过来，冲我们憨憨地笑着。女人在灶台前忙着，拿过一根生玉米，对着它轻轻吹气，口中念念有词，像是对她的神祈祷，祷告完毕后，把玉米放在锅里煮。

开饭时女人先拿上一盘玉米饼，几个熟玉米，和一盘辣椒酱，辣椒酱鲜艳的红色使我产生了一些关于鲜血的不好联想。还未等我反应过来，女人又拿上来两盘菜，被炸得金黄，我仔细一看，是一盘蚂蚁和一盘蝗虫。

我呆在桌前一动也不敢动，男主人似乎是觉得我们不知道如何下口，便亲自示范。他抓起一把蝗虫，蘸上辣酱，卷进玉米饼里，夸张地咬了一大口，那神情十分满足。

现在的我可以毫不犹豫地回答科尔特斯刚才的问题，我想马上逃回西班牙，转过头一看，科尔特斯正用一种幸灾乐祸的表情看着我。一家三口迟迟没有吃饭的意思，好像屋里所有人都在等我吃第一口。科尔特斯双手合十，用西班牙语说："我的朋友感谢你们的招待，他会吃掉这些食物的。"还煞有介事地和阿兹特克人微笑对视，夫妻俩虽然听不懂，但听语气知道科尔特斯说的是好话，所以他们也报之以微笑。

现在屋子里所有人都在盯着我看，我只好强忍着恶心吃掉了一整份玉米饼卷蝗虫，但说实话，入口后的味道还不错。几年后当我回到了圣多明哥，专门又尝试了这种食物，不过再也找不回这一次追求新鲜的感觉。

我用力点点头，然后告诉科尔特斯："其实味道还可以，只要你别看着它吃就行。"

科尔特斯这下放了心，开始学着我的样子大口享用起来。

我们又走在街道上，直到看不到在门口向我们挥手致意的那一家人，科尔特斯摸着肚皮哈哈大笑。

我扇着风不满地说道："你还在笑，我都快要被辣死了。"

"吃蚂蚁要放辣椒，吃玉米要放辣椒，就连吃水果也要放辣椒，难道不可笑吗，朋友？"

"但我得承认那家人很友好。"

科尔特斯收起笑容，沉默了。他没敢告诉别人，自己带探险队来不仅要黄金，还要征服这个人民友善的国家。

但他很快就重新拾起了笑容，拉着我去逛商业区。阿兹特克帝国首都的风光和我到过的欧洲城市相比丝毫不落下风，而布局却比欧洲城市都要精致几分。接下来的几天里，科尔特斯带我走街串巷，似乎是要把特诺奇提特兰城的一切都看透。直到后来的那天晚上，当我们丢盔卸甲从王宫中逃出时，我才意识到那几天在城中闲逛的意义。

第二天依旧平静，在对待西班牙人问题上，帝国高层的主战派和主和派继续在蒙特苏马二世的王宫里争吵不休。探险队没有命令下达，其他成员无所事事，科尔特斯接着带我在城中若无其事地游览。远方传来了一种奇怪的喊声，来自大金字塔。周围的居民们从四周的民居中跑出，呼喊着，涌向大金字塔。

科尔特斯使了个眼色，我和他一起跟上去，已经有无数人等在那里，神情狂热无比。金字塔的高台上，一个祭司模样的人在侍卫的护卫下耀武扬威。高台之下，七八个人拿着刀等待着，双臂高举，朝向祭司。

随后，一群人排着队，沿着台阶被押上高台，他们的手被捆得结实，全身上下被涂上惨白的颜色，十分可怕。

“看样子将要进行一场盛大的祭祀。”我悄悄对科尔特斯说。他稍微点了点头，没有说话，眼睛直勾勾的盯着高台。

这些被当做祭品的人可能服用了一种保持镇定的药物，因为不论他们是被押上高台，还是被放在祭石上，都十分顺从，没有半点反抗的意思。祭司拿出尖刀，对天空祈祷，说出某种咒语，下面的人群如山呼海啸般呼喊着。侍卫们按住第一个祭品的手脚，祭司一刀直刺心脏，三两下便把他的心脏挖了出来。

祭品扭动了几下，便不再有反应。祭司的手托起鲜红的心脏，放进准备好的盘子中。人群一阵欢呼，祭司示意侍卫们把失去心脏的祭品丢下高台，正好落在一边等待多时的那七八个人手中。

我和科尔特斯不约而同皱起了眉，原来那是祭祀的第二步，那几个人麻利地动手剥起祭品的皮来，明晃晃的刀反射着太阳的光芒。

刚把第一个祭品的皮剥掉，第二具失去心脏的尸体已经被抛了下来，但一套完整的献祭流程还没完成。祭品的皮被剥掉后，两个人把剥皮刀交给同伴，自己换上砍刀，将祭品砍成几十块，小心翼翼地挑出大腿部位保存起来，然后将其他部位抛向人群。

居民们拼命冲向前去抢夺碎肉，抢到的人兴高采烈地拿回家去，没有抢到的人们继续保持双手高举的姿势，望着祭司，似乎是在等待某种恩赐一样。至此，一个祭品的献祭过程才算结束，随后是第二个，第三个。鲜血的气味弥漫开来，我终于知道了这种味道的来源。

祭品很快被居民们瓜分完毕，那些肉似乎除了带回家吃也没有别的用处。我想到昨天中午在居民家里吃的饭，虽然是昆虫，但不免一阵干呕。科尔特斯赶快示意我不要有任何厌恶这场祭祀的反应，他面无表情，静静地看着祭祀结束，侍卫们托着盛有心脏和大腿的盘子，在祭司的带领下向王宫的方向走去，看样子是要将祭品的精华部分献给至高无上的国王了。

人们带着对下一次献祭无比期待的表情散去了，科尔特斯拍了拍我的肩膀，示意我和他回驻地。

多年以后我对这一天仍然记忆犹新，时不时还会在梦中被那些祭品鲜红的、微微跳动的心脏吓醒。不过，这也是一次意义深远的转折。走在路上，科尔特斯一句话都没有说，他的嘴角不时抽搐着，露出诡异的笑容。

回到驻地，科尔特斯当即召集所有探险队成员开会。他把大门重重关上，扫过所有人面带疑惑的脸，压低声音说："看看他们干的好事。"

科尔特斯添油加醋地把祭祀的情景复述了一遍，阿兹特克人在他的嘴里成了最野蛮，最邪恶，也是最残暴，最需要开化的民族。

"这便是黄金国的真相。"科尔特斯最后说，"数以万计的黄金放在这种野蛮民族的人民手中，对世界没有任何帮助。我们来到这里不光是为自己赢得光明的未来，也不光是为了国家的荣耀，而是要彻底消灭这种野蛮的民族。"

科尔特斯，这个高明的煽动者，他现在的气场远远不可与在萨拉曼卡大学[①]求学期间同日而语。他召集了一批亡命之徒来到这西班牙人从未涉足过的地方和他寻找黄金，现在又让他们替他卖命，探险队员们的士气就这样高涨到了极点。

身处敌国都城的中心，已是被重重围困。在敌人还没有下决心除掉我们之前，必须要先发制人，利用探险队的机动性和先进武器，发动一场突袭，这样办法只剩下一个。

科尔特斯沉吟半晌说道："我们去生擒他们的国王。"

"有什么我可以帮助您的吗？"我睁开眼睛，眼前出现了一张少女的脸。太阳重新升到地平线上，已经是第二天上午了。我环顾四周，自己坐在镇中央广场的石凳上，我忘了我怎么会

①萨拉曼卡大学：公元 1218 年建校，是西班牙最古老的顶尖公立大学，与巴黎大学、牛津大学和博洛尼亚大学齐名，并称欧洲四大名校。

出现在这里，忘了我是什么时候睡着的，甚至忘了科尔特斯的命令是我的回忆还是一个冗长的梦。我伸出双手，手背朝上，干枯的皮肤证明这双手属于一个五六十岁的老头子，是的，我已经活在一五五零年的卡斯蒂利亚了。

我还未摆脱这种恍如隔世的感觉，嗫嚅着，没有说话。少女依然保持着微笑，那是只属于伊比利亚半岛的脸庞。这么多年我几乎没有见过纯种的西班牙人了，我鼻尖一酸，几乎要流下泪来。

少女在我身边坐下来说："我晨起出门打水，发现您就坐在这里，当时还以为您在冥想，回来之后才发现您睡着了，我把水桶放回了家便赶快过来看您是否需要帮助，您的家在哪里？"

我呆了许久，才对她说了一句谢谢你。不过我的反应让她更担心了，她说："您在这里有住处吗？"

我急忙说："有，在那边。"我伸手指了指那栋老房子的方向。

少女稍稍放了心，又问："您是有什么心事吗？"

这时，当年蒙特苏马二世那张惶恐至极的脸不可阻挡地涌入我的脑海。我自言自语道："阿兹特克人的国王……"忍不住笑了出来。少女见我笑了，也含笑看着我。

此刻在我脑海中浮现的除了蒙特苏马二世的脸，还有那带血的金字塔、大腿和心脏、玉米饼卷蝗虫，还有那特斯科科湖[1]上繁盛的菜畦。我意识到这不是梦，这是一个老头在黄昏时分对自己过去的回忆。

我转过头对少女说："回到西班牙这么长时间，我还从未

①特斯科科湖：一个历史上存在于墨西哥中部墨西哥谷中的内流湖，现已消失。

和人认真地说过话，你有兴趣听我的故事吗？”她清澈如水的双眸替她做出了回答。

我说：“可我还不知道你叫什么名字呢。”

她说：“就叫我玛瑞亚吧。”

我听到玛瑞亚这个名字，内心似乎遭受了一次重击。我感到奇怪，为什么刚才在我眼前快速闪过的，没有玛瑞亚的脸？或许是当我回到古巴后就彻底失去了和她的联系。此时此刻，在麦德林遇到一个叫玛瑞亚的少女，冥冥之中是种缘分。我说：“我认识一位和你同名的朋友，你那时可能还没有出生。”我望着少女天真无邪的眼睛，继续回到这场漫长的回忆当中。

情况非常不容乐观，如果仅凭他们血腥的祭祀就去生擒国王未免有些师出无名，但很快形势就逼迫我们行动了。这几天表面看似无事，但根据可靠的情报显示，阿兹特克人在远离特诺奇提特兰城的几个地方攻击了西班牙人的同盟军。蒙特苏马二世表面对我们客客气气，但没有他的授意，这些摩擦根本不会发生。

看样子在阿兹特克宫廷内，反西班牙人派逐渐占了上风。那天晚上，科尔特斯面色阴沉地召开第二次会议，玛瑞亚告诉他说，国王同意明天接见西班牙使团。

科尔特斯对众人说：“就在明天动手。”他要求参见国王的人藏匿好武器，只有在宫廷里制服了国王，才有下一步行动的可能性。

作为科尔特斯最值得信任的好友，我自然是明天生擒国王的人选之一。会议结束后我陪科尔特斯到外面散步，他一根接着一根地抽着烟，突然对我说：“我有点后悔把你带到这里来。”他的话听起来十分没有底气。

我故作轻松地说：“既然来到这里，就要有探险失败的准备。”科尔特斯应该能听出我是在安慰他，因为我把被抓住并成为金字塔上的祭品的事说成是探险失败。我如此轻描淡写地向他叙述死亡，实际上人哪有不怕死的呢？嘴上说着不怕死的人，只不过是还没有真正面临死亡罢了。

“这是一笔太不划算的交易。”科尔特斯抽着烟说道：“没有授权，没有支援，如果输了没有人会承认认识我们，如果赢了也不知道下一步该怎么走。”

“这可不像你，既然选择做一个胆大包天的赌徒，就应该一直胆大包天下去。”

他哈哈大笑起来，扔掉了烟，狠狠地碾灭。

我们一行有二十多人，在面见国王前，侍卫们拦下了我们，玛瑞亚说他们的意思是要搜身。科尔特斯冷静地让玛瑞亚告诉侍卫们，西班牙人是为了和平而来，这些天我们与当地居民和睦相处，你们应该给我们最基本的信任。

一通半真半假的话经玛瑞亚翻译过去，竟也唬住了那些侍卫。我们来到殿内，蒙特苏马二世高高在上，羽毛王冠和蛇形权杖宣告着他是这里至高无上的王。一切都还是第一次来时的感觉，只是国王看上去又胖了一圈，我想也许是吃那些祭品的大腿吃得太多了吧。

讲到这里，麦德林的玛瑞亚打断了我：“您刚才说吃祭品的大腿是什么意思？”她的神情十分不安。

我说：“这个一会儿和你解释，先让我把最精彩的部分讲完。”我试图挤出一个笑容来缓解少女的恐惧之情，可也只是徒增我脸上的皱纹而已。

这或许是我人生中最紧张的一刻，蒙特苏马二世以一种十分难听的腔调说了许多话，经过两道翻译，玛瑞亚告诉我们：“国王问你们今天来所为何事？”看样子两位翻译自动删去了自己表达不出来的那部分。我的心快要跳出来了，科尔特斯没有给我时间紧张，他一挥手，二十多人按照制定的计划分两路冲到国王身边。我和科尔特斯拿出刀来抵住国王的喉咙，其余人亮出火枪，把我们保护在中心。

国王急得直冒汗，他不清楚这些西班牙人好端端地为什么变了脸，肥硕的身躯被按在椅子上动弹不得。帝国的武士们或多或少地听说过西班牙武器的威力，一时间都不敢上前。我们虽然拿着武器，又成功地制服住国王，但身在敌国的权力中心，出了门便可能被团团围住，连怎么死的都不知道。所以我们的紧张程度，和瑟瑟发抖的蒙特苏马二世相差不多。

麦德林的玛瑞亚被我的故事所吸引，她让我稍等，快步跑回家拿了一些干粮。我喝了水，拿些干粮果腹，擦擦嘴，接着说下去。

在场最为轻松的要属翻译玛瑞亚了，因为国王在西班牙人手里，双方都有谈判的底牌，没有人会傻到去找翻译的麻烦。她气定神闲地看着科尔特斯，像是在等着他的下一步指令。

双方僵持了一会儿，蒙特苏马二世打破了僵局，他结结巴巴地安抚我们的情绪，表示一切都在商量的范围之内。科尔特斯把刀又向国王的脖子贴近几分，说：“最近贵国境内发生了数起针对西班牙人及西班牙同盟军的攻击事件，希望国王能够妥善处理。”

玛瑞亚把科尔特斯的话翻译过去，后者的意思是否完全传入了国王的耳朵我不清楚，至少国王听后连连点头，嘴里不停说着好的。

科尔特斯指派几个人把国王囚禁了起来，这一天的任务就算圆满完成了。那天晚上我们开了一个庆祝会，又一次赌赢的科尔特斯说："我们手中有了国王，征服黄金国就不再是梦想了。"但是命运好像有时非要和人作对一样，事实偏偏要和你的设想背道而驰，科尔特斯还是把阿兹特克人想得太简单了。

见麦德林的玛瑞亚听得入神，我说："你刚刚不是问吃祭品的大腿是什么意思吗，我现在就告诉你。"

第二天一个负责看管国王的探险队成员向科尔特斯报告，国王已经派人将几个攻击西班牙人的将领带了进来。我们来到宫内，国王指着下面几个五花大绑的人对我们解释道，攻击西班牙人的同盟军属将领们的自发行为，和他一点关系都没有，为表惩戒，要把这几个人带到金字塔上做祭品。

科尔特斯表示同意，蒙特苏马二世邀请我们去金字塔前。那几个将领像之前看到的战俘一样，被剥去衣服，涂上白色，喂下药物，押到金字塔上，然后如例行公事般，被祭司挖出心脏，被下面的专业人员剥皮砍碎。这一幕让那些从未见过的探险队成员大倒胃口，干呕不止。不过我们处于绝对的优势，即使表现出厌恶情绪也不用担心引起阿兹特克人的不满。

国王虽然落在我们手里，但还拥有着崇高的威信。祭祀人员照例将祭品的大腿端上来献给国王，又挑出一些人体上的精华部分给我们。一个同伴强忍着接过祭司送过来的盘子，正发愁怎么处理掉这摊血肉。那边，国王拿起一块肉向我们微笑示意，然后就吃了起来，他似乎认为满足了西班牙人的意愿处死这几个将领，便可以高枕无忧了。

我特意将祭祀的部分说得十分生动，看着麦德林的玛瑞亚惊愕的表情，我有一种莫名的快感。或许是虚荣心作祟，我急于把这种奇特的经历向别人炫耀。

“可阿兹特克人没有我们想象中那样听话，很快我们就遇到了人生中最危险的时刻。”我突然话锋一转成功地吸引了玛瑞亚的注意力，她很快便从恶心中恢复了。我整理整理思路，接着讲了下去。

阿兹特克人虽然是未开化的原住民，可他们对国王并不是一味服从。相反地，国王在我们的操控下迅速地消磨着臣民们的耐性。接下来的几天内，科尔特斯授意蒙特苏马二世又处死了几名对西班牙饱含敌意的帝国高层，不满的情绪迅速在首都蔓延着，不过当时的我们沉浸在突袭王宫成功的喜悦中，并没有意识到潜在的危险。

在基督像取代了阿兹特克神像于特诺奇提特兰城的大金字塔上立起来后不久，我们听到了一条不好的消息，一队装备精良的西班牙人已经在这片土地登陆，准备向首都进发。他们不是援军，而是在古巴总督的命令下，来消灭我们并接管这个国家的。在人数和装备上我们都处于劣势，若等他们打到首都来，我们只能坐以待毙。

不得不说，科尔特斯生来就具有赌徒的天分，一个奇袭的方案迅速形成。他亲率两百多名主力军赶往西班牙人登陆的港口，我和另一名副手阿尔瓦拉多[①]负责稳定首都局势。

直到现在，提到阿尔瓦拉多这个名字，我依然痛恨万分。“九年前他死在了危地马拉，作为当地最高的统治者。”我向玛瑞亚解释道，特地把“统治者”这几个字说得十分轻蔑。

①阿尔瓦拉多（公元 1485 年—公元 1541 年）：替西班牙征服墨西哥和中美洲的人，危地马拉的统治者，于公元 1519 年加入科尔特斯的军队，在征服新西班牙的过程中成为科尔特斯的主要军官。

玛瑞亚说："听起来您和这位副手意见很不合。"

"是的。"我拿起水壶，喝了几大口水。"如果不是他的一时冲动，我们本不会有如此严重的牺牲。当然，我也要承担没能阻止住他的责任。"

我和阿尔瓦拉多属于同级别的副手，没有权利命令或阻止对方，科尔特斯秘密带兵出城后，我们逼迫国王处死了几名反西班牙派，随后我就把心思投入到传教中去了。我认为比起武力征服，让阿兹特克人从内心认同我们更为重要。

天主教的信徒日益增多了。那天中午，两名科尔特斯的信使回到了我们的首都驻地，他们虽然疲惫，但神色轻松，一副大获全胜的样子。果不其然，我们得知科尔特斯到达港口后趁其不备，俘获了古巴总督派来的统帅，收编了这支一千多人的部队，现在正在返回首都的路上。

我哈哈大笑，看来一切都在往好的方向发展。传教的工作自然更不能落下，我出了门，眺望金字塔的方向，顿时觉得基督像比平时高大了几分。

麦德林夏日的阳光仿佛在拼命地洗刷三十年前的那几天给我留下的痛苦记忆，但是徒劳无功。如今的我只要稍稍回忆，阿兹特克人愤怒的叫喊声和痛苦的呻吟声便会在耳边回响，我眼前甚至出现了上百名西班牙俘虏被推上金字塔献祭的画面。尽管我没有亲眼见过，但这些一定发生了，我的同胞葬身于阿兹特克人的腹中。

耻辱的经历总是羞于向人讲述，我啃着面包，鼓起勇气，从那场阿兹特克人的大起义开始讲起。

我一向对宣扬上帝之类的事热情万分，和征服黄金国相比，这才是我心中最伟大的事业。科尔特斯的捷报传来的晚上，我和玛瑞亚回到驻地，却发现有作战能力的成员几乎都不见踪影，只剩下几十个伤员和病号在发呆。

我问起那些人的去处，一个伤员疑惑地问我："您难道不知道阿尔瓦拉多大人率军去剿灭反叛分子了吗？"

"你是说这座城里吗？他们都是潜在的上帝子民，还有谁是反叛分子？"

"据阿尔瓦拉多大人说，许多阿兹特克的贵族们早有二心，今天晚上他们在宴会厅里庆祝节日，这是将他们一网打尽的好机会。"

我暗暗叫苦，不祥的预感使我头皮发麻，手脚冰凉，我佯装镇定地让几个活动便利的人守好此地，自己带着玛瑞亚向宴会厅跑去。"上帝保佑千万不要出什么差错。"我反复祈祷。

然而还是晚了一步，当我们赶到时，宴会厅的大门半掩着，浓烈的火药味从里面传出来。我推开门，几百名阿兹特克人倒在血泊中，从穿着来看，他们都来自国家的上流社会。一百多名探险队成员在巡视着，多数人的火枪都冒着热气，难以想象这些贵族经历了多凶残的扫射。

阿尔瓦拉多似乎没看见我和玛瑞亚，他正低头挨个检查倒在地上的人，要是有人一息尚存，阿尔瓦拉多便补上一刀，绝不留一个活口。

我冲阿尔瓦拉多咆哮道："和我解释解释这里发生了什么！"阿尔瓦拉多的刀刚刚从一个幸存者的脖子上划过，他抬起头："你们两个可算回来了，我可是为探险队立了一大功。"

我感到又可气又可笑，充满讽刺意味地说："你倒是说说立了什么大功？"

他终于确认了所有倒下的人都已经断了气，慢悠悠地说：

“把这些对我们西班牙有二心的人通通除掉，算不算大功一件？”

我说：“姑且不论他们有没有二心，你杀掉这些贵族，就不怕普通民众造反吗？”

“科尔特斯不是收编了那支一千多人的队伍吗！再说了，那些乌合之众，听到枪声就会四散而逃，根本构不成威胁，甚至都可以不用开枪，只要让他们的国王出面就可以了。”

我一时间竟然想不出什么反驳的话，也许自己生来就不擅长辩论，屠杀已成定局，多说无益。这时手下来报，大批阿兹特克人正怒气冲冲地往宴会厅赶来，有皇宫卫队，还有一些平民。我已经来不及责问阿尔瓦拉多这次行动为什么不通知我，直接命令道：“驻地里还有几十个伤员和病人需要保护，现在所有人都撤回驻地里。”

刚刚经历一场屠杀的探险队成员身上充斥着骄横之气，不过这次来的阿兹特克人没有那么好打发，我们彻彻底底地激怒了他们。在半路上，阿尔瓦拉多指挥着士兵们不停地向扑上来的阿兹特克人开枪，才勉强打退他们的进攻。我们退回到皇宫内的驻地，留下了几具西班牙人的尸体。

阿尔瓦拉多低估了这些阿兹特克人的实力，他们中有帝国里最善战的武士，唯一欠缺的就是技术而已。一旦被彻底激怒，后果是极其可怕的。退到驻地后，我派几个人拿火枪守住门口，阿兹特克人不敢轻举妄动。阿尔瓦拉多安慰大家说，科尔特斯马上就会带着援军赶来了。而此时率军返回的科尔特斯，还沉浸在胜利的喜悦里不能自拔呢。

当我们从皇宫中死里逃生之后，科尔特斯悄悄对我说，他听到信使对城中情况的报告时，恨不得一枪打爆阿尔瓦拉多的脑袋。苦心经营毁于一旦，他第一次体会到由大喜到大悲的过程。他一边说着一边凝视皇宫的方向，率领收拾残兵败将，不知道该向何处去。

我们坚持住了第一个晚上，期间阿尔瓦拉多命人把国王蒙特苏马二世带出来，希望他命令起义者退去，可是起义者们装作听不懂国王的话，双方依旧紧张对峙着。比起我们，蒙特苏马二世显得更为紧张，因为当他的命令失去了效力，他在我们手中就没有价值了。

科尔特斯是第二天上午赶到的，几千人的西班牙与印第安同盟军一路如入无人之境，直抵皇宫同我们会合，接触到的所有阿兹特克人皆作鸟兽散。皇宫里的我们还没有听到外面的枪声，科尔特斯就带兵冲了进来。他脸色阴沉，但没有指责任何人，只是整顿起队伍，准备突围。

阿兹特克人已经杀红了眼，战斗民族的血性被几百具贵族的尸体完全激发了出来。他们不急于以人海战术冲进来碾碎我们，而是把皇宫变为一座孤岛，放任我们自生自灭。

我抬起头来，问麦德林的玛瑞亚："你去过威尼斯吗？"

少女摇了摇头。我说："年轻时我听了许多威尼斯的故事，却没有机会亲自去感受。来到特诺奇提特兰城时，发现这里与水手们对威尼斯的描述相差无几，也算了却一桩心愿。"我苦笑着。

皇宫就建在城中央最大的一座岛屿上，平日里有几十座桥与外界相连，阿兹特克人机智地放弃了皇宫所在的岛，他们撤到外部，把几十座桥全部破坏，利用宽广的空间重重包围我们。

要想突出重围只能自己搭桥，但这样就将突围的难度增加了几倍，因为敌人的弓箭会射杀每一个试图这么做的西班牙人。士气下降得比食物消耗的速度还要快，身处在金银打造的皇宫里，随便撬下来几块就可以不再为这辈子发愁，只是我们似乎没有享用黄金的命了。

那几天科尔特斯一直在皇宫内外转圈，判断着哪一个位置离岸最近，防守最薄弱，最适合突围。终于，他望着阴云密布的天空对我们说："今晚突围。"

所有人都忙碌起来了，准备好武器和搭桥工具，但做得更多的是带走一切可以带走的黄金。那个夜晚雨下得格外大，阿兹特克人没有冒着雨拿弓箭监视我们，而是回到了营地。

这是绝好的机会，所有在城中派不上作战用场的马全部被用于运输黄金，先锋部队已经架好了一座简易浮桥。我们快速通过，只是第一个人还没有到达对岸，我们便被发现了，大批阿兹特克人从三个方向涌了过来。那是我生命中最危急的时刻，当时我想，只要能逃出去，把所有东西都丢在这里也无所谓，我相信在场所有人都是这么想的。

浮桥不堪重负，很快就塌掉了。那些战马没有得到一丝在美洲大陆上驰骋的机会，便和它们背负的黄金一起葬身湖底。我们没有哀悼的时间，只求自保，每一个落到水里的人都以最快速度扔掉身上所有重物，奋力游向对岸。

慌乱中我看不见科尔特斯、阿尔瓦拉多和玛瑞亚的身影，只能通过旁边西班牙人被杀死的喊叫声判断出这不是他们。不时有阿兹特克人的木船从我的眼前和脑后划过，我却奇迹般的没有被长矛刺中。

我爬上对岸，看到那几个人都还活着，全身湿漉漉的，大口喘着气，显得狼狈不堪。接着又有十几个探险队成员上了岸。皇宫的方向，喊杀声逐渐减弱了。科尔特斯知道应该不会再有人逃出来了，他抹掉脸上的雨水，努力使自己保持清醒，集合起队伍，向外冲去。

雨下得更大了，身后传来的是阿兹特克人的呼喊，那应该是庆祝胜利的意思吧。撤退的途中我扫了一眼，队伍里只剩下不到一百人了。我们趁着雨夜逃出城去，把同胞丢在了特斯科科湖里，丢在了金字塔上。

这个故事最艰难的部分讲完了。太阳逐渐落下，天气不再有下午那么热，心情不知怎地轻松了不少。对我来说，这是一段徘徊在生死之间的记忆，而对麦德林的玛瑞亚来说，只是一个提心吊胆的故事，来不及咀嚼前面的情节就急于知道最后的结局。她不住地询问我后来发生了什么，我回答：“最终自然是获胜了，我们回到了首都，毁灭了那个国家。”

蒙特苏马二世死于我们突围之前，他被科尔特斯一怒之下砍掉了脑袋扔进了特斯科科湖。后来我们才知道，在旧国王死前新国王就已经秘密即位了，他是蒙特苏马二世的弟弟，一个恨不得将西班牙人赶尽杀绝的强硬派。我相信若是提前知道阿兹特克人拥立新君，阿尔瓦拉多是不会这么冲动的。该死，我为什么说着说着就开始为那个混蛋辩护了？

我们带着残兵败将撤退到盟友特拉斯卡拉人的驻地，一路上尽量隐蔽行踪，缺衣少食，难免又牺牲一些队员，到达驻地后，自然遭遇了特拉斯卡拉人不少冷眼。见西班牙人失败，他们不知何年何月才能推翻阿兹特克人的统治，在营地里，一些激进分子甚至要把我们送出去以求得和阿兹特克帝国讲和的机会。

科尔特斯反复叮嘱我们不要和任何人起冲突，他带着玛瑞亚去和酋长软磨硬泡，向他保证后方有增援正在火速赶来。那位温和的酋长被科尔特斯真诚的话语打动了，他对西班牙人先前的特诺奇提特兰的辉煌战绩有所耳闻，同意我们在此整顿，就这样我们重新取得了盟友的信任。科尔特斯在寻求支援的同时命人修筑好防御工事，防范阿兹特克人来袭。

可是一连两个多月，没有任何来自首都的动静，这样的悄无声息使一直处在战备状态的我们非常难受。

阿尔瓦拉多一直在向科尔特斯请战，他要用征服阿兹特克来洗刷失败的耻辱。科尔特斯不为所动，征服是一定要进行的，前提是先把准备工作做好。

科尔特斯先派兵拿下几个阿兹特克的盟国。在此期间，传来消息说阿兹特克的首都正在流行一种怪病，正以不可阻挡之势在帝国境内快速传播，感染者一旦开始发高烧，不出几日就会丧命，特诺奇提特兰死人不计其数，而阿兹特克人对此毫无办法。这两个月的修整时间如上帝的恩赐，也决定了这场战争的走向。

科尔特斯煽动周围所有试图反抗阿兹特克人暴虐统治的部族，在他们的帮助下逐渐扫清帝国外围，对手在瘟疫的打击下只能任由我们胡作非为。最后的结果是，曾经遭受重重包围的西班牙人现在和他们的十几万同盟军一起，反包围了特诺奇提特兰城。

那时我们敢于冒险，有无数的时间和耐心可供浪费，城内一天不发出投降的信号，我们就在城外耗下去。城内的情报源源不断地流出来，蒙特苏马二世的弟弟也在这场灾难中暴病身亡，又一个新国王即位。有人吃了感染者的尸体，也难逃一死，无数尸体被抛到特斯科科湖里，甚至堆到了皇宫旁边。

瘟疫横行的首都被我们切断了所有供应，整座城市如同死了一样，因为准备工作十分精细，导致最后的决战并没有什么值得吹嘘的地方。我们很轻易地攻入城内，一些大臣们已经抓住了国王，押送到我们的营帐里。不过值得一提的是，当我们进城之时，仍受到一些来自女人和孩子们的抵抗。他们拿起一切能被称之为武器的东西向我们冲过来，看阵势该有成百上千人。

科尔特斯以防止感染为由下令射杀了他们，女人和小孩倒在血泊中的模样惨烈无比，我不忍看。回到了营帐里，国王正好跪在我的面前。他非常年轻，不到三十岁，但他的强硬态度丝毫不比前一位国王差。科尔特斯非常不忍心地处死了他，随后率人投入到了紧张的清理工作当中，他们把尸体集中起来统一焚烧，让破败的城市重新恢复生机。

说来奇怪，没有一个西班牙人染上瘟疫，或许是美洲的土著民们对这种病毒丝毫没有抵抗力吧。我走在清洗后的街道上，抬头便是大金字塔，上面的基督像已不复存在，高台上还有属于某些西班牙战俘的血迹。这样一个血腥的民族，实则灭亡于反抗他们的周边国家，我们只不过起到了助推的作用。

科尔特斯组织了不少人在特斯科科湖上打捞我们掉落的黄金，据情报显示，古巴方面已经得到了阿兹特克被征服的消息，马上就会有大批西班牙人赶来，要在他们赶来前收集最多的财富。

突围那夜形色匆忙，没人知道我们在湖里丢掉了多少财富，所以捞出来一块就要接着去找第二块，黄金全部堆在皇宫前的空地上，即使站在城门口也可以看得清楚。科尔特斯在紧张地指挥着黄金的打捞工作，对检查不仔细的探险队员大声呵斥。我划到科尔特斯身边，说：“我想去找找那户人家，很快回来。”

科尔特斯问：“哪户人家？”说完他恍然大悟，冲我点点头。

我让助手将船靠岸，这艘船神似蒙特苏马二世带我们游览特斯科科湖乘的船，那时国王的脖子上还架着刀。科尔特斯要求湖上的每一个角落都不能放过。而现在这里真正成为了我们的湖，如同地中海成为罗马人的海一样。

我再次路过工匠区，这里荒无人烟，早已不见当时的繁华。那些鹦鹉不知飞往何处去，再也看不到匠人们的身影，只剩下焚尸堆的灰烬还在半空中随风飞舞，一些苍蝇围着没烧尽的尸体嗡嗡作响，道路两旁还有斑斑血迹，那或许是为了一口食物而自相残杀的恶果。

来到居民区，偶尔还会看到几个幸存的阿兹特克人，可他们看到来自西班牙的面孔就会惊慌失措，躲进屋子不肯出来。

不管是胜利还是失败，都要承受不同的冷眼，毕竟我们是征服者。我凭着记忆辨认出留下我们吃午饭的那户人家，门没有锁，屋里空荡荡的，灶台落满了灰，已经有一段时间没人住了。

那一家三口我终究没有找到。你要承认，许多人只和你有一面之缘，分别之后就再也见不到，他们如此，阿尔瓦拉多和玛瑞亚也是如此。

在这个现在属于西班牙人的国家还有繁重的工作需要做，信仰的建立尤为重要，我们重新立起了基督像，等待着传教士的来临。当第一批移民来到特诺奇提特兰时，我告别了探险队，带着属于我的黄金回到了圣多明哥，娶妻生子，回归了平凡人的生活。

只剩半个太阳在地平线上，我用最后的一个小时轻描淡写地叙述了一个帝国的灭亡。玛瑞亚意犹未尽，想知道更多细节，但时间不允许。她请求我明天接着讲下去。

我说："值得说的故事已经全部说完了，如果我们明天再见面的话，你该讲讲你的故事了。"

玛瑞亚不好意思地说："和您比起来，我的故事太不值得一提了。”

我说：“就从你出生开始讲起吧，讲这个镇子里发生的事，我离开了四十年，有太多想听的东西了，到时候你不要嫌我这个老头子问题多。”

玛瑞亚笑得很开心。天快黑了，散步的人都回了家，我们约定好了明天的时间便挥手道别。我推开老房子的门，想整理整理一天的思路，找一盏灯，把这些文字记录下来，不过怎么找也没找到。困意涌了上来，我索性打扫打扫床铺，倒头睡下，等待着明天，少女给老头上一节关于他家乡的历史课。

# 上海 1933

一支萨克斯风倒在舞池里。它的主人，一个俄国乐师，正斜躺在地上，面色潮红，姿势十分难看，像是刚刚经历了一场宿醉，还没醒酒。清晨的阳光让舞池变得清晰起来，放眼望去，无数只高跟鞋被甩掉了，各式各样的，几乎囊括了永安和先施公司[①]的所有最新款式。钢笔、口红、领带夹……凡是你能想到的，用来冒充上流社会人士的物件，全部散落一地。平日里衣冠楚楚的绅士们此时无不拥着舞女，在沙发上，在舞池边，沉沉睡着。

空调与地板周围遍布的吸气孔保证了舞池内的空气不会过分污浊，但女人太多，领班从她们身边走过时，仍感到香水味十分刺鼻。领班是整个二楼舞池里唯一醒着的人，一个昏睡的男人把酒杯打翻了，剩下的半杯红酒洒在透明玻璃作的地板上，已经干了。他走在上面，皮鞋差点没留在地上，那种黏糊糊的感觉让他恶心，虽然在这工作两年多来，这种事他已见的太多。

在某一个角落里，黄百灵睁开了眼，她觉得身上不太对劲，那绕过后背最后贴在她胸脯上的，分明是一只男人的胳膊，她的双腿也被钳住，动弹不得。黄百灵捧过他的脸，才认出是那个自称是海归博士，说话做事却都像个洋泾浜的男人。昨晚黄百灵暗讽了几句他的英文，他却得意洋洋地说，这可是正宗的海派谈吐。在端庄的场合，她碍于面子没有发作，可这男人却不依不饶，竟趁大家昏昏欲睡时向她袭来，这种嘴脸的人在上海还不晓得有多少呢。黄百灵轻蔑地笑出了声，轻轻一扳，男人就滚到沙发下了，但还是没有醒。她轻盈地站起身来，整理

①永安和先施公司：永安公司和先施公司均为老上海四大百货公司之一，都坐落在南京路上，前者创建于 1918 年，30 年代跃居四大公司之首；后者创建于 1917 年。

整理高叉旗袍和头发，蹬上高跟鞋，在舞池里踱着步。

领班熟练地和她打着招呼。开业以来，百乐门[①]的客人换了一拨又一拨，已形成了一个固定的圈子，背熟他们的名字是工作人员的必备素养。黄百灵轻轻点头回应，舞池另一侧的电梯门开了，几个工商界的大贾睡眼惺忪地从三楼的小型舞池回到了大厅，朝领班打了个响指。后者立刻会意，示意服务生在九米高的玻璃塔上打出几位先生的车牌号，司机看到后立刻把车开到楼下。领班服侍他们来到楼下，坐进车里，才肯安心。

乐师身旁的几个姑娘互相依偎着，她们在爵士乐的伴奏下，唱花了一整晚刚学会的美国歌曲，嗓子火辣辣地疼。舞女们去前台登记好后就回家休息，开始为下一个晚上做准备。整个二楼和三楼都逐渐苏醒了过来，客人们踩着透明的玻璃地面，认领自己的物件，在弯腰的同时，他们已经在开始安排今天晚上的活动了。海归先生一边整理领带，一边走上前去追问："不知道百灵小姐今晚能否赏光，一起去看电影，听说巴黎大戏院[②]新来了两部片子，派拉蒙出品，你看……"

黄百灵说了声抱歉，灵巧地在人群中穿过，海归先生很快就看不到她了。他想迈开步追上去，但酒劲未消，刚上前一步就又摔倒在地，惹得其他先生女士不住地笑起来。

服务生开路，在通往门口的路上，黄百灵又推掉了来自三拨人的邀请。他们的理由各种各样，去跑马场看赛马、吃饭跳舞、剪彩。她想直接捂住耳朵冲出去，可那有失她那大上海交际花的身份。她只能颔首微笑，伸出手来作势要让男人们亲，再在

①百乐门：上海著名的综合性娱乐场所，全称"百乐门大饭店舞厅"。

②巴黎大戏院：始建于 1926 年，初名淮海电影院，1930 年改名为巴黎大戏院，1951 年又改回淮海电影院，现已停业。

他们弯下腰时迅速躲开。

“百灵小姐，今天有人来接您吗？”服务生问。

“我想想看，应该是没有的。”

“那我去帮您叫黄包车。”

“谢谢，但不用，把我送到门口就可以了，我一个人走回去。”黄百灵说。

她终于站在硕大的“百乐门”三个字下了，闪耀整晚的霓虹灯刚刚熄灭，属于普通民众的上海正式苏醒。她又向前迈了几步，站在愚园路上。大款们的车成群结队地往这里涌，把她逼回人行道上。他们上车前还在和黄百灵打着招呼，她淡淡地回应，看着他们绝尘而去。所以自己该往哪去呢？今天一天都不会有安排，清晨的风让她更不想回家，她没有主意，顺路向静安寺走去。

黄百灵在静安寺里转了一圈就出来了，不为别的，只因为她看到几个百乐门的舞女也在这里烧香。她的心里莫名地生出一股厌恶，出门闲逛的第一站草草收场。她也说不清讨厌她们什么，陪舞本是正经职业，和福州路的那些女人有天壤之别。黄百灵讨厌的，兴许是香气，或者是在她们身上一掷千金的客人吧。黄百灵不想拷问自己了。

昨天晚上没有喝很多酒，这让黄百灵可以清醒着去做一个孤独的人。在百乐门门口，她的想法还是到她没有去过的地方转转，可不知为何，从静安寺出来，她又来到了静安寺路。果然我的身体里拥有属于这里的基因，黄百灵想。

她从静安寺出发，慢慢向东走着，愈发地接近租界的心脏。这里不比南京路和外滩，开发得晚，洋房与西式剧院还未完全侵占中华园林固守的土地，二者混杂着，错落有致。黄百灵无法想象出现代都市的霓虹灯照射在菜园之中的样子，况且她本人对此也兴趣不大。清晨的静安寺路，较它前方的道路略显清静，缺少高楼大厦的林立。黄百灵下意识地抱紧双臂，拽了拽旗袍的下摆。

残留的酒劲渐渐消退，饥饿感疯狂地向她袭来。过去的十几天，酒、跳舞、假笑，假笑、跳舞、酒，轮番填充着她的生活。从白天到黑夜，黄百灵的身体，没有一分钟是她自己的。当她甩掉了那些先生女士阔步向前后，等待她的是胃部的绞痛。

她伸手叫了一辆黄包车，下意识地说："南京路。"车轮就开始伴随着车夫的双腿飞驰。之所以脱口而出的是南京路，想来是因为那条街道可以满足作为人类的全部需求，不管是肚子的饥饿感还是下体的饥饿感。

黄百灵的装束让黄包车夫望而生畏，面对和他不是一个世界的人，车夫不敢搭话，只顾埋头拉车。宽厚的脚板砸在马路上，不一会儿功夫，便掠过了张园[①]和哈同花园[②]。从外滩出发的电车迎面驶来，往静安寺开去。二十多年前英国人第一次把电车搬到租界时，还引发了人力车夫们一场旷日持久的抗议，如今的和谐场面，是他们妥协的产物。

黄包车不拐弯，径直向东，路过了电车站。几个红头阿三[③]在耀武扬威地巡逻，方圆几百米都没有小贩，他们都害怕吃巡捕送的"五根雪茄烟[④]"。车夫故意兜了个半圆，离他们

---

①张园：清朝末年上海最大的市民公共活动场所，位于今南京西路以南，其地本为农田，1878 年由英国商人格龙营造为园。1882 年中国商人张叔和自和记洋行手中购得此园，总面积 21 亩，起名为"张氏味莼园"，简称张园。

②哈同花园：旧上海最大的私家花园，又名爱俪园，主人为英籍犹太裔房地产商哈同。

③红头阿三：头缠红巾的上海印度籍巡捕。

④五根雪茄烟：上海人对印度籍巡捕扇人耳光的蔑称。

远远的，免得被拦下。又过了几分钟，车夫已经能看见南京路的路牌。黄百灵突然说："到这里就可以了。"黄包车夫还要开始计算躲避那些令人厌恶的巡捕的最优路线，而她下了车，直接闪进街角的一家咖啡馆。胃里仅存的一点食物残渣已无法支撑她前往南京路。

暗色的漆、深色的木和窄小的窗，使清晨的咖啡馆仍然难以摆脱幽暗一词的桎梏。站在吧台前，从狭长的过道向里看去，黄百灵只能看到六张圆桌和若干椅子，咖啡馆的全部家当一定不会比目力所及多许多。

玻璃窗内，新做好的西点是屋内的唯一一抹亮色。黄百灵两只手搭在上面，看得入神，香气直冲入鼻，饥饿感再次占据了她的整片脑海。"请问来点什么？"店主来到了吧台，向黄百灵问道。那是个穿着英式衬衫的清瘦男人，他给黄百灵一种将静安寺路园林的士人强行拉来，再套上南京路西洋皮的感觉，浑身上下散发着不搭调的气质。

"一杯咖啡，两块华夫饼干。"这些食物丝毫不能减轻她的饥饿，只是为了那张矜持的面具脱口而出的话罢了。

店主应了一声就忙起来了，咖啡馆里还是只有黄百灵一位顾客，她在离吧台最近的位置坐下，闭目养神，手指掐着亚麻桌布。所有餐桌上的吊灯都没有开，给人一种阴冷的感觉。咖啡机吐出的蒸气成了唯一可以给人慰藉的东西。

缺少花纹的杯盘和不精致的咖啡勺，毫无情调。藏在玻璃罩下的食物拿出来后，像是被快速氧化了似的，食之无味，让黄百灵兴趣大减。店主背对着她，衬衣的波浪在唯一一盏灯的照射下显得十分鲜亮，他刚把台面擦干净，就又来了第二位顾客。不过他似乎不想喝咖啡，而是趴在吧台上，鬼鬼祟祟的，像是在对什么暗号。

店主紧张地拉了拉他的衣袖，那人回过头来，这才发现坐在不远处的黄百灵，吓了一大跳，连忙赔上笑脸缓解尴尬。黄百灵见过的男人太多了，除了会自动把男人的相貌分出三六九等，她还有一双敏锐的识人眼睛。要么是日本或国民政府的特务，要么是左派的地下党，反正在黄百灵看来，辜负了咖啡和西点的，一定不是什么好人。

两个男人死死地盯着黄百灵看，让她发毛。她扔下钞票就落荒而逃，差点把高跟鞋踩掉，上气不接下气地回到十字路口，对着南京路的路牌松了一口气。

若是站在几楼之隔的福州路上，没准还能听到东方几里外那黄浦江的涛声，但可惜这一愿望在南京路注定无法实现。人行道不宽，为的是给电车和汽车让出更多横冲直撞的空间。一辆载满人的无轨电车刚刚启动，就被身后的雪佛兰超过。再往后，一辆道奇和一辆克雷斯勒较上了劲，车身之间差点擦出火花，引得众人侧目而视。

不时有人力车载着两个身着和服的日本女人从南京路拐进小巷，或者从某个隐蔽的路口出来，带出一个欧洲绅士。坐在马车里不肯露面的，一定是上海政商界的各位太太，马车走起来一点也不响，里面塞满了淘回的特价便宜货。

南京路可以使人忘了这里是中国的上海，各色人等都在这里寻找自己的生活方式。某些非英语国家的人开了小店，还要用蹩脚的英语写招牌招徕顾客，其中不乏语法错误。每当英美人路过时都要评头论足一番。巡捕、传教士、水手和普通工人挤在四五步宽的人行横道上，有时候赤裸的胳膊都贴在一起，难免发生一些口角。

马路对面的黄百灵正下意识地朝黄浦江走去。还未完全升起的太阳被东方的高楼大厦压制得有些喘不过气，只有少许光芒洒在街道上。即使如此，也照样阻挡不了都市人的裸露欲望。黄百灵走在一位年轻小姐身后，她被一层薄纱紧裹着。那玲珑腰身和浑圆的臀部，对于男人或许是天堂，对于其他女人就是地狱和无耻的魔鬼，尤其是像黄百灵这样自命不凡的女人。那小姐的胳膊和大腿赤裸着，青春的气息伴着一阵西风向黄百灵扑来，瞬间扫掉了她腹中的饥饿。她心里暗骂："不知是从那条街上偷跑出来的窑姐儿！"正暗爽着，前面的小姐腰身一扭，进了街角的一处大门，黄百灵抬起头，"先施公司"四个大字赫然刻在牌上。

百货公司里的冷气开得很足，除了女人还是女人。姨太太、富家小姐、中产阶级妇女、窑姐，还有像她一样的交际花，有人只是来闲逛，有人则直奔饭店或者舞厅，这里设施齐全，足以让人待到第二天日出。

黄百灵记不清在这里进进出出多少次，一定比她找男人的次数要多。七岁那年，恰逢先施公司开业，她父亲，董家渡教会学校的校长，专程带她来参加剪彩。十多年来，她对先施公司内部的变迁，比拉丁文的圣经还要清楚，之所以又站到这里，纯粹是因为前方那女人的勾引。女人总是会莫名其妙地生气，然后做出莫名其妙的事情来。

前面的小姐在入口处买了一件坎肩，披在身上，继续向前逛。而黄百灵刚走出几步，就有几个售货员向她打招呼，她预感一天的自由都将被消磨在这里，于是及时收住了腿，悄悄退了出去，眼睛还在怒视着前面的女人。

她出了门，被来来往往的男人女人挤来挤去，黄百灵很清楚在南京路上很难找到能让她静伫一会儿的角落，只能不由自主地向前走。黄浦江的气息与水雾是街上为数不多的有上海印记的因素，她贪婪地呼吸了几口，却都是周围人吐出的热气。

不知不觉间，黄百灵就混进了等待过马路的人群中，无法逃脱，肩并肩地来到对面。她想：索性向南走。当眼前重新开阔起来，黄百灵发现自己身处当年父亲千叮咛万嘱咐也不让她去的福州路上了。

黄百灵犹豫了几秒钟，还是决定向黄浦江的方向走去，小心翼翼地，如履薄冰，害怕地面突然塌陷，吞噬掉高跟鞋，扯裂她的旗袍。福州路没有南京路的气派与拥堵，她可以走一步，停一会儿，把周围都收进崭新的记忆中。

正宗的西餐厅和不正宗的番菜馆相距不远，由于顾客的阶层不同，倒也相安无事。咖啡厅旁边是报馆，茶楼挨着杂货店，福州路和每一条黄浦江西岸的街道一样，在白天充满了生活的趣味。到了晚上，霓虹灯就开始分割街道，每个人都说自己脚踩的马路属于不同的颜色。

告别了姨太太们和富贵小姐，黄百灵成为了福州路上为数不多的女人，几个赤膊的男人从烟馆中鱼贯而出，她的眼睛不知道落在哪里好。

一个人从左侧跌跌撞撞地走出来，差点碰到黄百灵，他在两人间距几厘米的时候勉强停下，嘴角还带了一些迷离的笑意，酒气十足。黄百灵的注意力放在了左侧的建筑上，直觉准确地告诉她那是妓院。

她父亲对福州路的印象还停留在公共租界开展禁娼之前，老一辈人提到某些四马路的女人就气不打一处来："不会弹琴，不会吟诗，不会唱曲，陪客人打麻将倒是一个比一个熟了！"

他脑子里还满是秦淮遗风。这时黄百灵就在一旁讥笑道："您也不看看现在是什么年代，中华民国！谁还能守着明清那一套不放呢？"

等到了黄百灵真正站在福州路上，她才觉得老人的信仰是如此弥足珍贵。她都不用走进去，单是闻闻身边男人身上那廉价而又刺鼻的香味，黄百灵就咳嗽不止。

"你没事吧？"那男人友好地拍了拍她的背。

"你是个作家对不对？"黄百灵一向对她见过的男人印象深刻，她一抬起头，立刻认出了他，望平街[1]的常客，二十岁出头便在上海文坛声名鹊起的新秀。

"没错，我也记起您了，黄百灵小姐，三天前在外滩，英国人举办的舞会上，我们还有过一面之缘。"

他是那场舞会受邀的为数不多的文艺界人士之一，整场舞会中，黄百灵身边的男女们一直在对他议论纷纷，说他刚刚出版了他的第四本小说集。她自从离开学校后，就很少读书看报了，在谈到文学问题上，难免插不上嘴，略显尴尬。

"你们读没读过他写的那一篇叫上海的什么舞来着，哎呦，您看我这记性。"在红色和黄色的射灯的照耀下，一位太太对黄百灵，以及其他几个女人说。

"啧啧，人家的文笔可真是绝了。那种上海才叫真正的上海嘛。"

黄百灵侧过头偷瞄那青年作家，他正端着酒杯环视四周，在每一个细节中找寻灵感。这是作家的通病，时不时有向他打招呼的人，他也不拒绝。

---

①望平街：今山东中路，曾被称为上海"报馆街"。

然而在外滩上锐利的眼神到了福州路，就变得稀松平常，眼睛里还带着血丝，这是一夜没睡的结果。显然两人都没料到对方会在这个时候出现在福州路上，“我想我还没有问你的名字。”黄百灵说。

“我姓穆。”作家只肯透露到这，他还略有些恼怒，觉得以自己在上海的名气，黄百灵没有理由不知道自己的名字。

“听说你刚搬入在虹口的新居，怎么会在这里遇见你呢？”黄百灵轻松地问道。

这次轮到作家难堪了，他想找一个诸如寻找灵感的理由搪塞过去，话还没说出口，黄百灵就点点头说：“我知道，作家嘛，总得去感受不同人的生活。”作家揩拭着额头上的汗珠，等他反应过来时，黄百灵已经走远了。

光鲜的福州路旁隐藏着肮脏的天井，自来水管年久失修，青石板在阴影和汩汩流水的双重作用下，永远保持着潮湿的状态。中年女人把要洗的衣服铺在地上用力敲打，另一侧，附近几个餐厅的员工提着泔水桶向下水道走去，从洗衣服的女人身边走过时，还发生了一些口角。工作了一夜的女孩们现在才起床，素面朝天地从阴暗的角落里来到街上，还打着哈欠，互相取笑，一边整理凌乱的衣衫。

越接近黄浦江，属于中国的元素就越少，穿着各色薄纱的浪荡女子不敢暴露在公共租界的视野下，只能苟且偷生，用让自己提心吊胆的裸露皮肤换取一丝微薄的收入。黄百灵印象中那听人讲述的，活跃在福州路上的茶馆和海派剧场，在她走向外滩的过程中已消失殆尽，取而代之的是俄国人的杂货店、日本人的理发店和分不清国籍的欧洲人的店。

外滩以其强大的同化能力辐射着周边的街巷，为福州路带来稍比南京路逊色的车水马龙，这里不是秦淮河畔，而是上海，是洋场！自幼接受西洋教育的黄百灵看着中华文化的远去，竟也有一点伤感。

若是她像平常一样坐在车里，从南京路驶出，她一定会选择后排靠左侧的位置，这样就可以在汽车右转时掠过沙逊大厦[①]浮华的影子。那栋建筑承载了黄百灵的太多记忆，它给予她的冲击比苏州河，比东海，比太平洋还要猛烈几分。单是大厦东面那形似金字塔的铜绿屋顶就能给她对西方的美好向往，更不用说那属于中国的，属于印度的和英法意的楼层了。

每次有男人请她去霞飞路[②]看电影时，她总是在上车时说："请在南京路右转。"要是男人不解，她就俯身向前，隔着衬衫上下抚摸男人的肚皮，将他撩拨得春心大动，冷不丁一脚油门踩下去，吓她一跳。

她让男人在转弯时把速度放到最慢，双手放在玻璃上向外张望。沙逊大厦的尖顶无法收进狭小的车窗内，像是上海本地人不屑地教育那些"猪头三"一样喃喃自语。当她依依不舍地和上海最高的楼告别，转过头来便是洋场的建筑群。到了这里，她就会让男人停车，自己改坐到副驾驶的位置上，看着右手边，黄浦江西岸的高大楼宇一字排开接受检阅。

黄百灵有些分不太清古典式建筑和新古典式建筑，反正存世的所有主义，在外滩都可以找到，也就不用把它们说得头头是道。在这令人眼花缭乱的秀场里，黄百灵还能辨认出几栋建筑，那用青铜大门装点的是渣打银行，有那口英国大钟的是海

---

①沙逊大厦：位于今外滩中山东一路 20 号，由英籍犹太人沙逊（1881 年—1961 年）购买地皮并建成。
②霞飞路：今上海淮海中路。

关大楼，还有无数她叫不上名字的银行和公司。男人还在饶有兴趣地向她介绍，见她不说话就闭上了嘴，汽车沉默着拐进了霞飞路。

驶离外滩后就没有了速度的限制，车子一路不停歇，很快到达了国泰电影院[①]门口。黄百灵打开车门，问："怎么不去附近的巴黎大戏院了？"男人回答："那样的二流影院，根本配不上你的身份。"上来挽住她的手。

她本来还有些排斥，可走进影院，立即就被恢宏的拥有一千余个座位的放映厅吸引住了。头顶上数台空调呜呜地吹着，从左右楼梯处射来的灯光交相辉映。"如果你有兴趣的话，电影结束后我们可以去楼上的弹子房玩。"男人牵着她落座，已经就位的客人们正低头窃窃私语。

银幕两旁的灯柱突然黯淡了下来，"啪"的一声，来自楼梯的灯光也消失了，电影正式开始，今天是米高梅的新片的首映日，整个上海只此一家上映。立体音响把声浪从四面八方灌进观众的耳朵，把一部场面并不宏大的故事片渲染地深邃无比。那天给黄百灵留下印象最深的不是他们路过的沙逊大厦和电影本身，而是两人座位中间的椅子臂。

她想不通为什么电影院会在每两个座位中间安上这么个东西，它让本身亲密的双方难以更进一步，让不熟悉的两人尴尬无比。譬如这一次，黄百灵刚想把胳膊搭在椅臂上，就碰到了男人的肘，她立刻收了回来，两人相视一笑。看电影的过程中，黄百灵的左胳膊都耷拉着，无处可放。也就是在那时，她暗自下决心：以后再也不答应这男人的约会请求了。

---

①国泰电影院：原名国泰大戏院，始建于 1930 年，1932 年正式对外营业。

黄百灵的冷淡反应没有让男人起疑心，毕竟是闻名上海滩的女人，能和她度过半天时光已是莫大的荣幸。她并不稀奇地拒绝了去弹子房的要求，当黄百灵摆脱了电影院那聒噪而迷幻的氛围后，她发现自己已经被带到一家俄国餐馆里了。在霞飞路上吃俄国菜本身就是件滑稽的事，黄百灵死死地盯着桌上的罗宋面包，餐厅里飘荡着齐尔品[①]和扎哈罗夫[②]的曲子，显得更加格格不入。

从福州路来到外滩的过程中，黄百灵一直都在思考和那个男人度过的一个下午。她对他的名字甚至职业都不甚了解，她不知道为什么就会想起他来，可能是到了外滩，便想找到一个载体以便展开回忆。

和作家告别后不久黄百灵就走出了福州路，眼前又是一个岔路口。一天时间内她已经做出过好几次选择了，在街角的面馆吃面的时候，她深知打破习惯不是易事。饱涨的肚子给了她勇气告别高楼大厦，转而向南走，伴着逐渐下落的太阳来到了十六铺码头。

午后的时光懒散到了极致，越向南，少了车水马龙的衬托，黄浦江的波涛声就越真切地涌进耳中。如果说外滩是从欧洲移植过来的十里洋场，十六铺便是最完整的明清遗存。在外滩，面对各个国家的人，只要会说几句英文，甚至是带有明显上海特色的英文，交流起来也并无障碍；而到了十六铺，光是东南沿海的几个省的方言，就能让人不明所以。

码头上的工人们悠闲地抽着烟，黄百灵从外滩的主干路上

①齐尔品（1899 年—1977 年）：俄国作曲家。
②扎哈罗夫（1901 年—1956 年）：俄国作曲家。

走下来，转进了会馆街。这些可以上溯至乾隆年间的会馆静默矗立，似乎老死不相往来。会馆门上的木制牌匾各有特色，从外观上看，就会给人一种它和该省的文化完美契合的感觉。

各个会馆都有商人模样的人进进出出，这里派系林立，每个会馆就是一个社会，婚丧嫁娶都会在这里完成，比公共租界的中心还要可怕。黄百灵在这条街上走得很快，她身后不远处似乎发生了什么冲突，两派人嘴里喊的话她都听不懂。

走出会馆街，黄浦江又一次展露出其面容。吃饱喝足的工人们抽完烟，随意找几张报纸铺在地上，和衣而卧。而黄浦江随着黄百灵的脚步，又隐藏在十六铺商街的背后了。商街上各色方言的叫卖声此起彼伏。略有些泥泞的道路上，自行车都少见，行人们拿着大包小裹，看见哪家店前人少，就要过去再逛上一逛，手里的东西都差点被挤掉了。

刚和黄百灵打了个照面的那个女人，手里提着杂粮和茶叶，不用说，一定是光顾了山东人和徽州人的小店，继续向前走，高跟鞋躲避着湿漉漉的泥土。她突然被一阵香气所吸引，循香而去，原来是一家绍兴人的酒铺，店主人启封了两坛酒摆在台上，让风来帮助他招徕顾客。

他的店前很快来了一些顾客，黄百灵也走上前去，熟悉的绍兴话萦绕于耳。她父亲年少时从绍兴走出，让她生在上海，长在上海，即使在家中，他也不愿意放弃绍兴口音。她听着亲切的讨价还价声，似乎有些热泪盈眶。排队买酒的人太多，有的人把刚在广东商铺购买的烟土撒了一地都来不及收拾，就在黄百灵脚下散落着。

她下意识地后退了两步，摸摸身上，刚才吃的那碗面已经花光了所有。像她这样的女人，本是不需要自己带钱的，只有在她终于摆脱了簇拥，想要自由购物时，才发现这一残忍的事实。在上海这座欲望的都市里，黄百灵早已养成了不留恋任何事物的性格，绍兴的酒和绍兴的话也只能在她心里泛起几秒钟的涟漪。

前面排队的人刚刚意识到烟土撒了，正在狼狈地弯下腰清理。黄百灵此时已经走远了，她又路过了杭州人开的绸缎庄，还被老板夸赞了一番她的穿衣品味。宁波人和福建人的生鲜食品摊位上，鱼腥味刺鼻，黄百灵快步走开，发现自己已到了商街的终点。

她在不知不觉间离开了十六铺码头，回到了主干道上，也许很长一段时间都不会回到这里了。毕竟这世界上有好几个上海，她活在带有高楼大厦的那个里面，来到这里不是日常，而是一次猎奇。

天色晚了，黄百灵选择继续向南，前面就是她的家，董家渡。不过她不想这么早回去，一想到要向家里人解释自己前一晚为何不归，她就郁闷至极。

她想实话实说，告诉他们自己在百乐门睡了一夜，什么都没有发生，只是家里人会相信吗？黄百灵想起了小时候被严加管教的经历，此时此刻，出现在前方的是董家渡许多教堂中的一座，她对这种建筑有一种与生俱来的恐惧感，赶快绕道，可竟又绕到她从没有到过的地方去了。

眼前是两栋间距极小的楼，生生把她的视线压迫到极窄的地步。黄百灵侧着身向前迈去，生怕自己的旗袍沾到落满灰尘的墙壁。约摸走了几十步，她的眼前开阔了起来，虽然这里只是个天井，四栋赶得上教堂高度的居民楼吐出鱼腥味、未尽的油烟味和剩菜的味道。这些气味在这狭小的空间里混合发散。

前面的楼里逐渐传来了吵闹声，那声音很容易就能辨别出不是来自一家人。楼下的父母在客堂间里训斥孩子，楼上的妻子在责骂丈夫。两个女人的声音此起彼伏，一样的锐利。

他们果然和自己生活在不同的上海，从前方楼中飞出的粗俗话语，比弥漫在天井的气味还要难以忍受。黄百灵向里走去，右手边的那栋楼旁，有一条隐蔽的小道，不仔细看根本没办法发现，一股力量莫名地驱使着她走下去，这条路更窄，她不得不完全侧着身走。

走出去又是一个天井，黄百灵刚转过头，脑袋就蹭掉了两件女人内衣，她前面的晾衣绳下垂地恰到好处，黄百灵用两个指尖夹起内衣，把它们甩回到绳上。

整个天井现在只有她一人，居民们都躲在屋里，而弥漫在天井中的气味是石库门人无法掩饰的名片。从右侧一个不起眼的小窗户里冒出的，分明是鸦片烟，那早已在她生活的上海里绝迹的东西。

前方是灶披间[①]，它的上面是晒台，黄百灵仔细一看，才发现二者之间还有一个约两米的过渡地带，一个男人打开了窗子，呼吸几口相对还算新鲜的空气，一股油墨的气息向黄百灵扑面而来，不知道是哪家报纸或杂志在这狭小的亭子间里艰难度日。

早已过了晚饭时间，然而这里的生活却沉寂了下来，除了一楼的零星打麻将的声音，再无其他。黄百灵觉得这里静得可怕，她一向喜欢喧嚣，与其说喜欢，倒不如说是习惯了吵闹的名利场的感觉。

---

①灶披间：上海及江浙地区对厨房的称呼。

一阵清脆的竹板声打乱了黄百灵的思绪，随即香气在她身旁氤氲开来，那是个挑着馄饨的小贩，不知是怎么从狭窄的小巷里挤进来的。他也不叫卖，只顾打竹板，那就是表明他存在的方式吧。果不其然，亭子间的窗户再次打开，那男人又探出头来说：“要一碗馄饨。”

小贩应了一声，刚准备过去，从右边的二楼又传来了一个娇滴滴的声音：“先给我馄饨嘛，钱我已经放到篮子里了。”

二楼的窗台上出现了一只漂亮的手，五指蔻丹，慢慢地把篮子垂到楼下。那系在篮子上的，是两条女人的丝袜，丝袜上沾染的体香和馄饨的味道交织着，让人迷醉。小贩目不转睛地盯着那只手和飘荡在半空中的丝袜，口中不断应承着，把馄饨放进女人的篮子里，直接无视了来自亭子间的叫喊声。

小贩在装篮子的时候还在丝袜上摩挲了几下，而楼上的女人没有再说话，篮子和她的手一起消失了，剩下小贩在独自回味。亭子间又叫了几声他才醒悟，提着扁担一路小跑着去做第二笔生意了。面对此情此景，黄百灵努力让自己忍住不笑，鬼迷心窍的男人在哪一个上海都有的是，不论他是在卖馄饨还是卖股票。

他绕来绕去，最后绕到了黄百灵面前，她直接摆摆手，让小贩悻悻而去。天井里重新归于沉寂，又被令人作呕的气味所占据。从右边的楼里出来了人，黄百灵认得那只手，那只提着篮子的手，这位女士穿着和她差不多艳丽的旗袍，抿抿刚涂好的嘴唇，在出楼时还用手遮掩着打了个嗝。

她注意到了黄百灵，轻轻瞥了一眼，就顺着小巷走了出去。黄百灵能感觉到巷口有发动机的轰鸣声，想必是接她顺着自己今天走来的路，再一路走回去吧。黄百灵抬头看着她所处的肮脏住所，怎么都和她光鲜的外表不相匹配，那应该早成为了一种常态。那位女士显然没有过够名利场的风光生活，而黄百灵看着她，就产生了一丝厌倦。她拖着沉重的身体走出小巷，想着如何向家里人解释从昨晚到今晚发生的一切。她回到了街上，空气变得清新，她的心情和脚步同时轻快了起来，就连教堂，看起来也不是那么恼人了。

# 梦醒勃兰登堡门

二十世纪八十年代的最后一天，世界上的每一座城市都在准备着迎接新年的庆典活动，如同例行公事一般。一年一年过去，除了电子屏幕上数字的增加以外并无新意，人们也就逐渐失去了纪念时间节点的兴趣。

不过在柏林，所有的厌恶情绪全部不存在，即将过去的一九八九年对于两个柏林的人来说，像是让他们置身于梦幻之中。历史的车轮在停滞几十年后忽然加速，让每一个坐在车上的人心惊胆战。

早在年初，东德领导人昂纳克[①]意志坚定地表示，柏林墙还会继续存在五十到一百年。这种言辞激烈的话让人感到窒息绝望，可随后局势的失控程度完全超乎了昂纳克政府的想象。先是从七月份开始，大批东德公民滞留在匈牙利企图出境。到了九月，匈牙利开始公然和东德唱反调，宣布无限期开放边境，允许东德公民借道前往奥地利。

十月，在严峻的社会形势下，昂纳克以健康名义向中央全会请辞，带着他年初的强硬话语黯然离开，成为了街头巷尾的谈资与笑柄。

量的积累达到一定程度会引发质变，但是谁都不能否认在某些特定时刻，小人物会成为历史进程当中的催化剂。比如十一月八日晚，在统一社会党第十一届十中全会的新闻记者会上，政治局委员沙博夫斯基就扮演了一次这样的角色。

在冗长的一个小时记者提问结束后，沙博夫斯基[②]接过一张递过来的纸条说道："为了减轻友好国家的负担，我们决定

①昂纳克（1912 年—1994 年）：德国政治家，东德最后一任正式领导人，两德统一后流亡至苏联，最后病逝于智利。
②沙博夫斯基（1929 年—2015 年）：前东德执政党德国统一社会党官员。

开放民主德国和联邦德国以及西柏林的边境。”话音刚落，一位记者提问道：“请问该决定什么时候起生效？”

沙博夫斯基扶了扶额头，不知道是口误还是没听清记者提问或是有意为之，只不过两个柏林、两个德国以及全世界的民众在直播信号中清晰地听见他回答道：“立即生效。”

东柏林的赫尔曼下班走在回家的路上，立刻被欢呼的人群淹没，他不明所以，以为是哪个高管又引咎辞职。回到家后妻儿立刻过来拥抱他，告诉他柏林墙即将倒塌，他才恍然大悟。他目光呆滞，没有想象中的喜悦，而是站在窗前看着欢腾的人海一路向前涌动。他不是想西柏林，他只是想母亲了。

苏联军队在德国国会大厦楼顶插上红旗的那一年，赫尔曼的母亲十八岁。她有着和那个年代许多德国和东欧女人共同的命运，家被洗劫，自己被掳去，家人从此不知所踪。赫尔曼的父亲是苏联军官还是苏联士兵，成为了永远的迷。

即使战后和母亲居住在苏军和民主德国共同管辖的东柏林，赫尔曼还是不免受到因为出身带来的歧视，很长一段时间，他只能和同他有相同命运的孩子混在一起。他的母亲，一个沉默寡言的女子，任凭赫尔曼如何追问，一直对这段往事闭口不谈。

赫尔曼十五岁那年的一个下午，他放学回到家来，母亲照例做好了饭，饭后她同赫尔曼说起许多故事，包括他从没听过的，关于她的过去与现在。最后，母亲嘱咐他和表兄一家好好相处，便催他早点睡觉。赫尔曼还沉浸在母亲突然的热情当中，没有考虑太多，便去睡了。第二天醒来发现，母亲和她随身的东西一起消失，没有留下任何字条。

二十多年后，残存在赫尔曼脑海中关于那一天的记忆已所剩不多。他不记得母亲讲了什么故事，甚至连母亲在哪天消失也不清楚。此时此刻，赫尔曼站在窗前，把妻儿的拥抱与欢笑抛在脑后，努力回想。他已经四十多岁了，和他脚底下的这个国家差不多大，对它短暂的历史如数家珍。赫尔曼猛然意识到，母亲消失后的那几天，东西柏林便完全隔绝了，勃兰登堡门[①]成了无法逾越的天堑。

母亲就是在一九六一年八月十三日之前的某一天离开了家，或许她已经回到了西方的怀抱将近三十年，也可能她只是单纯想离开这个带给她永远谜题的儿子，碰巧赶上了柏林墙的修建。

如果柏林墙能够早二十年打开，他作为一个年轻气盛的小伙子一定会在第一时间跨过去，发疯似的寻找自己的母亲，质问她为什么不辞而别。只是现在，他人过中年，有妻有子，工作与收入稳定，做出任何一个决定都需要反复斟酌。倘若母亲健在，也已经垂垂老矣，逼迫一个老人怀着内疚之情度过余生已经意义不大了。

也正是置身于这半个渴望繁荣和自由到近乎疯狂的城市中，赫尔曼才能愈发理解起母亲来，早年对母亲的不理解和怨恨此时滋生出了一丝怜悯与钦佩。近三十年来，几乎每个东柏林人都有因为试图翻越高墙而被打死打伤的邻居或亲属，自由的价值正是在被鲜血浇灌的过程中得以突显。

比如赫尔曼的表哥一家，表哥出生在纳粹德国如赌国运般向苏联疯狂进攻的一九四一年，可以说他的一生都撇不清与苏联的关系。他的母亲——赫尔曼母亲的表姐——柏林沦陷后由于不堪受辱自杀。他本人在赫尔曼母亲失踪几个月后，瞒着父

①勃兰登堡门：位于德国柏林市中心，冷战时期是分隔东西柏林的标志之一，归东柏林管辖。

亲想要逃到对面去，可刚走到在街上，就被几个喝醉酒的苏联士兵打死了。他那可怜的父亲病逝于七十年代，遗嘱上写明把自己破败的老房子捐给东德政府。

沙博夫斯基的回答让全民的情绪达到了第一个顶峰，一些头脑冷静的人清楚地认识到，这只是一出大戏的序幕，后面的情节将会怎样发展取决于波恩、莫斯科、华盛顿、伦敦和千万德国人的意志。

柏林墙的开放是大国间角力的结果，在统治阶层看来，不过类似于沙盘上的推演游戏，而对柏林人来说，则是一次翻天覆地的变化，东西柏林的群众很快便能体会到开放带来的喜悦与阵痛。

此时此刻，东西柏林的边境线正在见证一场史无前例的团圆，边防士兵们收起枪，躲起来，任凭来自两个世界的人们在此汇集，用相同的语言歌唱、叫喊、哭诉，让摄像机记录下他们的狂欢与眼泪，以这种方式为几十年来在墙下死去的人们祈祷。而一些士兵还没有意识到即将到来的灾难——他们必须走下城墙去接受审判。

这样的时刻也唤起了中老年人心中的激情，他们迫不及待地参与到这一伟大的历史事件中去。很长时间以来，这些老人要么抓住一年只有一次的机会前往西柏林探亲，要么登上亚历山大广场①的电视塔，向西远眺，来获得一丝慰藉。而现在，勃兰登堡门的柏林墙前，中老年人和年轻人一样疯狂，试图登上去，试图砸毁它。

这或许是赫尔曼和妻子一生中少有的自由时光，他们一辈

---

①亚历山大广场：柏林的交通枢纽和商业中心，其电视塔是柏林最高的建筑。

子勤勤恳恳，在国企和家中过着两点一线的生活，永远不用担心被解雇，生活安逸而乏味。勃兰登堡门离他们的家只有几分钟的路程，过去的岁月中，有人牺牲，也有人通过挖地道完成自我救赎。可赫尔曼一家从未想过这些，他们甚至有意识地划定自己的活动范围，出了家门向西走，走到一定的路程就自动返回，东德军队对他们来说还十分遥远。

这一天晚上，赫尔曼的妻子迫不及待地拉着丈夫和儿子出门，整条街道上所有的人都在向西走。柏林墙边，夫妻双方的同事和朋友们在好事者的带领下，尽情地向士兵们大喊大叫，每一句口号喊完，他们必会获得西柏林人更大的声援。他们试图抠下带有老旧涂鸦的墙皮，又在新裸露出的墙上写下激进的句子，买来的啤酒喝不完，就直接倒在墙上。人们知道今晚的狂欢只是小打小闹，未来还有更大规模的狂欢等待着他们去参加。

对赫尔曼而言这场集会不仅仅是狂欢，他登上了民众自发搭建的高台，扫视着墙外一张张面孔，尤其是老年人的面孔，他看得尤为仔细。时至今日，赫尔曼仍然抱有在一个偶然的时刻同母亲重逢的幻想，他用模糊残存的母亲轮廓去一个个比照对面的老人，但他失望了，西柏林的老人们无不在亲人的陪同下笑语盈盈，如电影般奇迹重逢的情节在这里不会出现。

赫尔曼站在高台上俯视快乐的人群，感到失落万分，不过失落很快变成了新惊喜。两天后，当赫尔曼和妻子在街上散步时，去西边观光的东柏林人刚刚返回，他们获得了如英雄般的夹道欢迎。一位从西柏林回来的邻居兴冲冲地告诉赫尔曼夫妇，西柏林今天召开了欢迎大会，科尔在会上承诺，将向每一名来西柏林观光的东德公民发放一百西德马克，明后两天将是最值得期待的周末。

回到家里，赫尔曼突然认真地对妻儿说：“我们明天就到西柏林去。”上中学的儿子欢呼雀跃，父母带他去经互会国家旅游他都没有这么高兴过，因为那些地方和东柏林没有不同。到新世界去，是赫尔曼为数不多的大胆决定，自己和家人能否被另一侧的社会所接受仍然令赫尔曼担忧。

赫尔曼一夜无眠，只是在破晓时分才浅浅睡去。闹钟打破了沉寂，他让闹钟再等十分钟，这十分钟里他做了许多冗长的梦，断断续续的，关于东柏林过去的梦，城市还是这座城市，只不过周围人的名字变成了自己读过的小说中的名字，周围人的面孔变成了影院荧幕上的面孔，毫无逻辑可言。当赫尔曼又一次被叫醒时，他惊讶于只过了十分钟。从今早开始，所有东柏林的银行全部排起长龙，东德政府迫于形势，发出通告，每名东柏林居民可以在银行兑换十五西德马克用作观光消费，兑换比率是惊人的一比一。赫尔曼一家早早前去排队，像那些被文明世界抛弃太久的人们焦急于重新归来一样，期待而又不安。

他们在中午前穿过勃兰登堡门，首先迎接他们的不是友善的西柏林居民或是商店里琳琅满目的商品，而是记者的“长枪短炮”，西德的媒体正是要通过拍摄犹如乡下人进城的东德游客的反应来揶揄东方诸国，为科尔两德一统的雄心壮志打下基础。

弗雷德里希大街①上人声鼎沸，赫尔曼一家置身其中，如若梦幻，他们走得每一步路都很小心，生怕自己的生活习惯同这里产生冲突。这样的家庭绝不止一个，他们不愿意走马观花，使交通濒临瘫痪。刚起床的西柏林人打开窗户，震惊于街上的

①弗雷德里希大街：柏林市中心重要的文化及商业街。

景象。如果他们被告知这是东方的中国人、越南人和朝鲜人来浑水摸鱼，一定大发雷霆，但亚洲人被这样疯狂的情绪吓得早早躲了起来。西柏林人仔细一看，站在街上的都是应该和他们属于一个国家的人，怒气顿消，恨不得把家里淘汰的东西扔给街上的同胞用。

所有的西德马克都在妻子身上保管，尚未成熟的购买计划早已被热情的售货员们打乱了。突然，也不知道是谁带领的，整条大街上的东柏林人几乎全部向一个方向前进，赫尔曼忙不迭地带着家人随人流涌动。他们来到了一家旧货市场，像发现新大陆般把八九成新的电器和衣物抢购一空。购物充斥着实用性，丝毫没有想象力可言。

这次开放使两个柏林的居民都完成了生活的更新，西柏林人心安理得地以团结东柏林同胞之由把产品淘汰到旧货市场，转而紧跟伦敦和纽约的步伐；东柏林人把他们前所未见的先进产品带回家，喜悦的心情很快变成了对东德国家机器的不满。

让赫尔曼夫妇不得不承认的是，从西柏林买回来的彩电要比他们工厂生产的彩电好上十倍，不过他们上中学的儿子则更对报刊亭的色情杂志感兴趣，无奈父母在身边，只能快速瞥一眼然后离去。人们在报刊亭前的驻足时间和是否露出惊喜的表情是区分东西柏林人的最好方式。

这一场购物的余热还未散去，令人意想不到的烦恼已经袭来。赫尔曼兴冲冲走在下班回家的街道上，想赶快打开新买的电视机。推开家门，妻子生气地说：“今天晚饭没有肉。”

妻子随后解释道，她跑了几家商店，肉类全部销售一空。商店老板说，那些来自西柏林的人出手阔绰，买走了几乎所有东西。这不是针对某一个街区的行动，而是一次西柏林对东柏林的和平的洗劫。西柏林的投机分子和某些越南人看准机会，在所有的火车站前从事东西德马克的倒卖活动，西柏林人利用两种马克间的高汇率和东柏林的低物价获利颇丰。

翻开历史的新篇章似乎总是要带着些许阵痛，赫尔曼一家就是在与西柏林人的购物赛跑中度过了一九八九年的最后两个月。圣诞节前夕的二十二日，民主德国宣布打开勃兰登堡门前的柏林墙，所有人员可以无证往来，这大大满足了东欧人、越南人和中国人的好奇心。不过朝鲜人就没有那么幸运，在柏林墙宣布开放的几天后朝鲜便召回了在东德的所有留学生及工作人员。

一九八九年的最后一天，柏林在全世界范围内受到了格外多的关注。这一天柏林墙又一次免检查，可以任意通过。东侧的勃兰登堡门和西侧的国会大厦重新连接为一个整体，菩提树大街充斥着欢乐，将上百万人聚集在巴黎广场及周围。这场庆典从下午五点开始，东西德电视台的人来得要更早，他们遥相呼应，准备送走这跌宕起伏的一年。广场上有一块硕大的电子牌，用于记录庆典的实况与零点倒计时。柏林的新年庆典和其他城市并无多大不同，只不过夹杂了浓厚的民族主义情绪在里面。

一九八九年似乎是整个八十年代的缩影：前半段波澜不惊，平淡地让人绝望，却在行将成为历史之时风云突变，人们惊讶的速度赶不上大新闻发生的速度。至少对德国人来说，跨年时他们内心拥有的希望远远大于失望，尽管诸如赫尔曼一家的家庭要时不时忍受生活必需品短缺带来的窘境。东柏林的警察押送着在边境检查站缴获的毒品，路过被行人破坏的苏军烈士的陵园。

赫尔曼对西边存在着一种莫名的畏惧与被疏远之感，尽管波恩的科尔已同东德新组政府的莫德罗[1]总理举行了会谈。来自西德的“十点计划”犹如投向东方诸国的一颗重磅炸弹，莫德罗也含蓄地释放出信号，表示两德统一应被提上日程。但对于切切实实活在东德的人来说，心理上的落差是巨大的，它无法通过政治上宣布统一就可以弥补。更何况其他大国精于世故的政治家们各怀心思，统一仍非一日之功。

科尔的任期在一天天减少，他深知自己必须开足马力和时间赛跑，才有可能与俾斯麦[2]齐名，分享一统德国的荣誉。这不是奢望，而是在他看来必须完成的目标。政治精英们需要形成隐藏情绪的素养，而普通民众则可以肆无忌惮地抱怨，抱怨东德警察和苏联士兵，抱怨自己生活的贫乏，更主要的是抱怨自己手里的东德马克和西德马克比起来在价值上的差距太大，最夸张的时候可以达到二十比一。汇率问题生生击碎了一些东德人前往西德的梦想。

“我们省吃俭用好几天，目的可不是为了在西柏林买三杯热咖啡。”赫尔曼的儿子气呼呼地说道，还有后半句他没敢说，“我得省下一周的零花钱才能去买本色情杂志。”

夫妻俩只是不住地叹气，跨越那道墙的难度，比去布加勒斯特还要大。不过在充满希望的一九九零年，任何事的发生都让人感到情理之中。二月，科尔提出了关于货币联盟的主张，他打算让西德马克进入东德的流通领域。民主德国一片沸腾，人们比两德一同跨年还要兴奋十倍，因为只有把西德马克握在

①莫德罗：东德最后一任共产党总理，德国统一后曾继续担任国会议员，现任德国左翼党名誉主席。

②俾斯麦（1815 年—1898 年）：普鲁士王国首相，德意志帝国首任宰相，完成德国统一。

手里，心才踏实。赫尔曼长出一口气，妻儿的抱怨不会再给他无形的压力，就像战胜了一件使他长期感到自卑的事，这样的畅快是难以言表的。

相比于波恩，东柏林对于货币联盟则是半推半就。不过一般情况下，几个人的意志无法改变历史的趋势。当莫德罗宣布民主德国的大选由五月提前到三月时，科尔清楚，一个亲西方政府的上台是货币联盟政策顺利实施的最有效保证，这关系到他的终极目标。

由执政党统一社会党改组而来的民主社会主义党，通过一系列彰显新气象的改革政策表示了大选获胜的决心；它的姐妹党社会民主党则利用主张东西德马克的平等兑换来获取支持。不过两党都对德国统一唯恐避之不及，科尔的目的是扶持打出“我们是一个民族”口号的德国联盟。

为此科尔打出了最得意的一张牌：许诺如果德国联盟获胜，在货币联盟问题上东德民众将会获得更多好处。在东德这片四十余年没有民主种子萌发的土地上，人民对于选举的想法是简单的，谁的许诺既靠谱又美好，就把谁选上去。德国统一的前景和科尔的许诺，是德国联盟拥有的、其他两党无法匹敌的优势，民主的制度下，任何选举的最大受益者必须是人民。

当赫尔曼在东柏林街头接受民意调查时，他感到大选离他是如此之近。许多东德人像他一样，不假思索地说出“德国联盟”这几个字，并惊讶于在自己的潜意识里，对统一的渴望竟是如此强烈。

三月十八日，选民们投下了决定国家命运的一票，政府和电视台给了所有政党公平的选举环境。但在西德和民心的作用下，虚假的宣传几乎派不上任何用场，德国联盟以近半数的得票获得了一场大胜。科尔在波恩的官邸里窥见了两德统一的希望。

不过接下来的局势变得扑朔迷离，大有偏离既定轨道之势。德国联盟上台后，东德人开始心照不宣地省吃俭用起来，他们期待着手里的东德马克尽快变成西德马克，但迎接他们的是意想不到的讨价还价。联邦德国中央银行提出的二比一的兑换比率令科尔政府在东德民众心目中的地位骤跌，铺天盖地的抱怨和谩骂似乎要将波恩的总理府压垮。

在分裂中度过大半生的老人们已行将就木，在点点星辰变为希望的曙光之时，他们却被告知自己一半的养老金将化为乌有，无论东德人如何计算，都无法使他们紧皱的眉头稍稍舒展，除了游行示威、编几个讽刺科尔政府的笑话之外也没有其他事可以做。联邦德国人在国家经济前景的问题上，并不顾及对面是不是自己的同胞，他们坚决反对东德人要求的一比一的兑换比率。

东德人显然还不懂妥协的艺术，他们只负责利益上的诉求，把剩下的事交给对面来完成。联邦德国政府和中央银行不愿意眼睁睁地看着向他们靠拢的东德又渐行渐远，经过磋商，在四月份西德作出了让步：公资和养老金一比一兑换成西德马克，而企业债务可以二比一兑换。

八九十年代之交的东柏林街头，或许是当时世界上最喜欢讨论时事的地区。酒馆、车站，任何一个行人聚集的地方，都是理想的新闻交换和讨论的场所。若是一天没有看电视听广播，便大有恍若隔世之感，和身边人失去了共同语言。新闻频繁的时期，也是考验人们判断力和独立思想的时期，对科尔的崇拜转眼就能变成讽刺。四月末西德政府的新政策出台后，大家计算了一番发现，统一之后自己的生活还是很乐观的嘛。

五月，双方一致通过在七月一日建立货币联盟的决定，印有马克思和恩格斯头像的纸币准备在这两个月里上演最后的疯狂，东西德人用能让自己利益最大化的方式在黑市进行马克交易，倒卖商品，赚取差价。年初，东西柏林人还在仪式性地庆祝新年，那时勃兰登堡门前的柏林墙只是暂时自由地对公众开放，它仍然顽强地矗立在那里。而现在，一个国家马上就要把经济主权让渡给另一个国家，大厦将倾，柏林墙的完全毁灭已经正式进入倒计时了。

混迹在街头酒馆里的人之中不乏对政治略有洞见者，他们清楚民主德国的宪法迟早要和东德马克一样，成为垃圾桶中的废纸。在两德决定建立货币联盟后，东德政府随即宣布拆除柏林墙。他们要在七月一日前打通横贯柏林的所有街道，以这种最实际的方式暗示两德统一已是大势所趋。

柏林墙将要倒下，那条横贯欧洲大陆的铁幕也即将寿终正寝，这些政治意义上的概念一旦失去了原有的效力，便会引发人们不自主地怀念。拿着一块亲手凿下的柏林墙，放在家中好好保存，似乎两德四十多年分裂的历史都在自己的掌握之中。

柏林掀起了一场推倒、买卖和收藏柏林墙的浪潮，东西柏林的居民们拿起手边最合适的工具，把怒气发泄在钢筋混凝土上。他们的激情甚至将民主德国政府派出的工程兵吓退几分。被拆下的柏林墙碎块被就地贩卖，带有民众涂鸦的碎块价格更高。也有人先收了钱，再依照买家的指示凿下一块墙来。

赫尔曼一家终于可以自由地抵达柏林墙下，向西走还需半路折返的日子永不再来。墙下热闹非凡，凿墙声和叫卖声混杂起来十分悦耳。这时来了一队中老年人，他们抓住那些因为贩卖柏林墙而赚得盆满钵盈的人的胳膊，对他们大声斥责，又转而向在场所有人控诉，呼吁立刻停止这种交易，情至深处，声泪俱下。

渐渐地，周围的人停止了他们手中的活，听着这些中老年人的呼吁，这些呼吁者都有共同的特点，就是他们都有倒在柏林墙下的亲人。这座见证了他们苦难和屈辱的建筑物如今被拿来做利益上的交换，是他们无论也如何不能接受的。

墙下的人静静地立着，沉默了一阵，尽管他们对苦难者们抱有深切的同理心，不过呼吁者们走后，一切照旧。连民主德国的边防警察都阻止不了的大势，更不是通过翻历史旧账能够阻止的。

一切带有柏林墙和苏联印记的东西在墙下被甩卖着，随着货币联盟来临的脚步逐渐加快，柏林的主干道也在被一条条打通。不过交通的便利却并没有使赫尔曼的内心有多顺畅，他像一个坐牢多年最终出狱的犯人，融入社会的过程是十分痛苦的。

六月，距离货币联盟的正式实行不到二十天，一个晴天霹雳的消息传来，妻子任职的工厂倒闭，所有员工失业，端了十几年的铁饭碗在一夜之间被砸得粉碎。赫尔曼心知自己的工厂也处于风雨飘摇之中，他也会经历与妻子相同的命运。失业，便是他们为统一付出的代价。

随着东德把经济主权拱手相让，西德各行各业的商品便呼啸而来，东德根本无力抵挡，国营商店最大幅度的削价销售，实际上变相承认了西德市场经济的胜利。这场削价狂潮引发了一系列的连锁反应，无数波兰人、罗马尼亚人、保加利亚人以及经互会成员国公民涌入东德，让他们手中积攒的东德马克发挥最大的作用。整个六月，往来于东德的交通线濒于瘫痪，一如柏林墙刚开放时的西柏林。

疯狂的六月不免令一些东德人反思：既然统一付出的代价如此之大，那我们为什么还要统一？刚刚挺过西方买家的席卷，现在又要面对来自东方成百上千吨的东德马克，民主德国有些力不从心，似乎马上要爆炸开来。然而无论东德人怎么抱怨，他们仍然是其他东欧国家公民羡慕的对象。这一年不到的时间，值得东德人庆祝的日子实在太多，送走了国家条约的签订，又即将迎来六月三十日的午夜。东德人像虔诚的信徒一样，伴着科尔的致辞，等待着零点钟声敲响的瞬间。

可赫尔曼并不想为此浪费自己的情绪，六月三十日他吃过晚饭后便早早躺下，但毫无睡意，门外在庆祝国家的未来，可他只关心自己的未来。妻子忍不住安慰他道："明天起早先去把钱换了，工作的问题再想办法，不然咱们自己开店做生意。"

赋闲在家的妻子尚能如此宽心，手里还捧着饭碗的赫尔曼也就没有必要再垂头丧气。他穿上衣服，叫妻儿一同出去散步，迎接这个他本不想过多庆祝的夜晚。

即使心情并不好，这样的夏夜也很难不让人动心。他们来到亚历山大广场，夫妻第一次允许儿子喝啤酒，听着周围兴奋地议论起东西柏林间的地铁从今天起重新开通，和不认识的人碰杯欢庆。趁着零点还未到来，一家三口步行跨过柏林墙遗址，自由地呼吸西柏林的空气。虽然这里的空气没有什么特殊的味道，可一旦被打上自由的烙印，就连空气呼吸起来都要更加清新几分。

赫尔曼一家在零点前赶回了亚历山大广场，人群没有九、十点钟那样密集，已经有人悄悄离开，去换币点排队。无论是在银行还是在新开设的换币点，排队的人们一边盘算着换到第一笔西德马克后要买什么才划算，一边焦急地凝视着世界钟的方向。

世界钟旁的酒吧，老板已经挂出了牌子：自七月一日零时起不收取东德马克。醒目的字样刺激着人们的神经。六月的最后半个小时，每过一分钟，广场上便会有人自发报时，最后的三十秒，则变成了所有人的高呼。

五！四！三！二！一！七月份来了！

两德在经济上正式成为了一个整体。在东柏林所有通宵营业的场所，人们拿着事先准备好的西德马克，尽情消费。有的人在一场宿醉后跌跌撞撞地走在街上，快忘了换钱的事。清晨的第一缕阳光洒在被货币联盟笼罩的国度，运钞车源源不断送来崭新的西德马克钞票，一路畅通无阻。

昔日俾斯麦用军队和铁血意志完成德国的统一，而科尔运钞车的威力明显要比战车更大，联邦德国凭借其雄厚的经济实力驯服了东方的庞然大物。从柏林墙开放、东德大选到货币联盟的建立，都是为了最终的统一做铺垫。

如果科尔在任期结束前没有完成终极目标，那么一切就前功尽弃，继任者将心安理得地接受这笔遗产，将来历史只会记住那个继任者，而不是他。

迷惘、喜悦的一九九零年的夏天，太阳落山的时刻来得格外晚。东德人把无穷的精力发泄在旅行、泡酒吧、闲侃和抱怨物价上。若是一天无事，便租一辆车奔向西德大肆采购一番，用买到便宜食物的满足感来淡化这场剧变带给他们的失望。

七月初，正式接受市场经济洗礼的民主德国乱象丛生，议会为适应新的经济体制忙得焦头烂额，个体户试图钻法律的空子大赚一笔。商店里，生活必需品的价格变化令人既抓狂又摸不到头脑。“这样糟糕的生活还不如不要。”赫尔曼愤恨地想。妻子的工作仍然没有着落，一家人在带有价格标签的眼色下吃力地生活着。

然而他言之过早，现在的生活还不算糟糕，因为迟早会有更糟糕的事情发生。这天下班时赫尔曼被老板告知不用再来上班了。“我们实在没有办法和西德的电器竞争。”老板无奈地说。

面对失业赫尔曼不但没法说出任何怨言，还要安慰老板一番。他走在回家的街道上，黄昏，又有一批人从西柏林满载而归，他们大部分都是有钱人，正瞄准西德人的生活标准奋起直追。赫尔曼就像吃了苍蝇一样难受。

回到家里接受妻子的日常抱怨，赫尔曼把身体深深埋进沙发里，听着东柏林哪里涌现出的奸商比较多，听着私自定价给消费者带来的伤害。赫尔曼终于忍不住站了起来，淡淡地说：“我失业了。”

妻子瞥了他一眼，继续抱怨着消费水平的不断下降，她的眼神好像在告诉赫尔曼，自己知道他失业是早晚的事。赫尔曼兢兢业业地过了半辈子，从未感受过如此大的危机。过去的半辈子国家几乎为他安排好了一切事，有时甚至让他觉得作为一个男人没有什么用武之地。他无数次想冲破束缚，结束这单调到极致的生活。现在国家放弃了他——不如说无数个像他一样的普通人联合起来放弃了这个国家，赫尔曼却无所适从了。

他已经稳重到了懦弱的程度。去年他思索再三，不愿意放弃安定的生活去找抛弃自己近三十年的母亲，可如果安定的生活变得不安定了呢？生计问题最为残酷和现实，为了吃上饭，什么懦弱的性格都必须克服掉。

赫尔曼重新坐下，这次他小心翼翼地坐在沙发的边缘，像是自言自语地说道："我们自己开商店吧。"

这回妻子不说话了，脸上慢慢露出微笑来，她拉起赫尔曼，开始商讨起把家变成一个小型便利店的可能性。夫妻俩挨个屋走着，眼前仿佛出现了一排排货架，货架上堆满了从西德进口的商品。门口是收银台，赫尔曼把货物搬进屋，整理货架，妻子收钱收到不亦乐乎。儿子放学回家，立刻被夫妻俩的笑声所包围，待他做完作业，一家人散步到亚历山大广场，再去柏林墙的遗址合影留念。

那该是一幅多么美好的画面啊，妻子提醒赫尔曼道："货运来后我们想卖多少钱就卖多少钱。"赫尔曼说："我一切都听你的。"

就在赫尔曼夫妇沉浸在开店的美好幻想中时，波恩政府正开足马力，将所有的外交智慧用在这最后一搏上。早在二月科尔访问苏联期间，戈尔巴乔夫就明确表示，德国统一的问题要让德国人民自行解决，苏联的声明与民主德国的积极回应为统一大业打下了坚实基础。

五月，在两德人民做足准备迎接货币联盟到来的同时，波恩举行了第一次正式的"2+4"会谈：两个德国，加上英法美苏。为了争取西方盟国的支持，西德提出德国统一后不保持中立，而是维持北约成员国的地位。英法打消了他们的顾虑，美国人更是主动出击去做苏联的工作，这次焦头烂额的苏联选择了妥协，七十年代的威风一去不还。

六国制定了接下来三次会谈的时间，最后一次是九月，在苏联。一切问题都必须在那里有一个终结。

谈判桌上的明争暗斗都是民间酒馆里的谈资。百无聊赖的时代，除了颓废、等待命运的裁决外就是侃政治、指点江山，但赫尔曼完全没有闲暇顾及科尔和根舍发表了什么言论，开店这件事定下来后，儿子每天放学后都在帮妈妈搬家具和布置，他也改掉了泡酒吧的习惯，一心一意投入在自家的事业上。

私营经济刚刚起步的东德，境遇上与刚引入市场经济的中国有共通之处，二者都在承受通货膨胀带来的痛苦——企业艰难前行。不过，中国政府可以凭借强有力的手腕调控市场，东德政府则无暇他顾，只能寄希望于西德同胞。

家中已经为开店做好了充分准备，正对着街的那扇窗被装修得有了一点商店的样子。在把从西柏林购置的货架和冷藏柜搬到空荡荡的客厅时，妻子说，家里还是太小，就不要让顾客进屋了。

在赫尔曼前往西柏林进第一批货时，妻子几乎转遍了附近的商店，从最低层次收入者光顾的阿尔迪连锁到新兴起的私人零售店，只为了在本上记下每种商品的价格。这种奇怪的行为令售货员大为不解。她把所有的统计数据拿回家整理，深夜，儿子因为第二天要早起上学已经睡下，她和赫尔曼拿过两个凳子，在日益充实的货架间坐下，试图在变幻莫测的价格中制定一个最优方案。

“我拿最普通的面包来举个例子。”妻子说着，拿着一袋今天刚进货的西柏林面包晃了晃，“一袋最常见的面包，在东德马克时期只要一马克不到，现在多数商店要卖到将近三个西德马克。私人商店的价格有少许差异，不过基本不会低于两个马克。一袋的进货价是多少？”

“大概一个半马克左右。”

“我觉得一袋面包咱们至少要赚一马克，这和大商店比便宜不少。咱们家在市中心，离勃兰登堡门近，人流量大，不如明天就开始试营业吧。”妻子已经迫不及待了。

赫尔曼把小黑板和粉笔拿过来表示默许，他已经准备记下妻子念的促销价格了。在开店方面，他对妻子的魄力已经佩服得五体投地。从某种程度上说，杂货店的开张不仅是生活的转变，还拯救了他的生活。

“开业促销，面包一袋两个半马克。”赫尔曼一字不漏地在小黑板上写下妻子的话，妻子把面包放回货架上，继续在价格表里寻找可以出售的商品。“牛奶一公斤一马克，至于猪肉的话，我想一公斤十五马克应该不为过。”

妻子仍然对那些在货币联盟实行之前利用两种货币汇率钻空子的投机分子耿耿于怀，正是他们的存在，导致一家人几天吃不上肉，有钱却没有地方花，而现在他们要翻身了。赫尔曼拿过一袋进口零食想尝尝鲜，却被妻子一把抢了回来，放回货架上。“在营业之前，这些吃的不许自家人吃。”

赫尔曼尴尬地笑了笑，他把对妻子的爱转化成了无限的包容。两人拿着小黑板来到门外，把它挂在窗户上，妻子轻轻捅了捅赫尔曼说：“今天早点休息吧。”他们依偎着进了门，白色的粉笔字装点了柏林的夜色。

在赫尔曼家的生意初见起色的同时，波恩政府也清掉了阻碍两德统一的一大拦路虎——波兰。七月中旬的巴黎，波兰和六大国坐下来一同商讨两德统一后的边界问题。就在两天前，科尔还在莫斯科同戈尔巴乔夫谈笑风生，顺带把苏联的态度彻底扭转，大打新思维之牌的戈尔巴乔夫终于和其他五国站在了一起。科尔四两拨千斤般把西伯利亚的毛熊置于自己的掌控之下，十七日的巴黎会谈，绝不允许波兰人给统一造成任何威胁。

作为整个欧洲对领土问题最敏感的国家，波兰对于谈判极其没有安全感。回顾波兰的历史，比德国还要悲惨几分，对于被苏联侵占的领土他们无力讨回，对于自己侵占的德国领土又怕被讨走，其窘境可想而知。昔日民主德国同波兰确定两国以奥德尼斯河为界，不过时至今日，波恩方面似乎对此条约并不买账。过去的几个月内，科尔一直有意无意地回避波德边境问题，这让全欧洲上至精英下至平民的各个阶层都担心不已。

科尔在货币联盟问题上遭受的质疑和批评已经够多了，但只要能完成统一大业，他不在乎承受国内外的巨大非议。不过任期有限，当下的形势已经容不得他再含糊其辞，必须依靠莫斯科谈判成功的余威来解决掉波兰问题。

美国人远隔重洋，对德国的态度还稍微缓和，但英国、法国和苏联绝没有那么好说话。如果波恩政府一味对波兰提出领土要求，无异于刺激几大国的神经，使先前的谈判成果付之东流。

所以即使心有不甘，在这次巴黎会议上，联邦德国也只好承认奥德尼斯河为统一后的德国与波兰的边界，且永远不会改变，那些幻想回到河东岸故土的德国人也彻底失去了希望。所谓社会的剧变，一定是要建立在某些人的牺牲之上的，波恩政府安抚那几百万本国居民，总是要比安抚国际社会容易的多。

刚开业那几天，看着客流量并没有预想中的那么大，妻子偷偷地和赫尔曼说，“再降降价试试看”。趁着晚上四下无人，他们把小黑板取下来，改动了几个数字，使价格看起来十分诱人。妻子说，“再加上一句话，促销仅有 7 天，要把数字 7 写得大一点，用红粉笔写。”

尽管这可能是他们开店以来利润最少的一周，但至少销量上去了。这一周赫尔曼夫妇关心的不再是进货的质量，有没有及时清理过期的食品和冷藏柜，而是那黑板上的红色数字。它就像两个人共有的心结，非要等着它从 7 变成 1，再彻底消失不可。

这一周甚至比货币联盟实行前的那一周还要难熬，家庭的收支明细里，这七天几乎是平平淡淡的一条直线。“决不能这样下去了，我们一家人还要吃饭。”妻子说着，拿过货架上最后一袋西德产的薯片，生气地嚼着。

赫尔曼说：“你说的是，所以我们……”

“提价，而且要比最初开店时候的定价高出百分之五十来，想想看，咱们是从西德进口来的这些货物，让附近的顾客享受和西德人一样的待遇，我们的货物配得上这个价格。”

妻子走到购物窗口，低头一看，挂在外面的小黑板上写着一个硕大的红色 3。“还有三天，我们再坚持三天，就会有大把的马克等着我们去赚。”她嘴上这么说着，眼里已经看到购物的顾客在窗前排起了长队，队伍已经延伸到了下一个街区。

看着近乎疯狂的妻子，赫尔曼既心疼，又想制止这种行为。他觉得这种行为很是荒谬，但他说不出来到底荒谬在哪里。

时间悄悄进入了八月，两德关于国家统一的谈判仍在紧锣密鼓地进行当中，妻子已经心满意足地擦去“仅剩 1 天”的字样，坐在家里等着顾客送钱上门了。不过价格是恢复了，生意却不见起色。这个女人气得关起窗户不停地骂，骂丈夫无能，骂东德政府无能，骂西德政府无能，骂她能看见的一切人和事。

骂累了，她打开窗户，表明生意还要继续。阳光和夏风没有使她清醒。在自忖不会有人上门后，她回到卧室，瘫倒在床上。

在后世德国人的眼中，一九九零年的八月不属于精打细算的政治家们，而是属于抗议者们。民主德国从国门被打开时所积累的矛盾在七月达到了饱和，而到了八月，则如山洪般爆发了出来。倒闭、失业、和其他社会主义国家的贸易纠纷，都在争做压垮东德经济的最后一根稻草，西德只能拿出上百亿的马克，往这个深不见底的洞里填。

经济的崩溃必然带来政治上的连锁反应。在全东德农民两次大规模示威后，总理德梅齐埃炒掉了农业部部长。当然，仅仅是人事上的调动不足以平民愤，很快便会有工人、商人站出来控诉政府的不作为。

作为再普通不过的民众，赫尔曼夫妇无法洞悉时局的变化。他们不理解，在这个乱哄哄的八月里，上街的人比以往多了不少，可生意为什么还是没有任何起色？妻子记得十五日那天，一个农民打扮的人来到窗前要买一袋面包充饥，在她取货的时候那人一直喋喋不休，说东欧国家在东德改用西德马克后就纷纷取消农产品交易，导致自家的农副产品受到牵连卖不出去云云。妻子把一袋面包递给他，那农民问："多少钱？"

妻子小心翼翼地回答："三个半马克。"

那人用眼神告诉店主，你是在开玩笑。他嚷道："我们在乡下快要生活不下去了，你们却在城市里随意剥削我们！"然后带着空空如也的肚子重新回到了游行示威的队伍当中。

虽然农民说的话并没有什么逻辑可言，但面对毫无道理的指责，妻子竟然找不到反驳的话，她呆坐在货架中间，那袋面包还在她手里，已经被捏得不成样子。窗前的大街和沙博夫斯基宣布柏林墙开放的那天傍晚一样热闹，不过今天传入耳中的是愤怒的叫骂声。

就在这喧嚣无比的夏日里，赫尔曼一家的美梦也快做到了尽头。民主德国议会内部的争论有了一个短暂的结果，出台了几部适应市场经济的法律，主要为抑制通货膨胀和哄抬物价的乱象。按照惯例，这样的新闻应该在酒馆里得以广泛传播，成为街头巷尾议论的新话题。不过赫尔曼忙于打理生意，早就放弃了该信息渠道，而妻子甚至连下台的农业部长叫什么都不知道呢。

经济的不景气引发的是政治危机的迅速蔓延，先是自由民主党宣布退出联合政府，然后联邦德国议会否决了提前进行大选的提案。八月末，民主德国的联合政府彻底破裂，东德已是名存实亡。有些政治嗅觉敏锐的人已经能预料到，西德吞并东德马上就要实现了。

自由民主党、社民党相继离开，留下尴尬无比的东德总理德梅齐埃[①]守着残破的大厦负隅顽抗。他失望于这些党派不负责任的态度，自己又不得不亲自上阵，坐到谈判桌前，接受联邦德国的狂轰滥炸。这场谈判的主题是现成的：东德加入西德后应该怎么办。讨论的事已经变成了东德加入之后的问题，也就是说统一已经没有商量的余地了。

如果还有一点存活的希望，那么这种抵抗还勉强可以叫做最后一搏，那么世人又该怎么定义第二个国家条约的谈判过程呢？谈判进行的同时，东德议会通过了十月三日加入西德的提案，而西德那边已经在为新德国是定都在波恩还是柏林吵得不可开交了。

在这段时间，东德人像是待宰的羔羊一样，等待着统一后

①德梅齐埃（1940 年—至今）：1990 年以基督教民主联盟主席身份出任民主德国总理，也是民主德国最后一任总理，德国统一后曾任科尔政府部长。

自己将获得的福利与歧视。赫尔曼还在坚持着自家的生意，他想，凡事最好都要有始有终。前不久工商部门对东柏林进行的市场监管，在一定程度上减少了乱象。妻子长吁短叹道，我们失去了赚大钱的机会。在赫尔曼看来，公平的市场环境更有利于生意的壮大。

八月的最后一天，随着第二个国家条约的签订，对民主德国的全面接管就正式展开了。不管东德人为此感到兴奋或自卑，条约签下的时候，大局已定，他们即将见证二十世纪最伟大的历史时刻之一。

最后的一个月，民主德国已经没有了一点国家的样子，关于这个政权的所有东西都被扔到大街上甩卖。买一面东德国旗，摆到自家收藏的柏林墙旁边，对东德人来说，这不是一种缅怀方式，而是一次骄傲的宣称："我在有生之年战胜了这个国家。"

在东柏林，民主德国的士兵们叫卖着自己的装备，焦躁地等待着自己的命运，不知道是被裁员还是被收编入崭新的德国军队。各国驻东德大使仓皇地丢盔卸甲而去，留下空荡的、形态各异的大使馆，作为对这个国家最后的记忆。西德各部门的接管大战里，外交部占据了上风。苏联士兵在东德街头，竟然再也找不到会说俄语的德国人了。

科尔看着他促成的大好局面，悬着的心终于放了下来。不会有人来抢夺他的功劳，他终于可以坐在总理府中，好好地想一想自己在统一日那天的发言了。政府部门的行动如火如荼地进行着，民间自然不甘落后。东德这片土地的潜力，对任何精明的商人来说都是巨大的。抢夺市场的战役愈演愈烈，东德境内的国营商店一个接一个陷落，纷纷变成西德各大连锁店的新地盘。

赫尔曼惊奇地发现，几乎是一夜之间，这条街上就多了数个比自己家小店更好的购物去处，他对此感到无能为力，巨大的运输和人力成本已经让家里入不敷出。赫尔曼不敢向妻子说起这家小店很有可能倒闭的事实，因为妻子还活在这场与西方成熟资本的碰撞中，时刻准备着以卵击石。

十月刚刚开始，小店终于不堪重负，倒闭了。赫尔曼仔细回想在民主德国的土地上度过的这四十多年，从来没丢失过生活的方向，可现在呢，自己的方向在国家消失的前夜变得一片模糊。也许此时政府的官员们忙着把自己的功劳写进国家统一的大事记里，谁也没空顾及一个平凡的、刚刚破产的家庭。

二日，最后一批货物以低价转出，窗户没有了商店的痕迹，恢复了原有的功能，而家里尚未变回原状。在喜庆的氛围里，这个家庭显得格格不入。家人们各自忙着，儿子帮着母亲擦拭空空如也的货架，赫尔曼打着电话，试图把它们卖出去。

还是儿子提议一家人放下手中的活，出去转转，夫妻俩欣然应允。今天柏林是属于德国人的，普通民众和那些新纳粹分子一起等待着统一的时刻，苏联人、越南人以及其他外籍人士都提前被警察建议不宜出门。所有东德的痕迹都被清除干净，取而代之的是全新的国旗、全新的制度、全新的警察制服。

他们照例走到亚历山大广场，历史上从来没有一个时刻能使这里在夜间变得如此璀璨夺目。他们走进一个酒吧，勉强找到了座位，用不多的钱买酒来喝。酒吧的另一端，几个新纳粹分子正在殴打一个外国人，警察迅速赶到，平息了事端。一家人小口喝着酒，只因这几杯酒还需要撑到深夜。

广场的大屏幕上播放着科尔录好的讲话，还有其他大国领导人对德国统一的祝福和期望。深夜十一点，人们自觉地向国会大厦广场走去，最后的统一仪式将在这里进行，联邦德国和民主德国的领导人悉数出席。赫尔曼一家被裹挟在人群中，看不到主席台的情况，偶尔台上传来的发言立刻被人群的欢呼声淹没。

时间缓缓流向十二点，一面巨大的国旗被带到广场上，冉冉升起。全场高唱国歌的一瞬间，赫尔曼流下了眼泪，不知道他的眼泪是为这个国家而流，还是为自己而流。他紧紧拉着妻子和儿子的手，人群开始持续地欢呼起舞了，儿子喊道："我们一起来跳舞吧。"

赫尔曼与妻子相视苦笑，他想说些什么，但人群太狂热，淹没了一切说话声。妻子拉了拉他，做出一个轻松的表情，把他带进这场狂欢当中。

他们和大部分人一样，一夜未归，四日清晨，人们经历了一夜的庆祝后，终于躺倒在广场上沉沉睡去，还没有意识到这里已经成为一个国家的事实。赫尔曼在清晨的阳光下保持坐姿，毫无睡意，酣睡中的妻子和儿子都在自己怀中，他把两人轻轻地放在地上躺好，给他们披上自己的外套。

这是少有的属于赫尔曼自己的时光，他在睡着的人之间艰难地行走着，脚步踉踉跄跄，生怕碰到这些带着笑意刚刚进入梦乡的人们。

他来到广场的边缘，让清风缓解自己躁动不安的情绪。太阳逐渐升起，大街上的人多了起来，还出现了一些胆大的外国人。他们好奇地打量着这个重生的国家，在崭新的三色旗下合影留念。

对赫尔曼来说，统一只是一个仪式，十月四日和十月二日相比，他的生活没有不同，在百废待兴的国家东部，他暂时看不到生活的希望。

在过去的四十多年里，自己几时活得像个男人一样？赫尔曼攥紧双拳，想痛苦地咆哮几声，又怕吓到行人。软弱与妥协，几乎是他生活的代名词。在举国欢庆的日子却落得如此境遇，他不甘心，赫尔曼再一次流下了眼泪。

阳光渐强，国会广场前的大街上，演员们已经到搭好的舞台上就位。巨大的音响开足了马力，台上表演起德国传统的民族歌曲和舞蹈来。歌舞声惊醒了睡在广场上的半数人们，他们还睡眼惺忪，就立刻投入到下一场狂欢当中。

不，决不能再这样下去了。赫尔曼擦擦眼泪，恢复了一家之主的形象，跑回广场，把半睡半醒中的妻儿抱到怀里，像是自言自语地说道："店……还是要继续开下去啊，只要坚持，未来总会有光明，国家不会抛下我们不管的……"

# 无耻之徒

冷藏柜里快空了，排队的人几乎都在喝水，有的人是单纯口渴，有的人只是为减轻购物袋的重量。收银员接过他们递来的空瓶便对准机器扫起来，她已经司空见惯。一个中年男人撩起上衣，露出白花花的肚皮对收银员说：“刚才在水果区吃了好多葡萄，记不清有几斤了，你扫一下我的肚子，显示多少钱我就交多少。”围观者纷纷赞叹，没有人能看出他吃了葡萄，他却能坚持付账，他的素质比我们这些拿着空瓶交钱的人高多了。

收银员哭笑不得，她的表情比超市里其他人都难看。我排在中年男子后面，把商品摆在台上，收银员会意，拿起我的商品一件件扫起来，不再搭理那个神经病。中年男子自知没趣，便在众人敬佩的目光下离开了，能看出来他吃得有点多，因为他正边走边松皮带呢。

大三那一年的八月，我买了一张动车票，从北京来到了中国东北。离开超市的我立刻被城市的滚滚洪流淹没。傍晚，汽车尾气与烧烤油烟混杂的味道笼罩着望不到头的街道，所有的人几乎都穿着一个颜色的衣服。我坐在计程车的后座上回酒店，车上电台在放本地的节目，主持人讲着根本不好笑的低俗笑话，以至于节目组只能在他每说完一句话后都要放一次大笑的背景音乐。笑声刺激着我的神经，我揉揉脑袋，另一只手紧紧抓着食品袋。我希望现在就能回家。

但这不是一场旅行，可以想来就来想走就走，过去二十多年从未来过东北的我这一次是受父亲之托，在这个城市里找一个人。据说东北人热情、好客，但时隔了快四十年，他们的热情似乎很难弥补这巨大的时间上的空洞。街道变了，建筑变了，当年在这里来来往往的人也几乎都不会再出现了，就连我要找的人是否活着我也不清楚。

我正想着，车停在了路边，司机摇下副驾驶的车窗，问一个等车的人要到哪里去。

那人看见了坐在后排的我，操着一口外地口音问："你的车里不是有人吗？"

司机觉得和外地人解释起来太麻烦，没有说话，摇上车窗便开走了，像是自言自语地说道："在我们这里就是这个样子的。"

司机还算顺利地找到了一位和我顺路的乘客，填上了副驾驶的空缺。前排的两人不住地对广播节目发表评论，时而开怀大笑，可以说自始至终我都不明白他们为何发笑。车到酒店，我付了钱，提着两大袋食物来到自己的房间门口，腾出一只手拿下门缝里夹的小卡片，仔细端详起来。

原本来东北的不应是我，但是父亲已经坐上了轮椅，行动不便，加之心情急切，我就代他走这一遭。父亲在失去了双腿后，开始更多的感怀起人生来，从今年春天开始，他要求我推着轮椅，每天带他去地坛转转。在轮椅压过人行道上的树荫时，他常常在不经意间流下眼泪来。有一次，日常的地坛之行结束后，我们回到四合院内，他找出硬木板、稿纸和钢笔，用铁夹夹住稿纸，在天井的阳光下开始写着什么东西。我走到他身边时他并不掩饰，我瞄了一眼，他应该在写一本回忆录，第一页只写了书名：《我的忏悔》。

这时父亲抬起头来，咬了咬嘴唇，对我说："我想让你帮我去找两个人，一个在东北，一个在东部沿海。"说完递给我一张写好的纸，上面有两个人的简短信息。如果他们还在世，都已经八十多岁了。纸上说明，他们在六十年代分别担任北师大的文学院和历史学院教授，那正是父亲的母校，文化大革命结束后他们回到了自己的老家。

我问："他们是你的老师吗？"父亲没有说话，表示默认。良久，他突然抓住我的手说："我能给你的资料只有这么多了，你一定要找到他们，对他们说我对不起他们。"说着，眼泪簌簌地落了下来，打湿了稿纸。

我忙不迭地答应下来，这场寻人之旅马上就要开始了。作为父亲的儿子，我继承了他的衣钵，坐在了北师大历史学院的教室里，开始为我的毕业论文发愁。我没有如父亲般的负罪感，这次旅行在我看来是一次绝好的历史实践机会，是时候离开书堆了，或许在路上就有了毕业论文的灵感。

刷卡进屋，把两大袋食物扔在床上，进卫生间洗澡，披着浴巾出来时，我发现小卡片仍然躺在床头柜上，我望着卡片上挑逗的图片文字和电话号码发呆，从袋中拿出东西来吃，结果越吃越不是滋味。心想一个人出来，不能只打破不吃零食的习惯。我还年轻，该勇于尝试新鲜事物，那些小孩做的事应该留在学校里做。

我纠结了一会儿，鼓起勇气打出电话，对面传来了一个中年女人的声音，她问我有什么事。如果可以从一个人的声音判断其外貌，那么这个中年女人应该浓妆艳抹，珠光宝气，一边向烟灰缸里弹烟灰一边接我的电话。

这下轮到我难堪了，想挂掉电话又觉得太怂，只好硬着头皮说："我看了你们在我房间留的纸片。"

那边的女人听了我的京片子哈哈一笑，说："原来是有客人，看你是外地来的新客，给你便宜一点，三百块一套，想要成熟一点的还是年轻一点的？"

我想了想："年轻一点的吧。"

那边又问："你想让她穿什么衣服过来呢？女仆装？护士装？学生装？"

因为此前追求一个学妹未果，所以我选择了学生装。挂了电话后的这段时间，我紧张而又期待，躺在床上看电视，迷迷糊糊间竟快睡着了。一阵敲门声把我惊醒，我抹了一把脸后去开门。

现在站在我面前的这个女人，让我怀疑这个世界的真实性。脸上厚重的粉底也遮掩不住她的皱纹，她的真实年龄比我预想地还要大上将近二十岁，最让我悲愤的是，她晃晃手里的提包，告诉我，我想要的衣服她带来了，我们进屋。她摇晃着，似乎要把高跟鞋踩断。

这个女人解下头发就开始在我面前换衣服，连澡也不洗。衣服脱掉后，肚子上和腿上的赘肉立刻显露出来，让我一阵反胃。她拿出一套校服穿上，竟然不是制服，而是运动服。

看见我无奈的表情，那女人神秘一笑说："你也别不满意，就怕你一时兴起换口味，我还多给你带了几套。"说完接着从包里掏出女仆装和护士装，甚至还有一套警服。

我的忍耐已达到极限，说道："丫没病吧你，快回去吧，我对你没兴趣了行不？"

那女人也不恼，乐呵呵地说："回去也行，可是这衣服也不是我自己的，我还得给租金呢，四套衣服，一套一百，加上一百块打车钱，给我五百就行。"

我直接跳到床上大骂起来，她还是乐呵呵地说道："老娘的身子你都看了还想咋样？要是不同意，要么就告你丫强奸，要么就让我们家兄弟来这好好和你丫唠唠。"这个老娘们竟然在用我的口气说话，真是干这行干惯了，得心应手。

我想不出别的对策来，本来这就是见不得人的事。那女人拿出手机拨了一个号码，我腿一软，不知道她要干什么。那边电话接通了，女人一句话没说，直接把手机递给我，然后竟然从我的购物袋里翻出零食打开吃。手机对面是个男人，告诉我他们的人已经守在了酒店门口。我从未受过如此威胁，索性就当是破财免灾了。

女人拿着我的五百块，留下一个嘲讽的表情走了，门重重地关上。我坐下来，打开空调，拿过女人吃剩的半袋零食接着吃，试图好好整理思绪。我人生中第一次独自旅行出师不利，这个年纪实在是不好意思让父亲在旅行上给我打钱的，我只能降低行程标准，正式开始把精力投入到找人中。

我要去东北找的这个人姓李，原北师大的历史系教授。文化大革命爆发后，历史系停止了招生，原有的师生也过不上正常的生活。父亲在《我的忏悔》的开头是这么写的："人越老就越容易回忆，如今我已年过花甲，逐渐懂得了敬畏和忏悔。有时我闭上眼睛，会看见李教授在阳光下蹲着除草的画面。我和一个女同学每人都拿着一条皮带，两条皮带都往下滴着血，那上面的血应该来自十几个人。我们时不时会在教授背上抽一下，大声呵斥，防止他站起来偷懒。而那个女同学，后来成了我的妻子。"

在这里还要说一说我的母亲，关于母亲的往事，是在我上大学的三年间父亲陆陆续续讲给我的。她和我父亲相识于一九六六年八月，关于这个八月，可以有许多的形容词：革命的、浪漫的、青春的、鲜血淋漓的等等。这个月后来被人称作"红八月"，一个红卫兵全面出击，收获颇丰的月份。

那一年，我的母亲就读于北师大女附中，我在前往北京站坐动车时还路过这里，现在它叫北师大附属实验中学，是北京市最好的几所中学之一。在北师大女附中副校长卞仲耘女士被活活打死几天后，我的母亲便开始和其他的女红卫兵走出校门打黑帮了。女子中学和北师大毕竟有从属关系，在打倒一切牛鬼蛇神的年代里，一定要互相援助。

八月八号，父亲所在的小组接到群众举报，说在西直门有走资派聚集，组长立刻带着全组成员奔赴目的地。刚进胡同就感受到人满为患，围观群众阻塞了道路。父亲他们看到了许多军装、腰带和袖标的红卫兵装束的人，明显父亲他们来晚了。

挤进胡同尽头的四合院，中间跪着一对夫妻，双手被反绑，口中塞着一团布，说不出话来，默默地低着头。听周围人议论说，这个男人在解放前是个收藏家。一个红卫兵不耐烦地说："什么他妈的收藏家，说白了，就是搜刮了一堆革命群众看不懂又不喜欢的破烂。你们说他们该不该打，要我说，杀了都不解恨！"

群众立马附和起来，夫妻俩遍体鳞伤，抬起头，他们的脸已经肿得不像样子了。旁边几个刚打过他们的红卫兵在休息。组长解下皮带交给父亲，用眼神示意他，似乎不活动活动筋骨就是白跑一趟。

父亲抡起皮带的时候，母亲所在的女附中小组赶来了，她们也得到了消息，专程来这儿支援。革命的年代，即便对方是两个手无缚鸡之力的人，也要像如临大敌一般，支援是必不可少的。母亲一进门，就看到父亲一皮带软绵绵地抽在女人身上，禁不住冷笑一声，父亲诧异地转过头来，那是他们的第一次见面。母亲给父亲留下的第一印象是这样的：双手叉着腰，挺着不大的胸脯，红袖标异常鲜艳。最显眼的是，母亲那天剃了一个光头，活脱脱一个英姿飒爽的革命小将。许多年后父亲回忆起母亲时说：“世界上总有一些女人，长得没有那么惊艳，但就是能勾住男人的魂。”

父亲是不愿意打人的，但肩负着组长的重托，他没有办法。正当他在为打第二下做思想斗争时，母亲站到父亲前面，以一个中学生故作成熟的口吻，语重心长地教育起一个大学生来：“这位北师大的同志，我可要批评你了，毛主席教导我们说：‘革命不是请客吃饭，不是做文章，不是绘画绣花，不能那样雅致，那样从容不迫文质彬彬，那样温良恭俭让。’你现在没有对敌人，对这些牛鬼蛇神踏上一只脚，叫他们永世不得翻身，而是心慈手软，这不是给了他们猖狂反扑的机会吗？”

说完，母亲夺过父亲手中的皮带，把它调转过来，准备用带金属那一端打人，铜扣在太阳照耀下明晃晃的，光芒射进那对夫妻的眼里，他们惊恐万分。父亲后来对我说，他觉得那铜扣都快赶上碗口大小了。母亲决定先拿这个男人开刀，她用尽全身力气向男人挥出两皮带，铜扣全部命中脑袋。男人双手动弹不得，呻吟着，以一种十分别扭的姿势倒下了。他的脑袋上留下了一个大洞，鲜血和脑浆正往外汩汩流着。

男人的老婆痛哭不已，但嘴里被塞了布，只能听得她的呜咽声，不知道在说什么。她伏在丈夫身上，哭了一会儿，她似乎想明白了什么，今天她逃脱不了和丈夫一样的命运，索性挺直腰板，用怨毒的眼神盯着我母亲。母亲被盯得有点发毛，但还算镇定，她一手叉腰，一手拿着沾着血和脑浆的皮带指着那女人，怒道：“不服是不是，老子告诉你，你的下场马上就和他一样了！”

母亲抡起皮带正要打，女附中的组长不甘落后，一步上来拦在母亲前面说道："三妹呀，这功劳不能让你一个人都占了是不是，这个女人留给我们，你去和北师大的同志们把他们家收藏的玩意都搬出来，要是翻出国民党留下的反攻大陆的承诺书就再好不过了。"

这正好给了母亲一个台阶下，她把皮带交给组长，手指狠狠点了点那女人的脑袋，就进屋去破四旧了。

父亲说，他或许就是在那时爱上了母亲，因为他第一次觉得女生拿起武器自称老子的时候是那么吸引人。革命时期的爱情之花就这样开放了，在红八月的鲜血和脑浆的浇灌下，恣意地挺立着。

收拾行李的那几天父亲一直主动给我看他新写出的书稿。他有阅历，有记忆力，还有点学术基础，刚从公司退休不久，脑子还很灵活，写起回忆录来得心应手。

写回忆录的时候，父亲每天吃两顿素食，早起晚睡，早饭后带着钢笔和稿纸，自己操纵着轮椅去地坛公园，经过门球场，和打球的老人们挥手致意，然后找一个阳光还算充足的地方开始写作。晚上我在父亲的回忆录中提取有效的信息，策划我的行程。

而现在我远离了北京，坐在酒店的房间里困惑无比。理想和现实总是有或多或少的差距的，一个人开始享受事与愿违的感觉是他成熟的标志之一。原本我期待在寻人的过程中来上一场艳遇，现在只剩下了寻人。我不想在洗浴中心里被人威胁花掉一千块，或者早上在某个旅馆醒来，发现少了一个器官。

来前我在资料室里找到了这位教授的部分资料，上面注明了他的老家，是我所在的城市周边的一个村落，不能确定的是现在此地是否还叫这个名字。我打开网络地图，搜索地名，放大比例尺，出现了几个镇名，鼠标滑轮再滚动一下，村子名就出现了，万幸的是，我找到了这个名字，距离市区不远。

我查好交通线路便早早睡下，第二天早早出发，坐了一个小时的公共汽车来到隶属这座城市管辖的一个镇子上，准备换乘前往村子的另一班公共汽车。整个镇子混乱无比，目力所及，只有一条街道，四周是烂到透顶的基础设施和新旧夹杂的居民楼。这里是另一班公共汽车的始发站，人没坐满不能开车，毕竟一个小时才会有一趟。车子窗户大开，没有空调，几个当地人围着车子，发传单或叫卖。

你若是经常旅游或愿意四处溜达的人，那么在你的经历中一定有那么几个地方会让你发誓这辈子不会再去第二次。这个衔接附近几个村落，起到交通枢纽作用的小镇，已经在几分钟之前被我列进黑名单了。

车子启动了，老旧的发动机轰鸣着。新上来的乘客不停地在和司机说话，好像这个地方小到所有的居民都相互认识一样。道路被车压过，尘土飞扬，很快便出了镇子，在坑坑洼洼的土路上颠簸。没有售票员，没有下车铃，快到站时，司机会扭头大喊一声“这一站有没有下的？”

我一路盯着手机地图，找对位置下了车，从一条土路来到另一条土路上。向前走，杂草丛生，所有的村民住宅都化成一堆堆砖头，再也没有一群鹅或鸭子踩过草丛找食吃。旁边的溪流干涸了，村东头只剩下的两扇铁门孤零零地立着，上面还有残缺的贴纸，能辨认出“基督教会”四个字。

这里像是一个棋盘，每一片废墟都是一枚棋子，继续走下去，可以见到开发商们树立的标语。不知道这算是矫情还是情怀，作为学历史的人，即使是面对一次普通的拆迁，自己也会产生一种时代更替的无力感。普通人只能见证历史，然后承受着变化带给自己的喜悦与痛苦。

现在该去哪里呢？是向父亲敷衍了事，启程去拜访下一位教授，还是接着在这里找下去？新房还没有建起来，这个村子看起来刚拆不久，村民们最大的可能便是被安置到了镇子上。刚才在公共汽车上我已暗暗发誓再也不来这个镇子，现在只能食言。我安慰自己，毕竟要回市区的话还得经过这里。

等待一个小时，回到镇上，再次确认了这里只有一条大街，我抱着碰运气的心态来到了一个水果摊，问那个吆喝的中年妇女：“这个镇子里有没有一位教历史的李教授？”

这类女人本就爱扯家常，爱议论是非，我正好给了她机会。她放下手中的活计说：“没错，有一位李教授，去年搬来的，住在后面的楼里。像人家这种大知识分子，跟我都特熟，你是他学生吗？”

“我是他学生的学生。”我回答道，望着前方的居民楼，它和楼下的商场连为一体，我不知道从哪里进入。

女人一指商场大门：“从这里，上二楼。”我买了一点香蕉，再装上女人硬要送我的几个桃，走进了商场。脏兮兮的长廊里，有小贩在平底锅里翻弄着烤香肠和毛鸡蛋，在一个不合时宜的地方卖不合时宜的食物，竟然荒谬出了一丝艺术感。

我不是来欣赏艺术的，只要找到了人完成任务，我一刻也不会在这里多呆。走进大门，立刻被一种只有地下商场才会散发的气味包围，也许是长廊太长，不通风所导致。商场里面除了我以外的所有人都在谈笑风生。我路过一个卖影碟的摊位，七八个塑料筐摆在玻璃台上，每个筐上都贴着一个纸板，写着各种各样的分类，字迹难看到极点，如果我仔细找一找的话，可能还会有一些错别字。

一楼是个大杂烩，卖牛羊肉的摊位挨着修手机的摊位，对面卖的是家居用品，这个商场的职能便是满足整个镇子的基本生活需求。顺着水果摊主的指引上到二楼，这里还算整齐一些，是一个专门卖服装的楼层。我朝另一侧大门走去，被人吃完的砂锅麻辣烫放在地上，里面的汤快要凝固，我走过的时候差点将它踢翻。

走出另一侧大门便是居民楼，这里的墙壁没能吸引涂鸦者，只被小孩子们用来学写字，墙上留下一些没有逻辑的句子。我来到教授的家门口敲门，一个只有我一半身高的小女孩开了门，大眼睛盯着我，也不怕生，问我："你是谁呀？"

我说来找李教授，小女孩跑回卧室，喊道："太爷爷，有人来看你了！"我就在门口等着，小女孩马上又回来让我进屋，看我犹豫，她直接拉我进屋说："不用换鞋了，怪麻烦的。"

踩着老旧的地板进入客厅，小电视旁边挂着李教授作为教育工作者获得的荣誉，最遥远的一张已有五十多年了。来到卧室，李教授像许多老人一样坐在摇椅上，目视前方，不知道是发呆还是在回忆过去。

大致扫了一眼卧室，家具简朴到了简陋的程度。两大沓报纸堆在床上，一个木箱子被当做茶几使用，上面放的东西很杂，有二人转影碟机，杂牌子玻璃瓶汽水，还有爱德华·吉本和蒙森的著作。我知道李教授是罗马史学家，那些著作都被翻得很破旧了。

教授有些惊讶，看来已经很久没有人来拜访他了，家里的气息也不像经常来人的样子，或者说，这个镇子上的人和他基本没有交集。我把水果放下，做了自我介绍，当听到我是北师大的学生时，老人家眼睛里放出光彩，我又试着说了我父亲和母亲的名字，甚至已经做好了被教授骂一顿的准备。

教授非常疑惑，表示不记得这两个人，我尝试着启发他，突然教授哈哈大笑起来，说他想起了这两个拿着皮带看着他除草的孩子，我松了一口气，说："我是来替他们向您道歉的。"

教授摆摆手说："若不是你今天来，我早就不记得有这事了。"教授笑起来底气很足，他故意不问这两个人的现状，也没有问我和他们的关系，只是对有人能来看他表示感谢。他开始讲自己的过去与现在：儿子儿媳、孙子孙媳都忙，自己和曾孙女一起住。虽然子孙满堂，但生活还是郁郁寡欢。离开北师大后在村镇里都教过书，那时他任教的中学有许多城市里的学生来这里上学和住宿。去年村子拆迁后政府每月给租房补贴，让他们在镇里租房住，而真正的回迁还是遥遥无期。

教授打开了话匣子就收不住，就像你拿起一本让你放不下的书一样，可爱的老头子一定有许多值得聆听的故事。他滔滔不绝地讲了两个多小时，从容的语气中蕴含着对生活的淡淡悲哀，他放松着，我却压抑着。

这样的生活不会是最让人满意的，但作为从文化大革命中走出的老人，教授的内心不会因为回迁问题泛起什么波澜。老人的淡定不能算是妥协，他只是看清了生活。

讲完自己的故事后，教授清清嗓子，开始说起一些男人感兴趣的话题。走在夜晚的东北街头，几乎每一家烧烤摊前都会有一群男人拎着酒瓶子高谈阔论，话题无非是女人、政治和历史等，指点江山，意气风发。教授在我面前自然不谈女人，也对政治没有什么评论。他谈诗词格律、书法篆刻，当然谈的最多的还是历史。在听到我是历史系学生时他十分高兴，他谈希腊罗马，谈帝王将相，他许久没能遇到一个可以听他讲历史的人了，教授只要走出家门，便和其他买水果的老人无异。

拜访过程中我除了介绍和道歉外没有插上话，最后我找了个借口准备离开。老人和女孩一直将我送到楼门口，目送我走进商场前往车站，可以看出他们的神情都是满足的。我坐在公共汽车上想，已经了却了父亲的一桩心事，现在他可以松半口气了，前面还有更重的任务等着我。我在考虑怎么给父亲写这一封关于李教授的信，他的生活平淡，丝毫不浪漫，多说一点好话总能使父亲不那么惭愧。我决定尽快离开这里，先回到城市，再去寻找加工别人生活的灵感。

在我上高一那年，父母打算庆祝结婚纪念日，他们没有选择饭店或者某个适合散步的公园，而是异想天开般决定去看一场北京国安的比赛。可惜天不遂人愿，那天工人体育场内外都挤满了人。据父亲事后回忆说，两队球迷爆发了冲突，进而引发了一场大混战。

我偷偷在家打开电视试图搜寻父母的身影，但没有找到。我关掉电视不久后便接到了医院方面的电话，他们说父母出了车祸，生命垂危。赶到医院时母亲已经不在了，医生说，他们当时在体育场外慌张地跑着，被一辆高速行驶的轿车撞飞，父亲若想保住命，只能截掉双腿。

我现在很难回忆起当时的反应，只记得大脑一片空白。在高中的三年里，每每我拄着脑袋望着坐轮椅的父亲时，他总是忍不住说起母亲，但他从不主动回忆，只是说："这是报应。"

在我的逼迫下，父亲终于肯给我讲起他和母亲初见那一天在那个四合院发生的故事。北师大和女附中的红卫兵们把字画搬出来后，又有一支大队人马赶到，有北大和清华的红卫兵，还有一些从全国各地赶来的串联师生。他们人多势众，直接宣布接管了那批文物，北师大和女附中方面只得撤出这条胡同，女人和文物的命运在父母这里永远成了谜。

可他们并没有失望多久，因为新的任务又到了。举报者是什刹海附近的一个报摊主，事情的起因很简单，一个男孩挑报时不小心撕坏了一块，而撕坏的一块上有毛主席照片，于是报摊主拿着少了一条胳膊的毛主席大声呼喊起来，很快聚集了七八个义愤填膺的行人。他们先是把男孩的上衣扒掉，撕成布条，结成一根长绳，再把男孩捆起来，并让他在前面带路回家。在男孩家的院里，群众在男孩父母惊恐的表情下一时有些手足无措，他们先让男孩跪在院里，随后派代表去向红卫兵报告。

父亲和母亲一行二十多人到达后，群众们立刻肃然起敬，主动排成一排等着红卫兵和他们握手。两位组长说，感谢你们为无产阶级文化大革命出的力。群众们嘴上谦虚了一阵，心里为参与到这伟大历史时刻而欢欣鼓舞。

热心人把反革命分子移交给红卫兵后就自觉散去，红卫兵们大声讨论着要怎么处置这个反革命，还故意和男孩的父母对视，目光里充满了挑衅的意味。男孩的父母目光呆滞，嗫嚅着，想上前却迈不开步。那个男孩当年也就十六七岁，和母亲差不多的年龄，此时却被一群同龄人挂上木板准备定罪了。

木板是北师大红卫兵自备的，同时还有毛笔、砚台和墨块。组长安排父亲磨墨，这是非常不好干的差事。父亲上前两步，把男孩的父亲拉过来，把墨块和砚台塞到老头怀里，让他给自己的儿子备好墨汁。

老人家颤颤巍巍的，使劲咽了一口唾沫，拿着砚台的手还在抖，一个不留神，砚台掉在了地上，磕掉了一块，墨块滚到一个红卫兵脚下。

父亲见状，对准老头就是一个耳光，大骂道：“老丫的包庇反革命是不是？马上给老子捡起来把墨磨好，要不然叫你老丫的永世不得翻身。”

回忆到这里，父亲说，从今后的一系列事件来看，母亲应该是在这时爱上了他，因为母亲可能意识到了一个男人挥舞起巴掌的样子竟然能那样迷人。

墨磨好后父亲把砚台拿过来，问了男孩的名字，就在木板上写下反革命分子某某某，再给他名字的每一个字都打上叉，最后将他的脸整个涂黑。不过，在处置反革命分子的方式上红卫兵内部产生了分歧，有人建议拉出游街，最后是另一派占了上风，把男孩留在了院子里。

无论是北师大还是女附中的红卫兵们，现在对这个男孩都没有主意了。他们在过去的几天已经用完了所有的想象力，不论挥霍什么，终究是要付出代价，包括整人的点子。

于是他们决定到房子里寻找素材，可惜房子里并没有什么能激发创造力的东西，但箱子里的几床破棉被对于他们已经足够了。当棉被和八月结合在一起时，一切都变得有可能。大家合力把被子搬出来平铺在院里，把男孩放在里面卷起来。木板是用铁丝拴起来的，一挂在脖子上立刻就嵌进肉里，每一次被摆弄都使男孩承受巨大的痛苦。

红卫兵们还没有给这新发明的方法起名字，暂时就叫它裹被晒太阳。男孩正面朝上，脸上的墨汁很快就干了，却又被汗水冲刷掉一些。红卫兵这边正在有条不紊地进行分组工作，具体的情况是：两个人守着男孩父母，一个人负责及时给男孩脸上涂墨，两三个人负责不让男孩被闷死，当他晕过去时是吐痰还是撒尿全凭个人喜好，其余的人到各房间去休息，按时换班。

院子里刑罚一直持续到黄昏，时不时有其他学校的红卫兵经过，好奇驻足，顺便增长自己的经验。有人认为北师大很缺皮带，便把自己的解下来递过去，父亲他们挥一挥手说，这玩意我们已经用腻了。

阳光正好时，女附中这边在院里最右边的一间平房里有了新发现。男孩和父母住在中间，其他的房子都处于荒废状态，只用于储物。有时这里也是京城顽主的集会场所，冬天的时候顽主们在什刹海滑完冰，便来这里烤烤火，四处胡侃。女生们搬出了一些炭和一块烙铁，炭火生起来的时候，太阳已经看不到了。大家把棉被解开，男孩虚汗直冒，上身红一块白一块，喘着粗气。天黑时分，一半的人都回去了，父亲和母亲作为各自小组的精英留在了这里，几个人把烧红的烙铁往男孩的前胸和后背上按，其余的找屋子休息，在男孩的惨叫声里酣然入睡。

关于这天晚上父亲没有过多回忆，只是含糊地说，他和母亲就是在那时确立了恋爱关系。据我的猜测，情形可能是这样的：在男孩的惨叫声真切地传到他的父母耳朵里的那天晚上，母亲把父亲拉到一间没人的屋子里，关上门，直勾勾盯着父亲，月光透过窗户映在母亲的光头上，让父亲有点睁不开眼。

母亲干脆地说："同志，我们马上就要胜利了，革命胜利后你打算做点什么？"

父亲憨憨地笑了，说："我也不知道，我就是一颗螺丝，毛主席把我拧到哪里我就去哪里。"

母亲上前一步，柔声地说道："你知道吗，你扇那老头耳光时的样子真是好看，毛主席一定会为有你这样的卫士感到高兴的。"

父亲借机说：“你拿着皮带的姿势也很迷人，能教教我打倒敌人的诀窍吗？”

两人很自然的拥抱在了一起，父亲把母亲的脑袋护在胸前，摸着她光滑的后脑勺，随后便是接吻，做恋爱中的男女该做的事，可能在草堆里，可能在破衣服上或垃圾堆旁边。

我露出了很不自然的表情，父亲疑惑地看着我，问：“你小子想什么呢？要是不好好听我可不给你讲了。”

我立刻反应过来，恳请父亲继续。他打开扇子扇风，抿一口茶，直接跳到了第二天清早。

清早大家被一阵叫骂声吵醒，出门一看，守夜的几个红卫兵正踢着男孩，一面骂他狗日的装死，父亲走过去，发现男孩早已断气多时了。屋子门口，老头承受不住一夜的身心折磨，也躺在地上走了，老太太一个人坐在旁边抹眼泪，一句话都没有说。

这时门口走进来四五个人，为首那个拿着相机，朝父亲他们点点头说：“同志你好，我是北京大学宣传队的，为了筹备红卫兵成果展，现在正四处搜集材料，听说这里有一个反革命是吗？”

父亲一指，那人顺着父亲手指的方向看去，戴着木板的男孩倒在地上。他欢喜异常，吩咐手下人给男孩摆一个好看得姿势，木板要朝前，相片里要能看清上面的字迹。他上去问老太太：“你是他妈吧，过来让我照一张。”说着让老太太坐在男孩尸体旁边，塞给她一块“文化大革命万岁”的板子让其举好。

队长后退几步拿起相机，突然觉得不对劲，镜头里怎么有两具尸体？原来老头的尸体还在后面躺着呢，他赶紧让人把老头搬出镜头，准备照相。但却迟迟没有按下快门。他心想，红卫兵帮这个老太太家里清除了一个反革命分子，她怎么一点都不高兴呢？

他放下相机，不耐烦地说：“老太太！笑一下好吧，配合我照相。”

老太太不知道是没听见还是听不懂，没有反应。宣传队长急了，上前摆弄着老太太的脸，硬是给人家挤出一个笑脸来。老太太几乎没有了意识，任凭摆布，笑意还留在脸上。宣传队长赶快拿起相机，把尸体、两块木板和老太太的笑脸留了下来。

关于那一天的回忆到此结束，这绝对是我听父亲讲过的最好的故事之一，因为它具有极强的画面感，那就像电影的最后一个镜头。红卫兵们把景布好，老太太拿好木板被摆出笑脸，随着“咔嚓”一声，整个画面逐渐变为黑白，然后缩小，最后成为一张照片，演职人员表开始滚动。

走前的最后一晚我照例搬过凳子来听父亲的回忆，我问他是否见过那张照片，父亲点了点头，八月末的红卫兵成果展示会上，他特地在几百张异曲同工的照片中去找那个熟悉的院子和老太太的笑脸。然后父亲说，他下一次见到这样的表情，是在十几年后一家报纸为王光美一家子拍的照片上了。

随后的回忆由无数个关键词构成：八月十八日红卫兵大游行、老三届、改革开放、下乡与下海，这足可以成为一部断代史的教材。一九六八年，母亲和一九六六、一九六七届一起从女附中毕业，随后到陕北插队到文化大革命结束，出发的那天父亲到火车站送她。接下来七八年的故事父亲讲得十分含糊，只知道一九七六年母亲从陕北回到北京，两人便结婚了。

我不得不承认，父母那一辈人有信仰，为了爱情可以奋不顾身。父亲说，直到母亲死于非命后，他才开始反思近半个世纪以来所经历的种种，那或许是一代中国人的喜怒哀乐、逃避与圆滑、遗忘与开拓。一阵风吹过来，空荡荡的裤管飘扬着，他紧握我的手，又给了我一次叮嘱，一定要找到那两位教授。

回到宾馆我一觉睡到了第二天中午，打开手机发现已过十二点，现在退房没有意义，索性等到明天再走。起床之后腹中空空如也，出门吃饭，顺便把从门缝里新塞进来的小卡片撕碎，扔进垃圾桶里。

宾馆旁边就是一家酒店，我不知道怎么就走了进去。服务生问我：“先生是来参加哪一位的婚礼呢？”我好生尴尬，眼睛扫到了旁边的指示牌，是某先生和某小姐的新婚庆典，我将计就计地指着指示牌说：“他们两位。”

服务生礼貌地说：“前方右转，先生。”

婚礼马上就要开始，本来打算随礼的我此时也打消了念头，因为负责记录的人都准备吃饭了，随便在一张桌坐下，十个人中只有两三个人在交谈，看来剩下的人互相也不认识，这多少让我安心一些。

在吃饭的时候我还在想如何向父亲说明李教授的情况，旁边的男人给我倒了一杯酒，问：“兄弟是娘家亲还是婆家亲？”

我犹豫了一会儿说：“我是新郎的同学。”

“你可别扯了，我听人说这个新郎初中毕业就不念书了，他哪来的北京同学啊？”

我不知如何是好，那男人会心一笑：“兄弟别着急，咱们是一路人，我就住旁边这小区。”

我问：“你也是来蹭饭的啊？”

男人喝了一口酒，点点头说：“对啊，这种饭不吃白不吃，你就在收钱的人走的时候过来，多方便，这儿的服务员都快认识我了。”

我不说话，只管吃饭，整个大堂里我们这一桌最安静，吃完饭就低头离开，绝不说一句废话，我甚至觉得婚礼双方特地安排了几张蹭饭桌。出门时在酒店前台我看到了一些旅行社的信息，有五大连池、松花湖、沈阳故宫、长白山等，我买了一张长白山的明信片，写道：教授在东北，在长白山脚下活得安逸悠闲。

在写上我家地址的一瞬间，我想，为什么不亲自去一次呢，一张明信片太过单薄，亲身的感受，一定可以给父亲展示最完整浪漫的李教授的生活，在父亲的梦中，教授应该活在长白山下，或者活在长白山中。

行至二道白河，准备第二天上山，我发觉这里并不浪漫。除了络绎不绝的游客，与李教授所住的小镇没有什么区别。长白山之于二道白河，像是一个看似非常近，实则很难摸到边的存在。和我来时的小镇一样，两侧破败的建筑夹住唯一的道路，路的尽头处，山峰在东方若隐若现。

我起了大早找车向长白山开去。从前一天晚上抵达小镇到在景区门口排队，我目击了差不多三四起打架事件，原因几乎都是由于排队引起的，大同小异。看着混乱的场面，我更是毫无头绪，不知道怎么给父亲写这第一封信。

走过大门，来到第一个观景平台，人群开始在这里分流，绝大部分都向主峰涌去，少数人好奇于前方的瀑布，过去一探究竟。这一片开阔地的西侧有几个水池，工作人员在这里卖用温泉水煮的鸡蛋和玉米，他们慵懒地在座位上说着话，胳膊耷拉着，手里还握着带有筛网的长杆。

那时我竟然幻想出李教授坐在那个位置上，仙风道骨般捞玉米的画面。刚想拿出纸笔记录下一瞬间的灵感，却又觉得不妥，一位大学教授沦落到在景区捞玉米，尽管环境优雅，工作清闲，这样的落差终究会让父亲内疚无比。

看着人流能轻易辨别出主峰的方向，索性把信先放下，赶到主峰入口处坐车。车子在盘山公路上行驶，我努力克服着稀薄的空气和漫长的路程带来的痛苦，可过大的温差还是使我在天池旁下车时不禁打了个冷战。凑过去一看，整个天池被雾笼罩着，显得扑朔迷离，我顿时兴致全无。其他游客并不急，正耐心地等待着雾散，我抱着胳膊，默默地到下山候车区排队。

经过一番周折，我回到了下动车的那个城市，说走就走的长白山旅行是不成功的，它现实到让我无法用其来包装教授的生活。我老老实实地买了信封和信纸，在咖啡馆泡了一整天，写出了给父亲的第一封信，把李教授最真实的生活展示在他眼前，不带任何粉饰。父亲若是内疚，就让他内疚去吧，一个亲历历史的人，是必须要为他的行为负责的。信寄往北京后我回顾了之前的行程，除了被骗走五百块之外一切还算顺利。可怎么填补三百元的漏洞又是个问题，我订好了前往下一个目的地的机票，困难的事还是放在后面想吧。

走出机场后才真正从东北来到东部沿海，这时已是傍晚，我只想赶到酒店快快睡去。车进市区，一夜无话。第二天在公共汽车上听人说附近的村落家族意识浓厚，一个村子都姓一个姓，这为我的寻找提供了很多便利，于是我下了车，直奔那个姓张的村子。

还未到村口便听到鞭炮声，这里张灯结彩，豪车云集，正在举行一场婚礼，场面比在东北举行的那一场要盛大许多。进入村子顺着主路向里走，只见一大群人在一处空地上围成圈，嬉笑怒骂混杂的声音不断传来。人群中还有记者，长枪短炮对准正中心。

我费力挤了进去，眼前的景象十分让人费解：一辆婚车停在中间，新郎打扮的人坐在驾驶位上，手拿一根绳子，绳子的另一端拴着两个脸被涂黑的老人，看样子是对老夫妻，其中丈夫还打着赤膊。

这两个老人面对不断传来的快门声显得无所适从，起哄的声音此起彼伏，我来这不是为了看这种闹剧的，虽然很不合时宜，但我还是硬着头皮问旁边当地人打扮的居民："请问村子里有一位曾经教中文的张教授吗？"

那人努努嘴，说："没看见正中间被栓着的两个人吗，那是张教授的儿子和儿媳，车里坐的是他的孙子，他自己已经去世了。"

我又好气又好笑，曾经文革接受批斗的人被涂个满脸黑，捆起来边骂边打，现在不用挨打，但涂脸的传统保留了下来。过去负责批斗的人站着，叉着腰，显得好不威风，现在经济大发展，他们有条件坐在车里了。不管怎么说，这是一种历史的进步，只是张教授先行离世，没能赶上这个时代是他的遗憾。

一个司仪模样的人挤到了中间，打开车门，让新郎下车，去给父母解开绳子。意思大概就是父母当牛做马半辈子，现在儿子已经结婚，他们该去享福了。两位老人被领下去洗脸，好心的围观群众把自己的大衣脱下来给老汉披上，老汉笑了，黑黑的脸上露出一口白牙。

这第一个节目就算是结束了，我一看表，上午十点多，良辰未到，应该还有环节。车被开走了，中间换成了一个大垫子，司仪一声令下，几个青年人冲上来把新郎推倒在垫子上，狠狠地揍了一顿，新郎开始还在笑，但肚子上被踢了一脚后就笑不出来了。旁边的人解释说，这几个人是新郎的哥们，都是为了延续打新郎这一习俗，专门从外地赶回来的。

我能听见拳头结结实实落在肉上的声音，打了大约有五分钟，司仪把新浪的哥们儿们拉开，可以看出这些人都避免给新郎留下外伤，但还是失了手，新郎的一个眼眶被打青了。

新郎被搀扶起来，大家开始向酒席进发，我来得早，这次没法蹭饭了，只能交了钱，找个位置坐下。酒席是在新郎家的二层小楼前举办的，摆了几十桌，除了我以外，似乎他们都相互认识一样，使我好生无趣。新郎和新娘进行完仪式便下来挨桌敬酒，新郎换了套西装，敬酒的时候还时不时地揉揉被打青的眼眶。

和我一桌的几个男人吃饭格外快，他们从头到尾一直在谈论新娘的伴娘团，听说这些伴娘都是新娘的大学同学，长相没的说。他们说着说着就大笑起来，差点被食物噎到。

婚宴不久就结束了，既然张教授已经去世，可写的东西不多，回到北京和父亲汇报即可。我现在难得清闲，打算回到市里吃喝玩乐。我站起身准备离开，可所有男人都在朝我挤过来，硬生生地把我挤进了新郎家。

我被人群裹挟着上了二楼，和我一桌的几个男人推开伴娘们所在的房间，里面的姑娘顿时惊得花容失色。我又被裹挟进屋，门被关上，一个人把守住。新郎和新娘在别的房间里，不知道这里发生着什么。

看样子这个地方结婚，不仅要打新郎，还要闹伴娘。几个男人之前在饭桌上商议要扒伴娘的衣服，但毕竟是法制社会，这些伴娘们都上过大学，有法律意识，摄像师已经站在墙角就位，要是落下什么把柄就不好了。

所以大家折中了一下，选择了抛伴娘。男人们先把一个坐在床上的伴娘拉过来，一个人抱住双腿，伴娘的两只胳膊分别被拽住，就这么被抛上了天花板。落下的时候男人们争先恐后地去接，这是揩油的绝佳机会。一个男人叫我过去搭把手，我刚把手伸出去，刚好摸到了伴娘落下的臀部。那是我第一次摸女人的臀部，在东北宾馆被勒索那次都没有摸成。

我不好意思地收回了手，眼睁睁看着四个伴娘被一个接一个的往上抛，才和大家一起出了新郎家。门口有记者在找人采访，还做着笔记，我怕出现在镜头里，就赶快跑开了，坐上公共汽车，逃回了市里。

回到北京那天赶上了一场大雨，在积水潭出了地铁站，发现四周到处都是积水。我打开伞慢慢走着，突然一个女子的疾呼打破了雨中的宁静，很快她周围又聚集起一群人来。只见一个人摔倒在水坑中，奋力挣扎，他的轮椅倒在一旁。

女子请求别人的援助，大家只是张望着，互相看看，无动于衷。我刚想离开，却有冷汗滑过我的脑门，我意识到那轮椅是父亲的。

我冲过去扶起那人，正是父亲，他的一只手紧贴胸口，像是在保护什么东西，现在对他而言最重要的东西也只有他的文稿了。我摆正轮椅，把父亲安顿好，想：女子可以对行人发泄愤怒，而我当时却对看客的行为表示理解。毕竟覆巢之下焉有完卵，人再怎么坚持本心，终究斗不过形势和风气。我开始窃喜自己在婚礼上摸到一个女人的臀部了。可如果这是真理，那父亲的文稿又有何意义？忏悔对死者没有什么作用，更多的还是自我安慰，让自己老来活得安宁无悔。想到这里，我不禁对父亲投以赞许的目光，也陷入了深深的自责当中。

不知道那封信父亲收到了没有。它也许在家里的书桌上，被父亲读了无数遍。父亲干咳不止，先要送他去医院，我的这场旅行到此结束了。事已至此，我的毕业论文也有了灵感，我想探究四十多年前的那场运动对现在的影响，身份不同的亲历者们现在何处，他们过得怎么样。围观者逐渐散了，那个女人走过来向我道谢，她不知道我和父亲的关系，父亲张张口想说话，但终究没有发声。我对那女人报之以微笑，跑过去捡回我的伞，给父亲撑起，推着轮椅，在她的注视下消失在雨中。

# 二十世纪式困惑

## 一九七二年的爱情

我把父亲送到医院的时候雨还没有停，经过一番检查和折腾，所幸并无大碍，在医院小住一两日即可回家。在父亲酣睡的时候我一直在读他藏在怀中的手稿，我不在的这一个月内，他竟写出了将近十万字，速度之快令我咋舌，不敢想象他还有多少积压的回忆还未来得及吐露。

这两天我哪也没有去，只是一心一意地守在父亲床边。他睁开眼时发现我在身边，便安心地接着睡去。凡是父亲醒着的时候，他没有一刻不缠着我要听我过去一个月的经历，我尽力满足他的要求，一直讲到口干舌燥，心烦意乱，就把话题引到父亲的书稿上去。

父亲不好意思地说："那天原本打算将书稿拿给你们学校的几个熟人看看，不想走到积水潭的时候又开始下雨了，还摔在了水坑里。"

我把窗台上已经晾干的十几张稿纸揭下来，一边换上新的一批继续晾，一边和父亲说起我的毕业论文。父亲说，这年头想找文化大革命的亲历者，简单，想让其开口说话，难。如果真心喜欢这个题材，可以尝试记录口述历史，听他们讲讲家乡的人事变迁，总要容易一些。

潜意识里，父亲把自己的忏悔当成是一种可以使他高人一等的东西，字里行间有一种骄傲的味道。但我不得不承认他说得没错，我的研究方向是一个看似宽敞的死胡同。父亲出院之后在家静养，我受他之托将书稿带到学校去，请现代史教研室的一位教授看，顺带检查有无史实错误。

那位五十多岁的教授听了我的想法后，拿着厚厚的书稿，一副感慨良多的表情，似乎有的是话想说。他轻轻抚平稿纸被水打湿后留下的褶皱，对我说：“天色已晚，明日详谈”。办公室里的人几乎都走光了，我将书稿放进背包离开大楼，一群乌鸦刚好从我头顶掠过，把我惊出一身冷汗。

再见到教授时他的神色不太好，黑眼圈加深了一层。学校东门的咖啡馆里，教授向咖啡里加了双份的白砂糖和奶精，才开口说道：“那个书稿让我想起很多事来，六七十年代乱是乱，但值得写的东西也多。正好你在做口述历史方面的研究，我这里有一个故事你想不想听？”

“是关于您自己的吗？”

“算是吧，不过它更是关于一个女人的故事。”

我来了兴趣，像每一个好学的学生一样掏出笔记本准备记录。咖啡馆里慢慢热闹了起来，周围的人多，教授才有说话的动力。

我是20世纪五十年代末的农村人，那年月要能生个孩子已经相当不容易，饥荒的年代把男人饿得没有力气，把女人饿得没有月经，所以我的出生说明家中还能勉强度日。

我对饥饿没有什么印象，这也不是我要讲的重点，自从我懂事之后就没听说过村子里饿死过人，只能从长辈的零星话语中窥见一斑。四五岁的一天，我们兄弟姐妹几个缠着父亲要听故事，父亲一两杯酒下肚，一高兴，嘴就不严实了，开始说起当年亲眼目睹有人在村东头挖饿死的逃荒者的胳膊和大腿之类的话。母亲听到后当即让父亲闭上了嘴，才没有给我们这些小孩子的心里留下什么阴影。

父亲这话说得不假，那几年村子里来了不少逃荒者，从邻村甚至到邻省都有。有些人刚逃到这里就饿得倒在了村口，一倒就再也没有起来。

我们村比较文明，没有野蛮到直接分食尸体的地步。几个胆大的小子找一个只有他们自己知道的地方，挖一个浅坑，把尸体放进去，再用土轻轻盖上一层，抹平痕迹，做上记号，趁着晚上没人时再溜出来把尸体弄回家。

现在我还记得家里断顿的时候喝过几次肉汤，小孩子看见吃的东西就不在乎其来历，后来才醒悟到，家里没有牲畜，哪里来的肉汤？不过我确信那是爹娘向邻居讨要的，他们从来没亲自干过这种事。

大部分逃荒者人生地不熟，没人接济，也难逃厄运，能在村子里定居下来的少之又少，其中就包括我要给你讲的这个女人。有人调侃说现在这个社会看脸，其实六十年代也一样，若不是那女人有些姿色，还真不一定能活下来。

她是从邻省一路乞讨过来的，来到我们村时她敲开的第一户人家，属于一个老光棍。那老光棍当年将近五十岁，是个和善的老头，但因为长得丑，一直找不到愿意跟他的女人，长此以往，村里人都用老光棍称呼他，他的真名就很少有人记得了。

老光棍看着这个女人，动了心思，他神秘兮兮地把女人叫进屋，拨开柴草堆，让女人往他家的火坑里看。这一看不得了，把女人看得再也走不动道了，那火坑里着实有不少粮食，至少把这个冬天熬过去没有问题。据老光棍透露，这些粮食是上交口粮时自己偷偷藏的，他当年就像现在藏尸体的人一样，和全村斗智斗勇。那样特殊的年月，谁不把一口吃的看得比命金贵。女人不傻，她知道老光棍把家底亮出来是什么意思，她主动把衣扣解开躺在炕上，从此两人就这么过上了日子。

虽然命保住了，但女人有时候想到自己的落魄处境，还是会忍不住哭出声来。

第二年开春，大规模的饥荒就过去了，村里再也没有人饿死。那女人无处可去，也没有要走的意思，两人就这么过起了日子。虽然结合得阴差阳错，却也过得恩爱，但好景不长，六六年文化大革命爆发了。

文革爆发的时候我七岁，那是我一辈子头一回见到那么多的红色，人们的热情比过年还要高涨几分。小孩子对历史事件的政治意义并不了解，但是有的东西足以让他铭记，比如无休止的批斗和花样百出的整人方式。

你知道特殊的时代里，揭发告密并不新鲜，任何事都能成为罪状，你父亲还专门用一章来说这件事。举报自己的亲妈，眼睁睁看着她被枪毙的事也的确发生过。我们村里倒没有这么荒唐，最多也只是举报邻居而已，老光棍身边的女人就是这么遭殃的。

当年和她一起从邻省逃荒而来的还有几个人，应该是她曾经的左邻右舍。他们举报说这女人解放前家境殷实，妥妥的地主阶级。这一举报可不得了，女人被带到由打谷场改成的批斗场，戴上纸糊的高帽。村民们把她围在中间，恶狠狠地质问她犯过什么罪行。无数只手在指指点点，唾沫横飞，要她把过去全都交待清楚。老光棍躲在人堆里瑟瑟发抖，不敢出来。女人哪见过这样的阵势，一害怕就把所有事都抖落了出来。

那女人生活在邻省时，父亲是个不大不小的地主，家境还算富裕，起了战事后天下到处都不太平，家里开始走下坡路。抗战中后期那女人的父亲给她提了一门亲事，双方可谓是门当户对，但就在定亲后不久赶上日本人扫荡，那女人被抓去做了慰安妇。被日本人折磨了一个多月后，家里筹钱把她赎了回来，可惜女人没有享受多久的自由，就被汉奸告密，又一次被抓进了日本人的据点。这下她父亲气得一病不起，没多久就死了，那个未婚夫再没有露过面。

所幸的是，女人活到了日本投降，新中国成立。无奈家破人亡，那些地产也都在土改时被分了出去。以她的出身和经历，没有哪个男人愿意娶她，她没能逃离任何一场政治运动的漩涡，忍辱负重过了十几年，直到饥荒发生，她的村子开始大面积死人时，她才一路逃到了这里。

这些话我没有机会亲耳听女人说，都是后来我在农村妇女们闲聊时听到的。据说村民们听了她的叙述也觉得可怜，临时决定今天的批斗就到这里，明天再继续，现在可以把她男人从人堆里叫出来，让他领着妻子回家了。

文革刚开始的时候，农村的批斗还没有城市那样的规范流程，往往想一出是一出。那女人在打谷场免了一顿打，但自忖免不了她男人的打，就跟在男人身后，也不说话。你说说这他妈的叫什么事，被日本人抓走的经受异议不说，到头来还成了自己的罪状，在我考上大学离开家乡后，每次想起这女人的遭遇来，都觉得荒诞无比。

好在老光棍没有落井下石，像什么都没发生一样继续生活，这在一家人彼此都不能信任的时代很难能可贵呢。她男人的思维很简单，他不光信毛主席，还信老天爷，这女人为什么在那么多户人家里，偏偏第一个敲开了他的门？这样的恩赐他要是再不好好珍惜，那就真是不识抬举了。

听父母讲，老光棍家里人走得都早，在遇到他女人之前，他可能一个人过了将近三十年。据我后来分析，正是因为他前半辈子从来没有体会过为一个人付出的感觉，才让他觉得保护自己的女人有多幸福。所以每当所谓的“头头”登门要求他与他老婆划清界限时，他总是毫不留情地抄起扁担把来人打出去。父母从来不和外人谈，只是在家里偷偷称赞，那人的确是条汉子。

就是这条永不背叛家人的底线，老光棍守了足足六年，这六年间他陪妻子关牛棚，挨打骂，没有什么怨言。我慢慢长大，明了事理，不再和其他小子跟在那女人背后叫骂，而是对那对夫妻多了一丝怜悯。我有很多次想对他们表达我的歉意，然而却没有勇气接近他们。

谁能预料到从此以后我再也没有机会和那个女人说话了，我们村门口有一个大广播，平日里负责播放毛主席语录和他的最新指示，但是在一九七二年的一天，广播播报了这样一条新闻：日本首相田中角荣访华，中日建交，实现邦交正常化。

广播的功率大到全村人都能听见，这条新闻播报后不久，那女人就在下午趁着丈夫不在家上吊了，没有人发现。她这么多年的苦难日子都熬了过来，到最后却被一句话击垮了心理防线。她把国家正常的外交活动看成是无能的表现，看成是永远地失去了伸冤的希望。

老光棍走在回家的路上，他身后跟着几个十一二岁的小子，他们蹦蹦跳跳的，与前面的男人保持着一定距离，防止他突然回头朝自己冲过来，嘴里唱着从大人口中听来的词：“不和反动派划清界限我们就叫她灭亡！”老光棍只是笑笑，照例在还没跨进门时大声喊着妻子的名字。屋内是死一般的寂静，寂静的让人发毛，几个小子还继续在门口看热闹，没有要走的意思。老光棍看到屋里吊着的人后呆了半晌，他把妻子踢倒的凳子扶正，哆嗦着把她的尸体解下来，抱到门口，蹲下来，没命地大哭。

那些小子在旁边吓得张不开嘴，甚至挪不动步。他把妻子的尸体抱在怀中，一时间不知道该责怪谁，那些村民和日本兵一样可恨。

老光棍就那么坐在家门口的泥土上，哭得撕心裂肺般，任凭过路人参观。我们兄弟几个在家里无所事事，听见屋外有人嚷嚷着有热闹可看，就都一溜烟跑出去了。我们赶到时老光棍周围已经站满了人，挤不进去，大家已经开始议论起女人的死因了。有的人说是畏罪自杀，但畏的是什么罪，说不清楚，有的人说是听了中日建交，气不过才上吊了，大家发出一阵惋惜声，带有一丝嘲弄的意味。他们声音很大，丝毫不顾忌能否被老光棍听到。

他颤抖着，由鬼哭狼嚎转向了低声呜咽，围观的人们没有要走的意思，还在以自己所谓的聪明才智揣测着女人的心理。后来母亲闻讯赶到，把我们几个孩子都揪回了家。母亲做了一辈子善良的人，善良到不愿意凑热闹去看别人的痛苦事，她在家里板着脸说："那两口子都是好人，我想看看这些人要不分是非到什么时候。"吓得父亲赶快捂上她的嘴。

时至今日，我依然钦佩母亲当年的论调，和父亲对母亲的信任。母亲去世于全面拨乱反正之前，她没有看到女人被平反的那一天，不得不说是个遗憾。关于那天之后的事我不清楚更多细节，只知道第二天老光棍就和那女人的尸体一起消失了，没有人知道他们去了哪里。也许女人被就近掩埋在一个没人知道的地方、也许被她男人带着，永远消失在人们的记忆里，好在我没有再听到关于她的坏消息。

我是我们村里恢复高考后的第一个大学生，录取结果出来的那天，村民们敲锣打鼓地庆祝，不约而同地选出家里一两件像样的东西作为贺礼，这说明我们又回到了崇尚知识的时代。可直到父亲目送我坐的前往北京的列车走远时，那锣鼓声还在我脑中盘旋久久不去，过去的十年间这种声音我听过无数次，那是文革留给我的最深记忆，对它的感觉不是怀念，而是恐惧。不管什么时候只要响起锣鼓声，我眼前出现的不是人们迎接新年的喜庆面孔，而是人们面对阶级敌人时的坚毅面孔。

由于年少的经历，我在历史专业里选择了中国现代史方向。这么多年从学生到讲师，再到教授，教过的学生上千人，发了不少论文，职称是评上去了，但说实话，能让我自己满意的成就少之又少。我不得不和你提到另一个人，他算是我老家的学弟，八零年参加高考，考到北京学法律。

老光棍和他妻子成为全村的众矢之的时，他还少不更事。来到北京后，我们专门在一个国营饭馆里见了面，他和我大谈特谈改革开放后村子的变化，我则格外地对他的专业感兴趣。

我问他：“为什么选择学法律？”

他说：“文化大革命结束后，历史遗留下来的慰安妇问题引起了一些社会关注。中国开放后，和日本的交流必不可少。你不在的三年里，村里有几个当年逃荒来的妇女站出来揭露自己曾被强征为慰安妇的历史，她们大多已垂垂老矣，时日无多。所以我想学法律，为她们尽一点绵薄之力，对索赔不敢期待太多，只是希望她们能得到公正的对待。”

他又补充道：“您还记得那个上吊自杀的女人吧，她多和善，多平易近人，她的死对我触动很大，我不能再眼睁睁地看着有人含冤死去了。”

在分手时师弟说，他永远忘不了当年男人抱着他妻子尸体时那绝望的眼神，那是驱使他向前探索真相的动力，这件事如果不抓紧做，恐怕就再也来不及了。

笔记本被我记得乱七八糟。教授思维敏捷，语速飞快，光是写下关键词就已经使我的手酸痛无比。我的咖啡已经凉透了，还没来得及喝上一口。

他暂时就讲到了这里，教授示意服务员把我们两人的咖啡拿走加热。他盯着我，像是完成一场报告后等待着观众提问。

我终于可以把笔放下，看着密密麻麻的笔记本，快速回忆着教授讲的故事,问道:“您村子里的那几个老妇现在怎么样？”

教授说：“我留在北京一直读到了博士，学弟大学毕业后回了老家去做前期的调查工作，当时我们还保持着书信联系。我还记得我收到的来自老家的第一封信，学弟遗憾地告诉我，其中一位老妇已经在他读大学期间去世了。她一辈子无依无靠，生命的最后几年把希望全部寄托在了学弟身上，据说去世前只喊了学弟的名字。”

气氛变得压抑起来，教授接着说道：“学弟表示留给他的时间已经越来越少了。接下来的几年我们的通信没有那么频繁，他走访了临近的上百个村落收集资料，在北京朋友的帮助下，九十年代时他带着几位老妇到日本去参加听证会，当庭陈述的时间没有多少，那些妇女一辈子的痛苦经历就这样被我的学弟在为数不多的几个小时内概括出来，所以你看，历史是多么的残酷”。

“但日本法院一直含糊其辞，有个老妇感到索赔无望，在东京的法庭上犯了心脏病，被连夜送到医院，但还是没抢救过来。从那时起，学弟就不敢把当事人带到日本来，过去这二十多年，他一个人在中日间不知道往返了多少次，常见的局面是，整个法庭上除了他的翻译外，没有一个中国人，虽然他坚持不懈，可直到现在也没有满意的结果。”

我问：“那您的这位学弟的现状如何？”

教授说：“后来我们几乎失去了联系，毕竟两个人走了完全不同的道路。不久前我回老家去，听村里人说他过得不尽如人意。打官司只是他的个人行为，这么多年花销太大，也没有地方可以报销，一些民间组织听说此事后也曾资助过他，但这是个填不满的无底洞。”

热好的咖啡端上来了，教授喝了一口，长长地叹了口气说：“他家的生活条件没有什么改善，不过他父母说起他来骄傲无比。我问他们，会不会为他感到后悔，他们说，他自己从来没有后悔过，他们应该高兴才是。和他相比，我只是个整天看书、上课、做学问的庸人，实在是太渺小了。”

“您也不能这么说……”我试图安慰教授。

“对了，我听说你不是很喜欢写作吗？我的故事不能白给你讲，这两天把我讲的东西写出一篇文章来，也算是给我的过去一个交代。”教授的神情变得轻松起来，用期望的眼神看着我。

我把笔记本合上，它的分量似乎比平时重了很多。

## 一九八六年的逃亡

从十八岁开始，谢尔盖就在策划这一场旅行。当第一次产生去普里皮亚季的想法时，他迫不及待地开始向身边的每一个人分享。所有的同龄人说：“那可真酷，你总能想到别人想不到的点子，去别人没有去过的地方”。而他的父母则是义正言辞地拒绝，他们异口同声地说：“你不知道那里有多危险，它会让你的牙齿和头发都掉光”。

接下来的五年里，谢尔盖没有再向父母提起这件事，他准备着自己为旅行买单。他不挑食地读书，写出大量文字来换取收入。在被父母发现自己的攒钱计划时，谢尔盖说："旅行是成为作家的必经修炼"。

在二十一世纪的第二个十年，基辅出现了一些提供前往普里皮亚季和切尔诺贝利核电站遗址服务的旅游公司。线路通常是在普里皮亚季旁边的小城集合，乘坐私人直升飞机俯瞰整个鬼城。若是有兴趣，还可以穿上防护服，在普里皮亚季里游览。这座荒无人烟的城镇，几乎任意一座建筑，任意一个房间都可以进入，全世界这样的旅行独一无二。尽管广告做得十分诱人，可前去的游客一直寥寥无几。

谢尔盖是在上大学的那一年听说有这样的旅游项目，顿时动心。那时他对写作的热情达到了顶峰，但困在和他人一样的生活里，谢尔盖没有灵感。他常常幻想自己在荒凉的城镇上空掠过，拿出笔记本，只用简练的文字就能勾勒出二十多年前这场世纪灾难带给人们的创伤，那该是多么有意义的事。

像他这个年纪的少男少女们，多数每天在无所事事，毫无梦想地活着。几个有文学梦的人，也难逃自身年龄的窠臼，写一些不具有普遍性的年轻人故事，自认为那就是文学。任何一个读过谢尔盖文字的人都说，这和你的年龄并不相符，不是夸他的文笔有多好，而是说明他选择的主题往往沉重。

谢尔盖自我辩解道，既然他这个年龄的人都在写青春，不差他这一个，自己就可以把精力放在大清洗、冷战和古拉格群岛上。母亲没好气地朝他嚷道："你到切尔诺贝利去，不过是想满足你写作上的虚荣心！"

谢尔盖想，如果这也叫虚荣心的话，我需要这样的虚荣心。

上大学的几年中他频繁地参加一切和写作有关的活动，渐渐积累了一些名气和金钱，同时他为了这次旅行，不厌其烦地搜集一切关于切尔诺贝利事故的信息。他读官方书籍、回忆录与口述史，他查地图，普里皮亚季的每一条街道都在他心中，那段历史他滚瓜烂熟。

他一直认为，去一个人文气息浓厚的地方旅游之前，一定要熟读当地的历史，否则旅行就失去了味道。高中时父母带他去罗马，他拉住一个站在万神殿门口自拍的年轻女人，问她知不知道君士坦丁大帝哪一年颁布了《米兰敕令》，对方被吓得差一点报警。事后父母责骂了他一通，谢尔盖不满地嘟囔着："不懂罗马历史的人也到罗马旅游，简直是侮辱。"

父亲大怒，抬起手作势要打："我就是不懂罗马历史，你说说看我侮辱谁了。"

大学的后两年，谢尔盖跑遍了基辅所有开设切尔诺贝利线路的旅游公司，反复比对，似乎始终绕不过租私人直升机这一项。负责人解释道："这条线路才运营几年，比较小众，这个价格已经是保本经营"。

谢尔盖问："真的没有其他人报名这条线路吗？"

负责人说："暂时没有，如果有的话你们之间可以分摊租飞机的费用，有了最新消息我们会及时通知您。"

这一等谢尔盖足足等了一年多。大学毕业前夕，他接到电话说，一位摄影师愿意与他合租，旅行时间初步定在这个夏天。他粗略地算了算价格就答应了下来，这场旅行他已期盼太久了。

旅行从基辅火车站正式开始，公司给他们配了一名导游，这个饱经风霜的大叔举着导游旗，递给谢尔盖一根烟，后者回绝了。

“请问这是去切尔诺贝利的旅行团吗？”谢尔盖回过头，一个背着背包的清瘦女人站在他面前。她长发披肩，笑容里带着一丝忧愁，手里拿着相机和三脚架。

导游把抽完的烟头扔在地上踩灭，说：“没错，旅游团算上我这个导游只有三个人。”

“三个人好，安安静静的，拍出的照片质量一定高。”女人笑着说。

“我带了十几年的旅游团，单独带一个作家和一个摄影师倒是头一次。”

谢尔盖对作家的称呼很是受用，他主动提出帮女人拿三脚架。

“谢谢你，我叫娜塔莎。”

列车向普里皮亚季旁边的小镇驶去。车厢里，导游欲拿出烟来抽，立刻被乘务员警告一番，他收起香烟，这才想起正事。

“我先向二位介绍一下这次旅行的背景。我们都知道，在1986年的4月26日凌晨，前苏联最引以为傲的切尔诺贝利核电站的四号反应堆发生爆炸，大量的放射性物质泄漏，该爆炸事故被称为史上最严重的核泄漏事件。”

这一段话让导游说得磕磕绊绊，一看就是临时背诵的结果。谢尔盖想，能把准确的日期告诉我们值得表扬。他以前见过的那些导游，业务能力明显不够，连最起码的历史知识都不知道，可惜旅游团里没有人对此产生过质疑。

三脚架放在桌上，娜塔莎把相机紧紧抓在手里，目不转睛地盯着导游，看他的嘴一动一动。导游接着说：“切尔诺贝利核电站坐落于乌克兰的普里皮亚季市旁，普里皮亚季位于乌克兰和白俄罗斯边境，是当时苏联政府在1970年为安置核电站工作人员及其家属而建造的城市。核泄漏发生时约有居民五万余人，现在它已经成了一座废弃的鬼城了。”

看样子临时背诵的东西讲完了，导游的话语明显流利了起来：“说实话这条线路我是第一次带，公司说，时隔二十多年，当地的辐射量已经大大降低，在防护服的保护下不会有任何危险，这一点你们放心。”

娜塔莎一边摆弄着相机一边说：“在安全问题上我不担心，只要有充足的自由活动时间就行。”

“由于咱们旅行团的性质特殊，没有购物环节，在坐直升机俯瞰全城后你们有的是时间在普里皮亚季自由活动。”导游仔细想了想，似乎没有什么要嘱咐的了，就拿着香烟向吸烟区走去。

一想到他将有大把的时间和娜塔莎在空无一人的城市里四处游荡，谢尔盖就觉得浪漫无比。他的脑海中，早已把娜塔莎设定为他关于切尔诺贝利这篇小说的女主角了，小说中的娜塔莎，一定比现实中更漂亮几分，谢尔盖一向对他笔下的女人不吝溢美之词。

这个摄影师不爱说话，在导游说到切尔诺贝利的字眼时，她的脸上会产生一些微妙的变化，像是勾起了一些伤心的往事。如果问谢尔盖为什么能察觉到这些，他会回答说，作家是必须要有锐利的眼睛的。

谢尔盖拿出笔记本，把从三人在火车站集合到现在的所有细节全部记录下来。他趴在桌上刷刷地写着，一边的娜塔莎还盯着相机和窗外看，对他毫不关心。谢尔盖写完一页，大致读了一遍，缺乏重点，和流水账没有什么区别，索性撕掉重写。他故意把撕掉的那页纸放在离娜塔莎更近的地方。

娜塔莎果然瞄了一眼谢尔盖的草稿纸，兴致颇高地读着，突然她“咯咯咯”地笑了起来。

“笑什么？”

“谁让你开头就写，费了好大的劲才瞒住父母来切尔诺贝利旅游。”

“经历过八十年代的家长们，谁会允许自己的孩子去到那里。”

“我家就不是，我是受我妈之托才来的。”

娜塔莎眉眼低垂，她突然不说了，随即被一阵浓烈的烟味呛得咳嗽不止。导游回到了两人对面的座位上，一脸满足的表情。

列车到站，在出站口有专人迎接，三人直接被带到饭馆吃饭，下午是坐直升飞机的项目。饭很简单，谢尔盖几口吃完后就一人出去转转，这也是作家的修行之一。

这个小镇是前往普里皮亚季的必经之地，虽然导游曾说不会安排购物项目，但谢尔盖还是在饭馆旁发现了出售切尔诺贝利纪念品的小店。印着核电站图案的半截袖摆在橱窗里公然出售，让谢尔盖看了很是不舒服。

一切美好和丑恶的东西都可以成为作家的素材。谢尔盖正在想怎么讽刺这种现象，导游和娜塔莎已经吃好了饭，在饭馆门口招呼他了。三人驱车来到一处空地，坐上了前往普里皮亚季的直升飞机。

在巨大的轰鸣声里，导游拿出扩音喇叭向两人继续介绍这里的基本情况。谢尔盖在笔记本上飞快地记录着，娜塔莎拿出相机，调试镜头。当直升机的门外变成了黑压压的一片时，导游告诉他们这里是普里皮亚季。

谢尔盖望着下面肃杀的景色，努力辨认他在地图中看过的建筑物，寻找着医院、火车站与游乐场。他很难在第一时间想出合适的词汇描述他看到的一切，而坐在对面的娜塔莎将快门按个不停，导游也被下面的景色吸引住，他只顾着向门外看去。

俯瞰这座城市是摄影师的专属，它不属于作家。一个小时很快结束了，直升飞机在出发地缓缓降落。娜塔莎对自己的摄影很是满意，但刚才的那段时间内，谢尔盖并没有记下什么有用的东西，他期待着第二天的自由行。

三人在普里皮亚季附近的小旅馆休息，这些旅馆是在出现切尔诺贝利旅游之后建造的，惨淡经营，勉强度日。导游在门口痛快地抽了几根烟，就倒在床上睡着了，鼾声大作。

谢尔盖听着鼾声无心睡眠，有人敲响了房门，门开了，娜塔莎站在门外，一脸羞涩的表情。

她问："你对这里的历史和地理很了解吧？"

"应该算是。"

导游的鼾声传到了娜塔莎的耳朵里，她笑着小声说："我就知道你比导游靠谱。"她拿出一张纸条，向谢尔盖请求："明天自由活动的时候你帮我找到这里好不好？"

纸条上面写着一个地址，笔迹端庄清秀，出自一个妇人之手。谢尔盖一口答应了下来，他问："这应该是一户民居吧，该不会是……"

"是的，这是我父母曾经住过的房子。"

第二天谢尔盖特意和导游说，自己有地图，熟悉环境，自由活动时可以不用跟在他们身边。导游虽然不太放心，但也答应了他的要求。几人穿好防护服，车过检查站，驻守的士兵检查了他们的相应手续予以放行。

一个只有五万人的小城，半天即可走完。两人并肩走着，谢尔盖提着三脚架，在娜塔莎的指挥下放在每一个她认为合适的地方，固定，拍摄。即使是白天，城市还是阴森无比。

谢尔盖昨天没有睡多久，可现在格外精神。他想起昨晚的纸条，但娜塔莎一直没有提此事，只顾拍摄沿途的建筑。

他正在纠结要不要问，娜塔莎招呼他过去。她蹲在地上，面前有一具动物尸骨，没有人清理。娜塔莎辨认出来那是一只猫，令谢尔盖惊讶的是，她还能分辨出猫的品种和年龄。

“我的妈妈是医生，我对骨头比摄影还要在行。”没等谢尔盖说话，她先解释道：“你看它的头骨和身体，是被枪打死的。”

谢尔盖说：“只有一种可能，它是在疏散居民时被士兵打死的。”

他的眼前出现了这样的画面：几个全副武装的士兵正在街上巡逻，这条街的人已走了大半，一个士兵手中的辐射探测器嘀嘀作响，原来前面出现了一只猫。为了防止辐射扩散，士兵毫不犹豫地射杀了它。

一个小孩哭喊着冲向猫的尸体，那应该是他的宠物。士兵们快速跑上前去把他拉回，塞进卡车里送走。

听了谢尔盖的叙述，娜塔莎淡淡地说：“并不艺术。”

“我会用艺术的语言好好加工的。”谢尔盖同时掏出那张纸条对她说：“这个地址在城市的最北端。”

“正好顺路，我们就沿着这条路一直向前就好。”

他们经过了公园与干涸的游泳池，经过了市政府和医院。远方时不时还能听到几声犬吠，应该是游荡在附近的野生动物，吠叫声在空荡的城市里不停回响。一个小时后，他们来到了目的地，眼前是一个大型游乐场，一座废弃的摩天轮显得十分醒目。

那就是母亲经常和自己提到的摩天轮，娜塔莎解释道："这是专为核电站工作人员家属修建的游乐场，当年是小孩子最愿意去的地方。"

谢尔盖领着娜塔莎从游乐场旁边的一条路走下去，来到了一片居民区，他拿出纸条和地图反复比对，最终确定了娜塔莎的家。

她先照了整栋房子，又给大门上士兵贴的封条来了个特写，喃喃自语道："这是妈妈最想见到的照片。"

谢尔盖撕掉了封条，两人走进屋里，空气还算清新，不像灾难刚发生时，人们甚至可以闻到放射性元素的味道。一进屋便能看到厨房，一些当年没来得及拿走的食物腐烂到了不能再腐烂的程度，娜塔莎照例拍下了这些画面。

地上是一片狼藉，整栋房子所有的墙，没有一面是完整的，墙皮脱落得不成样子，一些不知名的植物攀附在上面，在客厅，谢尔盖不敢坐在沙发上，他害怕会把它压塌。

他发现客厅的一面墙上有几道整齐的划痕，走过去比对一下，最高的一条只到自己的脖子处，那是小孩子的身高记录。他问娜塔莎："你不是出生在这里的吧？"

"不是，我出生在基辅。"

谢尔盖摸着划痕说："哪个小孩曾经住在这里呢？"

娜塔莎不知从什么地方搬来两大本厚厚的影集来，叹着气说："在爆炸发生一天以后当地政府才宣布疏散民众，一切都太匆忙了，人们在家收拾东西，那些士兵就在门口端着枪催促，连这么重要的东西都来不及带走。"

她把影集放在桌上，一页一页仔细地翻看，里面的照片她前所未见，娜塔莎指着一张照片说：“这是我妈妈，另外一个……应该是我的爸爸。”

照片上是一对青年男女，坐在长椅上，互相依偎着，背景正是他们刚才看到的摩天轮。谢尔盖问：“为什么说应该是？”

“他是一名消防员，为了抢救核电站牺牲了，从我出生起就没见过他。”

谢尔盖抽出一张更老的照片，上面是一家三口，小男孩在父母中间笑得很开心。

娜塔莎把两张照片放在一起比对，确定了那个小男孩是她的父亲。“我的爷爷是来到切尔诺贝利的第一批移民，爸爸从小就生活在这里。”她放下相机，走到墙边，抚摸着划痕说：“这就是父亲留下的证明。”

“能给我讲讲你爸爸的事吗，比如他和你母亲，或者是作为消防员之类的事。”

娜塔莎把两张照片用相机拍下来，指着那张摩天轮前的照片说：“他们的相遇也和爸爸的职业有关。听母亲说，在她还是个实习护士的时候，有一天和女伴到游乐园坐摩天轮，那一天摩天轮鬼使神差地出了故障，她和女伴被困在半空中无法脱身，后来消防车赶到，升起了云梯，是父亲把她们救了下来。”

“那个年代的人，走在一起竟然如此简单。”

“他们很自然地认识并结婚了。据母亲说，反应堆爆炸的时候她已经怀了两个月的身孕。那天凌晨消防队通知父亲紧急集合，他跟母亲说附近发生了火灾，母亲没有当回事，只是迷迷糊糊地应了一声，翻过身继续睡去。爆炸声不知怎地没有将她吵醒。”

“当天还没有造成恐慌是吗？”

“是的，直到天亮，全城的大部分人都不知道是核反应堆爆炸，城市在照常运转，但父亲一直没有回来。母亲找到了消防队，被告知所有参与昨晚救火的消防员全都在医院。母亲往医院跑去，觉得大事不好。父亲躺在重症监护室里，医院的工作人员对她说：‘这里有辐射，你不能靠近。’母亲回答：‘我就是护士，我知道该怎么护理。’但仍然被拒绝。”

娜塔莎又找到了几张她父亲的单人照片，他穿着消防员的救生服，脸上带有成熟男人的坚毅。

她接着说道：“母亲在监护病房门口整整呆了一个上午，那时全城人大多已知道发生了什么事，虽然担心，但政府并没有立刻宣布疏散，后来他们声泪俱下地控诉这是政府为了维护形象而有意为之。医生告诉她，这场灾难的后果远比想象地要严重，第一批救火的消防员需要全部转移，整个镇子的疏散也是时间问题。母亲问：‘他们要被送到哪里去？’医生回答：‘基辅、明斯克甚至莫斯科，都有可能。’”

谢尔盖环顾四周：“她离开的时候什么都没带走……”

“26 日中午我的父亲被推了出来，母亲不顾劝阻，抱住了他。医生说，这个病房的消防员将立即被送往基辅进行治疗。母亲立刻表态自己也要跟去，她出了门，街道上已经来了不少军队。

据说爆炸已经震惊了全世界，来自西方的关于处置不当的批评正铺天盖地向莫斯科袭来。普里皮亚季政府还没有宣布，疏散工作已经在进行。母亲神不守舍地走回家，家门口的那条街到处都是士兵。他们把人赶出来，送上车，把封条贴在门上。”

“等到了基辅以后呢？”

“士兵没有给她收拾东西的时间，就把她带上了车。在基辅市中心的医院里，她又见到了父亲。放射科的医生表情严肃，面对着病人微微摇头，这样细微的动作被母亲察觉到，她的心里一沉，知道自己或许再也见不到他了。短短几天内，父亲的身体开始溃疡，像是被灼伤了似的，情况飞速地恶化，由于受到的辐射量太过严重，已经失去了治愈的可能。医生也只是尽力在维持父亲的生命。”

谢尔盖没有继续往下问，他自信能够把下面的故事写好，娜塔莎把她父亲那几张单独的照片拍下来，去其他的房间继续参观。

回去的时候谢尔盖特意带着她走了另一条路，他试图和她搭话：“你母亲为什么没有来？”

“她说自己没有勇气，来到这里就会勾起不好的记忆。她的眼前会浮现出逃亡那天的狼狈样子，和隔着玻璃看自己丈夫的无力感。”

像是在害怕谢尔盖担心，娜塔莎又说：“她受到的治疗及时，现在身体很好。”

导游早早地等在了门口，三人在岗哨处接受放射性元素的检测，回到了车上。导游点着一根烟说道：“那个城镇没什么值得看的，我没敢走远，转了一圈就出来了，奇怪你们怎么在那里呆了那么长时间。”

两人坐在后排，谢尔盖神秘兮兮地拉开背包的拉链给娜塔莎看，后者吃了一惊，捂住嘴，谢尔盖趁自己不注意把两本影集拿了出来。

“我已经把它们照下来了，所以……”

“拿着它吧，总要留点记忆，摸到照片总比看到照片要好。”

汽车伴着导游吐出的烟和爽朗的笑声向火车站驶去，谢尔盖知道这次旅行有大量的东西可写，娜塔莎捧着两本影集，突然有想把相机摔掉的冲动。

## 一九九四年的选举

生活在一座被分割到极致的城市中，所需要的只剩下运气二字而已。若是早起站在镜子前，映入你眼帘的是一张白种人的脸，就可以抬头挺胸地走出门去，尽情地享用专属于你的公共设施；可如果皮肤是无法用水洗掉的黑色，便只能在出门时拿好身份证明以应对无休止的盘查，在城市狭小的夹缝中求生。

在开普敦，也许这里的居民从肤色上看起来不是那么黑白分明，但城市的每一个角落一定如此。当德克勒克总统宣布南非解严后的一天，十五岁的少年罗伯特走在家附近的公园中。公园的中心有一个人工湖，岸边的商家正做着出租游船的生意，他们在这里至少有十年了。从罗伯特记事起，他上百次被父亲带到公园来。无一例外，每次父亲都按照固定的线路走着，罗伯特对于这条路上有什么树，每种树各有几棵，已经再清楚不过。

这条固定的线路中不包括人工湖，它对于父亲如同瘟疫般，躲得越远才越让父亲安心。人工湖，是罗伯特童年的盲点。

现在的他坐在湖边，和周围人有一搭没一搭地聊着，突然想起约摸是五年前，自己也曾如此近距离地感受过这里。那天在公园里，父亲说要上厕所，让他乖乖地在原地等，然后，两个人就像商量好了似的，父亲回来时发现儿子不见了。他下一秒就意识到儿子去了湖边，于是鼓起勇气往公园中心迈去。罗伯特在岸上，目不转睛地盯着湖上的游船，他在白人堆里显得十分扎眼。

父亲近乎粗暴地拉着他的胳膊向外走去，罗伯特刚想大声喊，嘴就被父亲捂住了。他们已经引起了一些注意，一道道不怀好意的目光向这里射来。

直到回到了既定路线父亲才把手松开，罗伯特心里有一百个不服气，他一字一顿地说：“我也想去划船。”

那也许是他长这么大以来第一次这样义正言辞地提要求，父亲愣在了原地，不知道过了多久，他仍然没有想出怎样回复儿子的要求才合适，最后他只能说：“我们是不能去划船的。”他的神情十分窘迫。

十岁的罗伯特还在追问，父亲咬咬牙告诉他：“法律规定这些地方我们黑人不能去。”

然后父子俩就回家了，罗伯特故意远远落在了后面，那天没有乌云，没有下雨，开普敦照旧正常地运行着，男孩第一次感受到了世界的残酷。他低着头，也不看路，像是被狠狠地打了一耳光一样。

前方传来了一阵争吵声，罗伯特抬起头来，父亲被几个警察缠住了。他飞快跑上前抱住父亲的胳膊，一个警察指着他，不耐烦地问父亲：“这个小子是谁？”

父亲已经把通行证掏了出来，毕恭毕敬地递过去，同时解释道：“这是我的儿子。”

这几个警察是来检查通行证的，这是他们折磨黑人最有趣的方式之一。一个警察反复翻看着父亲的通行证，实在检查不出什么问题，觉得无趣，他指着罗伯特轻蔑地说：“把你儿子的通行证也掏出来，你这该死的黑鬼。”

父亲流出了汗，他结结巴巴地说：“但是…….我儿子只有十岁啊。”

南非法律规定年满十六岁的黑人出门必须携带通行证，那个警察歪着脖子说："我怎么知道你儿子没有十六岁？给我们看他的出生证明。"他们把故意刁难黑人当成了一种习惯和乐趣。

父亲已经快哭出来了，他这样的表情让几个警察很是享受，父亲只能说尽好话，给每个人塞了一点钞票，几个警察才满意地点点头，放过他们，去寻找下一个目标了。

整个过程中罗伯特一直搂住父亲的胳膊，把头埋在他的怀里，听着他以谦卑的口气说出许多有损一个男人尊严的话。警察走了以后，罗伯特把头抬起来看着父亲。父亲眼圈红红的，但是面对儿子，他只能忍住，牵着儿子的手快步回家，防止碰上另一拨警察。

回到家后，罗伯特和父亲心照不宣，没有向家里人说起路上的经历，这样让人无能为力的事，说出来也只是徒增烦恼。吃过晚饭，父亲帮母亲收拾餐桌，罗伯特去哄他三岁的弟弟睡觉。颓废的八十年代，第一世界的人们生活也未必不穷极无聊，开普敦黑人居民的娱乐就更是少的可怜。

然而这一天的噩梦并没有结束。凌晨一点钟，一家人被巨大的砸门声惊醒，父亲透过门镜向外看，是几个白人警察，和下午刁难他的不是一拨人。警察们砸着门，嘴里骂骂咧咧的。

警察知道这个时刻家中肯定有人。父亲不敢怠慢，门开了以后，警察们径直闯了进来，对他说："这是例行的入户检查"。卧室里传来了一声尖叫，罗伯特和弟弟都醒了。罗伯特来到客厅，发现已经有一个警察摸进了父母的卧室，他赶快跟了进去。母亲的双手死死抓住被子，她还没有穿好衣服。那个警察正在卧室里翻箱倒柜，好在他对黑人女性不怎么感兴趣。

弟弟被吓得大哭，哭声传遍了整个家里。警察在卧室没有发现什么违禁物品，就开始搜查起客厅。父亲一直在接受无休止的盘问，没人去管两个小孩，家里乱成了一锅粥。这个住人的地方看不到一点家的样子。

母亲在慌乱中穿好衣服，冲出屋，把两个儿子抱在怀里。她的过去有过这种经历，但对于三岁的小儿子来说还是第一次。

一个警察勉强板起脸来对父亲说："我们怀疑你与前几日发生在东伦敦的爆炸袭击案有关，请你接受并配合我们的调查。"

他们把父亲拷上了。母亲过来制止，结果被推了一个跟头。辩解没有任何意义，警察抓人不需要理由，今天他们至少还给出了理由，这是来自警方的最大恩赐。父亲被带走时没有留下一句完整的话，只是在出门时倔强地回过头看着妻儿，随即被警察抓住头发拖走了。

十五岁的罗伯特拍拍脑袋，试图把不好的回忆全部清理干净。刚解严的南非对黑人来说，虽然让他们获得了一定的地位，但距离实现真正的平等仍十分遥远。

父亲在几天前回到了阔别近五年的家，这是国家响应总统先生解禁令的种种反应之一。妻子和两个儿子从未想过能再次见到他，父亲本人也对自己的劫后余生感慨不已，不过他不想多说话。

父亲回来的时侯没有通知任何人。当他敲开门时，家里只有八岁的小儿子在，一些在小儿子脑海中关于父亲的残留记忆此时都蹦了出来，拼成了这个站在家门口的活生生的人。可面对这个男人，小男孩还是不自觉地退后了几步。

他在监狱里的五年早已养成了沉默的习惯，但现在他不得不用语言去启发儿子，他费力地搜寻着当儿子还在襁褓时自己经常说的话。他一字一句费力说着，儿子低着头，双拳攥得死死的，似乎在拼命忍住眼泪。在父亲的启发下，他终究没忍住，“哇”的一声冲过去抱住父亲。

罗伯特是和母亲一起回来的，成年人自有成年人的理性。当罗伯特呆立在门口时，弟弟在一旁蹦蹦跳跳，而母亲一步冲到父亲面前，没有大呼小叫，也没有发泄愤怒，而是迅速把父亲的衣服脱掉，只剩一条内裤。

两个孩子都不知道她想干什么，母亲仔细检查着父亲的每一寸皮肤，她能辨认出其中的一些伤痕，有棍棒伤和烫伤，还有一些奇形怪状的伤痕分布在他的前胸与后背上，母亲不敢想象是什么可怕的东西造成的。

母亲的手在父亲的身体上划过时，他还时不时地会露出痛苦的表情，一些伤痕留给他的回忆还没有消除。母亲招呼两个孩子过来帮父亲穿上衣服，父亲坐在餐桌前打量这个家，除了比他被抓走时整洁了几分外，并无改观。

眼前的三个人无时无刻不在向他提问，问他这五年到底经历了什么，父亲不知道该回答谁的问题，他们连珠炮似的发问像极了监狱中的狱警。父亲抱着脑袋，大吼一声，只说了“东伦敦”几个字便不再开口，回到卧室倒头睡下。

罗伯特起身回家，关于父亲还有诸多疑问没有解开。这几天他一直在睡觉，不给家人提问的机会。

刚回到黑人区的贫民窟里，罗伯特就听到一阵巨大的吵闹与哭喊声。他判断出声音来自自己家，快步跑到家门口，一个女人跪在那里，父亲和母亲试图拉她起来。围观的黑人们都是一脸悲伤的表情。

罗伯特在别人的议论中了解到，这个女人的丈夫也是五年前被抓去东伦敦的受害者之一，至今杳无音信。父亲的归来引起了贫民窟的轰动，当他被问起女人丈夫的行踪时，他闭口不谈。

女人说："求求您告诉我他去了哪里，不管什么结果我都能接受。"

面对女人的苦苦哀求和群众的热切眼神，父亲终于妥协，准备将这五年来发生的事和盘托出，他平静地说："您的丈夫已经被枪决了。"

女人在罗伯特父母的搀扶下缓缓站起，从罗伯特父亲回来而她的丈夫却没有时，她就已经预料到这个结果。父亲看她没有什么过激反应，就开始向大家讲他的故事：

在我被抓出门后，一个警察把我的脑袋套的严严实实，塞进警车。我试图反抗，但立刻被电击，昏死过去。我醒来的时候发现已经身处监狱，房间内还有九个和我一同被抓进来的人。监狱长告诉我们，这里是东伦敦。

你的丈夫也在十人之内。放风期间听别的犯人说，东伦敦爆炸案的三名嫌犯至今没有抓到。我心里一沉，知道我们是被抓来当替罪羊的，在那个时候我告诉自己，绝对不能松口，只要先承认有罪就难逃一死。

这是一场十个人的比赛。由于审讯过程单独进行，我只能把我的经历告诉你。第一次进审讯室，早已等在那里的狱警立刻将我打倒在地，许多只拳脚落了下来，让我来不及看清墙壁上的刑具。

在被水浇醒后，我发现自己被绑在一张长凳上。狱警问："你承不承认参与了炸弹袭击？"

我忍着疼痛，仰起头，从牙缝里挤出一句话：“我没有做。”

墙上挂着密密麻麻的东西，我不敢辨认他们的使用方法，只知道这座监狱有的是方法来对付我。两个狱警从角落里搬过来一个笨重的机器，从里面抽出两根线，分别接在我的手脚上，打开开关，电流迅速流经我的身体。我的肌肉变得僵硬，舌头像是打了结一样，说不出话来。

电击大概每隔五分钟进行一次，狱警就在行刑的间隙反复问我相同的问题，我一直没有承认。行刑者似乎是好久没遇到这么顽强的人了，狱警的头目命人把我带下去，换下一个人来。

这一天，没有人承认自己犯了罪，只要凑不齐三个人签字画押，这样的日子就永远不会结束。虽然所有人都是无辜的，但那个时候我多希望有人站出来替我去死。除了“不知道”“不承认”外，我几乎没有说过别的话。

审讯的时间不固定，基本上每天都有一次。在腐烂恶臭的牢笼里，随时都有人被提出去，押回来。每个人都故意往远离牢门的方向坐，害怕被发现。终于，我感觉自己已经有许久没有被带到审讯室去了，抬起头来数数，最初的十个人剩下了七个，我不知道他们什么时候一去不返。后来听说爆炸案的三个嫌犯被抓获枪决，大家都暗暗松了一口气。

那三个人里，就有你的丈夫。但是幸存者的刑期没有结束，我们像是被遗忘了一样，别的犯人都有出狱时间，除了我们。

有的人以头撞墙，不想把余生交待在狱中，你们想必都没有像我一样丝毫没有希望的经历，好在五年后我重见天日，有机会再次见到你们。

大家都一阵唏嘘，父亲过去的五年或许都没有说过这么多话，他冲罗伯特招招手，儿子听过这一番话，竟有些不敢上前。

除此之外，父亲又隐瞒了多少可怕的事实呢？

不知是谁拿过来一把椅子让女人坐下，她嘴上说着可以接受，坐在椅子上也禁不住抹起眼泪。在场的所有人，无一不为等待国家的变革付出了巨大代价。

在种族隔离制度大行其道的时期，南非政府向西方宣称，我们的做法是有效遏制共产主义扩张的方式，因此得到一些好评。冷战期间，世界的注意力都放在北半球上，白人统治者可以轻而易举蒙混过关。

进入九十年代，当冷战进入最后的倒计时，一些白人们才承认所谓的种族隔离和共产主义之间并无联系。其他国家终于有时间盯着南非，看统治者运用怎样的智慧解决痼疾。

当德克勒克总统解除对非国大等组织的禁令后，这栋大厦最稳固的支撑点就不存在了。时间进入到 1991 年，种族隔离的法律体系也已崩溃。民主化的浪潮下，选举问题很自然地摆在南非面前等待解决。

不分种族的选举是大势所趋，然而被压迫久了的人容易丧失理性。对千万黑人而言，即使潜在的白人统治者可能会拿出更好的治国方案，他们也一定要选一个黑人领导人出来。

禁令被解除后，曾经在开普敦专属于白人的公共设施全部被黑人攻陷。成年人可以在排队时享用报纸和咖啡，小孩子可以去划船，坐秋千。当然，只有这些他们不会满足，选举才是巩固他们新生地位的保证。

筹备选举的道路十分漫长，南非政府在兼顾各方面利益的前提下如履薄冰。直到 1994 年，才进行了第一次跨种族选举，非国大取得了压倒性胜利。

一些政治家惊呼，属于黑人的时代已经来临。他们悲观地预测，由于白人政府对等级的严格分割，导致社会问题不断积压，未来很长一段时间，都不会有白人领导人上台。

对罗伯特而言，不管新政府的政策如何，他只想多陪弟弟去划船，弥补他们兄弟俩各自的童年。